「그 이름ㅇㅇㅇㅇㅇㅇㅇㅇ은……
캐롤 올드리치입니다!
당신의 지갑을…… 털어버리겠어요.」

캐롤
Carol

금전 특화형 비서 카드.
돈을 대단히 좋아한다.

여신 메이아
Goddess Meia

카드로 모든 것이 정해지는
이 세계에서 숭배하는 여신 중 한 사람

「……로미오! 메인 스킬! 〈아큐네이온의 대방패〉!」

그 순간 로미오가 지닌 라운드 실드가
강렬한 빛을 내뿜었다.

[어둠에 강림한 어둠을 물리치는 백은의 어둠을 베어내는 나이트]

알파 로미오
Alfa Romeo

아키토의 첫 배틀 카드.
개성이 강해 다루기 힘들어하지만······.

AKITO SEEMS TO DRAW A CARD

CONTENTS

아키토가 카드를 뽑으려고 합니다

1

카와타 료우고 지음 / 요우타 일러스트 / 이서연 옮김

컬러, 본문 일러스트 • **요우타**

1

이 세계의 우측이라고 해도, 별은 둥그니까 끝이고 뭐고
없지만, 아무튼 세계의 우측에 히나토라 불리는 나라가 있
었다.

사방이 바다로 둘러싸인 섬나라로 봄, 여름, 가을, 겨울의
사계절이 있으며 그곳에 사는 사람들은 근면하고 성실하다.

이 세계는 열 개의 구역으로 나누어 한 구역에 한 국가가
존재하는데, 히나토는 국토와 인구의 규모는 그리 크다고
말할 수 없지만, 그 국민성 때문인지 세계에서도 상위권이
라 말해도 좋을 풍요로움을 누리고 있었다.

그러나 이 나라는 지배계급과 노동계급 사이에 넓고 깊은
간극이 있어서 그 빈부의 차 또한 세계에서 손꼽힐 정도지
만 일단 지금은 넘어가기로 하자.

아무튼 남북으로 긴 히나토는 다시 여덟 개의 지방으로
나뉘고, 그 중앙 부근에 나카야 지방이라는 토지가 있다.

이 나라의 중심지, 코노에 지방 옆에 위치하며 그럭저럭
번성한 지방이라고 해도 될 정도이고, 또한 이 지방의 지하
에는 많은 에너지 광석이 묻혀 있어서 그 때문에 광산이 많
아 발굴 작업으로 생계를 꾸리는 사람이 많다.

그리고 이 이야기의 주인공, 타카츠키 아키토도 그러한 광부 중 한 사람이었다.

햇빛도 닿지 않는 어두운 구멍 속, '실버메탈'이라 불리는 에너지 광석을 채굴하는 광산 깊은 곳. 그 속에서 곡괭이로 단단한 바위를 깨는 소리가 울렸다.

또한 채굴용의 대형 기계가 바위를 부수는 굉음이 울려 퍼지고, 그 때문에 사방으로 튀는 모래며 돌조각을 광부들이 주워 전동식 모래용 적재기에 쌓아올렸다.

일하는 사람들은 모두 더러운 옷을 입고 피곤에 지친 얼굴에 눈에는 생기가 없었다.

그도 당연하다. 최근 작업량을 좀처럼 달성하지 못하여 꽤나 오랜 시간 동안 잔업을 해야 했기 때문이다.

"……이놈들, 어딜 꾸물거리고 있어! 이래서는 평생 작업량을 달성하지 못해! 이대로 여기서 하룻밤 잘 셈이냐?!"

광산 안에 현장감독의 호통이 울려 퍼졌다. 그 성량에 강인한 광부들이 몸을 움츠렸다.

"거기 너! 아까부터 속도가 너무 느려! 네놈 탓에 전체가 늦어지고 있어, 어떻게 책임질 거냐!"

그대로 눈앞에 있던 광부의 등을 손에 든 경찰봉으로 후려쳤다. 힉, 하는 비명을 지르며 광부가 쓰러졌다.

"죄, 죄송합니다……. 하지만 너무 힘이 없어서……. 휴,

휴식을…….”

“휴식이라고?! 이 자식, 여신님의 자비인 '노동지원 카드'를 썼으면서 그게 무슨 헛소리냐! 아무래도 근성이 부족한 모양인데…… 내가 단련시켜 주마!”

“히익, 죄송합니다, 죄송합니다……!”

그러며 현장감독이 경찰봉으로 광부를 마구 때리기 시작했다. 광부는 거북이처럼 움츠리고 몇 번이나 사죄했지만, 현장감독은 그만두려고 하지 않았다.

그 모습을 다른 광부들은 멀리서 바라보며 자신이 휘말리지 않도록 애써 작업에 힘쓰는 척을 했다.

그 동안에도 좀처럼 작업량을 채우지 못한 것에 짜증이 난 다른 현장감독들이 욕설을 퍼부었다. 광산 노동, 특히 이 광산에서 광부들의 노동 환경은 매우 열악했다.

“힘드네요……. 아직도 끝날 시간이 안 된겁니까……?”

광부 중 한 사람, 살짝 치아가 돌출되어 쥐를 연상시키는 남자가 모래를 채운 자루를 적재기 위로 던지며 한숨 섞인 말투로 불평했다.

“아직 더 해야 할걸…… 자, 손을 쉬지 마. 들키면 너도 맞을 테니까.”

옆의 광부가 마찬가지로 자루를 쌓고 폭포처럼 흐르는 땀을 손수건으로 닦으며 대답했다.

다만 그 손수건은 이미 새까매서 닦더라도 그리 의미가

있는 듯 보이지 않았다.

"하긴……. 후우, 매일매일 이런 산속 동굴에서 고통스럽게 돌이나 파고 있어야 하다니요. 평생 이렇게 살아야 하나. 아, 광부의 아들로 태어나는 게 아니었어."

"내 말이. 좀 더 제대로 된 직업을 가진 부모에게서 태어났어야 '노동지원 카드'도 더 좋은 걸 이어받았을 텐데……. 젠장, 세상은 불공평해!"

손수건을 든 쪽이 그렇게 투덜거리며 다시 모래 자루를 적재기로 던졌다.

후우, 두 사람이 동시에 한숨을 쉬는데 그들 옆에 있던 중년이라고 해도 좋을, 얼굴이 주름투성이인 남자가 달래듯이 말을 걸었다.

"에이, 자네들 그러지 말게……. 싫은 일만 있는 건 아니잖아? 끝나면 반드시 즐거움도 있지 않나. 안 그래? 조금만 더 힘내자고. 응?"

그러며 버튼을 꾹꾹 누르는 동작을 취했다. 그것을 본 두 사람은 얼굴을 마주본 뒤 씩 웃었다.

"앗, 그러네요! 오늘도 기대가 되네요, '그거'! 오늘은 운이 좀 따라주면 좋을 텐데! 저, 아침에 본 메이아 님이 하는 오늘의 운세도 4위였다고요! 왠지 좋은 일이 있을 것 같아요! 대박을 터뜨릴지도!"

"아하하, 그럴 리가! 확률이 몇 억 분의 일인 줄이나 알아? 그런 애매한 순위로 대박이 터지면 고생할 리가 없지!"

아하하, 하고 더럽고 지친 얼굴에 그때만은 밝은 웃음이 돌아왔다.

그런 그들의 담소를 바로 옆에서 체격이 좋은 남자가 곡괭이로 벽을 몇 번이나 찍어대며 흘려듣고 있었다.

히나토인치고는 다소 커다란 몸에 굽은 등, 빵빵한 근육은 다른 광부에게도 뒤지지 않지만, 표정이나 동작에 조금 패기가 부족했다. 히나토인의 대부분이 그렇듯이 검은 머리와 검은 눈을 갖고 있으며, 그 머리를 '방해만 되지 않으면 된다'라고 하듯 대충 다듬었다.

외모는 꾸미기만 하면 괜찮을 것 같은 분위기지만, 표정이 무뚝뚝해서 그 탓인지 조금 무서워 보이는 인상을 주었다.

물론 그 얼굴에도 지친 기색이 보였으나, 옆의 남자들처럼 작업하는 손을 멈추려고 하지 않고 그저 묵묵히 시간이 끝나기를 기다리며 일만 한다. 그는 그런 남자였다.

"아니라고요, 4위가 얼마나 대단한데요! 메이아 님도 4위 대단해! 라고 말하셨고! 아, 갑자기 하고 싶어졌어. 얼른 끝내고……."

거기까지 쥐가 말하는 찰나, 갱도 안에 요란한 사이렌 소리가 울렸다.

그 소리에 작업 지시를 내리던 현장감독 중 한 사람이 외쳤다.

"좋아, 작업 끝! 네놈들 때문에 너무 늦어졌으니 내일은 더 열심히 일해! 전원, 하던 일을 마무리하고 도구를 정리한 다음 올라가라! 그리고 오늘 몫의 티켓을 받아가는 거 잊지 말도록!"

"신난다! 드디어 끝났어요!"

쥐가 도구를 내던지고 환호했다.

주위의 광부들도 되살아난 것처럼 좋아하며 일제히 활기차게 출구를 향해 몰려갔다.

"오, 끝났다, 끝났어! 자자, 서둘러! 어서 가지 않으면 순식간에 줄이 생길 거야! 뒤처지지 마라, 달려, 달려!"

그렇게 광부 중 한 사람, 돼지를 닮은 남자가 소리치며 달려갔다.

"그래, 맞아! 기다리면 시간낭비고, 만에 하나 먼저 좋은 게 뽑히면 분해서 밤에 잠도 못 잘걸! 어서 서둘러!"

"이놈! 갱도 안에서는 뛰지 말라고 몇 번을 말해야 해! 타인을 무리하게 추월하는 행위도 금지! 지키지 않는 녀석은 벌을 받게 될 거다! 어이, 듣고 있는 거냐······!"

감독관이 호통을 쳤지만 아무도 듣지 않았다.

이미 그들의 마음은 일한 뒤에 얻을 보상으로 가득했다.

"아, 정말 다들 또 도구를 내던지고 가버리다니······. 아침 조회 때 또 혼날 텐데, 어쩔 수 없지······."

아까 광부들을 격려하던 중년 남자가 그렇게 말하며 도구를 줍기 시작했다.

　그러나 갑자기 남자의 허리에서 뚜둑 하는 불길한 소리가 나는 바람에 그는 격통에 비명을 질렀다.

　"아야야! 크으, 허, 허리가……. 다, 다들, 기다려 줘……."

　도움을 요청했지만 광부들도 현장감독도 이미 떠난 뒤라 보이질 않았다.

　"두…… 두고 가지 말아줘……!"

　앉지도 못하고 어찌할 바를 몰라 혼자 고통스러워하고 있는데, 갑자기 옆에서 손이 뻗어와 그를 부축했다.

　"……괜찮습니까?"

　"앗……. 아, 자네는……."

　그는 조금 전까지 옆에서 묵묵히 곡괭이를 쥐고 있던 키가 큰 남자였다.

　"미, 미안하네……. 다행이야, 실은 허리를 삐끗한 것 같아서……. 미, 미안하지만 출구까지만 좀 부축해 주지 않겠나……?"

　"네, 알겠습니다. 자, 편한 자세를 취하시죠."

　"아아, 정말 다행이다……! 미안, 미안하네……! 크으, 나도 이제 나이를 먹었군, 허리가 안 좋아졌어……. 폐를 끼쳐 미안해……!"

　"사과하지 마세요. 힘들 때는 서로 도와야죠."

　어깨를 잡으며 몇 번이나 사과하는 중년 남자에게 부축한 남자가 감정이 없는 대답을 했다.

도와주었다며 뽐내는 느낌도, 귀찮은 일에 휘말렸다는 혐오감도 느껴지지 않는 태도는 이런 때에 오히려 고마울 따름이다.

"이거 참 창피한 꼴을 보여서……. 저기……. 자네는 분명…… 타카츠키…… 타카츠키…….."

"……아키토입니다. 타카츠키 아키토."

나머지 이름이 나오지 않는 듯한 중년 남자에게 대신 말해주었다.

타카츠키 아키토. 그것이 그의 이름이었다.

"아, 맞아, 아키토 군. ……아니, 자네는 항상 조용히 혼자 작업하니 사람을 싫어하는 줄 알았는데…… 친절하군. 좀 더 일찍 말을 걸어 봤으면 좋았을 걸."

"친절한 게 아니라 이 정도는 당연하잖아요. ……조용한 건, 제가 말주변이 없어서 남과 대화하는 게 어려워서 그렇습니다."

허리를 짚은 엉거주춤한 자세로 엉금엉금 걸으며 말을 거는 남자에게 아키토는 그렇게 대꾸했다.

"그런가, 그런가. 다들 순식간에 가버려서 자칫하면 이 광산에서 하룻밤 고생할 뻔했어. 정말 고맙네."

"몇 번이고 인사하지 않아도 괜찮습니다. ……다들 박정하네요."

남자의 마음을 생각하여 그렇게 대답한 아키토에게 남자가 살짝 미소를 짓고는 말을 이었다.

"아니, 어쩔 수 없지. 이런 생활을 하면 즐거움이란 그것과 식사 정도밖에 없으니까. 게다가 요즘 알지 않나. 꽤나 남은 수량이 적어졌잖아? 다들 입 밖으로는 꺼내지 않지만 조금은 기대하고 있을 거야."

"그러네요. 하지만 얼마 안 남았다고 해서 당첨되는 것도 아니라고 생각하는데요."

남자의 말에 아키토는 억양이 없는 목소리로 대답했다. 말에서 그것에 대한 관심이 그리 느껴지지 않았다.

"아니, 그렇지도 않아…… 혹시 하는 마음은 들기 마련이야. 그야 이런 생활에서 벗어날 수 있는 얼마 없는 기회잖아? 뭐, 나는 운이 전혀 없어서 포기했지만……. 아, 드디어 승강기가 보이네. 고마워, 허리도 좀 나아졌으니 어떻게든 갈 수 있겠어."

그렇게 말하며 남자는 지상으로 이어지는 승강기의 손잡이를 잡았고, 아키토도 올라탄 것을 확인한 다음 지상으로 가는 버튼을 눌렀다. 에너지 광산에서 보내는 정제된 전력으로 가동되는 승강기가 남자 둘을 태우고 힘차게 올라가기 시작했다.

"……운은 누구에게나 평등하다고 말하고 싶습니다만. ……세상에는 확실히 운이 좋은 사람과 나쁜 사람이 있으니까요……."

승강기에 흔들리며 아키토가 말했다. 그 목소리에는 지금까지와는 달리 직접 실감한 듯한 감정이 담겨 있었다.

이윽고 승강기가 지상층에 도달하여, 그곳을 통해 갱도 밖으로 나온 두 사람은 실로 열 몇 시간 만에 바깥 공기를 마셨다.

"후우우, 피곤해라…… 역시 바깥 공기는 맛있네……! 이거 정말 고마워, 아키토 군. 덕분에 살았어. 내 이름은 스즈키라고 하네. 잘 부탁해."

"……아아, 네. 알겠습니다."

스즈키라 소개한 남자가 내민 손을 아키토가 잡으려고 한 순간, 호통이 날아들었다.

"이놈들, 늦었잖아! 정리를 끝냈으면 얼른 돌아가! 네놈들은 티켓이 필요 없는 거냐?!"

놀라서 돌아보자 그곳에는 명부를 손에 들고 이쪽을 노려보는 티켓 배부 담당직원이 서 있었다.

"힉……?! 앗…… 죄, 죄송합니다! 조, 조금 허리를 삐끗해서…… 이 사람은 저를 도와주었을 뿐입니다! 죄송합니다! 저, 저는 안 주셔도 되니 이 사람에게는 주십시오, 부탁드립니다!"

"…………."

스즈키가 아픈 허리를 붙잡고 직원에게 꾸벅꾸벅 머리를

숙였다. 그 모습을 아키토는 무표정하게 바라보았다.

"흥, 사실은 해주고 싶지 않지만 티켓 배부는 업무에 정해진 보수야. 어쩔 수 없으니 특별히 주마. 앞으로는 더 빨리 돌아오도록! 받아!"

그러며 직원이 두 사람 몫인 여섯 장의 '티켓'을 던졌다.

"죄, 죄송합니다, 정말 죄송합니다……. 감사합니다, 감사합니다……."

스즈키가 황송한 듯 머리를 숙인 뒤, 몸을 돌려 티켓 중 절반을 아키토에게 건넸다.

"자, 아키토 군, 오늘 몫이야. ……서로 행운이 있기를."

"……고맙습니다."

아키토가 무표정하게 그것을 받아들었다. 직원이 콧방귀를 뀌고 광부용 숙소가 있는 방향을 가리켰다.

"어차피 바로 확인할 거잖아? 얼른 돌아가! 그 '중노동 가챠 티켓'에 소원이라도 빌면서!"

"네, 넵, 그렇게 하겠습니다! 감사합니다, 감사합니다!"

꾸벅꾸벅 머리를 숙이며 그쪽으로 향하는 스즈키를 언제든지 부축할 수 있도록 하며 아키토도 그 뒤를 따랐다.

이윽고 숙소가 가까워지자 스즈키가 싱긋 웃으며 말했다.

"하…… 다행이다, 다행이야. 어찌됐든 티켓은 받았네. 이 세 장의 티켓만이 일상의 기쁨이니까……. 받아서 다행이야, 그렇지, 아키토 군?"

"……그렇게 굽신거리지 않아도 되잖아요. 잘난 척하지만, 딱히 그 녀석이 티켓을 주는 것도 아닌데요."

그러며 손에 든 티켓을 하늘하늘 흔들었다.

"이건 모두 '여신님'이 노동의 대가로 우리에게 주는 것이죠. 그 사람은 그걸 건네는 것에 지나지 않아요. 그냥 일이잖아요, 그쪽도."

"아니, 그래도 나 때문에 기다린 것도 사실이니까. 그 사람도 얼른 돌아가고 싶을 텐데 번거롭게 했으니. 게다가 그가 일하고 있으니 이렇게 티켓이 손에 들어오는 거니까 역시 감사하는 마음은 잊지 말아야……."

뼈가 있는 말을 한 아키토에게 스즈키가 조금 곤란한 얼굴로 대답했다.

……이 사람은 너무 착하다. 아키토는 그렇게 생각했다.

"그런데 아키토 군은 평소에 티켓을 어떻게 하고 있어? 바로 쓰는 쪽이야, 아니면 모아두는 쪽이야?"

"하루에 한 장은 쓰고 두 장은 모아둡니다."

"와아, 그거 대단한데! 대체로 다들 참지 못하고 그날 바로 써버리거나, 모으더라도 한 장인데. 굉장한걸."

화제를 바꾸기 위함인지 그렇게 묻는 스즈키에게 아키토는 솔직하게 대답했다.

학교를 나와 노동자로 일하게 된 뒤로 아키토는 습관처럼 늘 그렇게 해왔다.

기숙사 현관문을 지나 허리에 부담이 가지 않도록 신발을 갈아 신으며 스즈키가 말을 이었다.

　"하지만 한 장은 뽑는 거지? 그럼 지금부터 플레이 룸에 같이 가겠나? 슬슬 다른 사람들도 뽑았을 테니까."

　"……그러네요. 가실까요."

　조금 고민한 뒤 그렇게 대답했다. 솔직히 말하면 슬슬 혼자 있고 싶었지만 스즈키의 이 긍정적인 태도에 아키토도 느끼는 바가 있었다.

　겨우 티켓 한 장을 쓰는 시간쯤은 같이 어울려도 상관없다.

　"좋아, 결과가 대체 어떠려나……."

　스즈키가 중얼거리며 입구 바로 옆의 플레이 룸을 들여다보는데, 그 안에서 커다란 환호성이 나왔다.

　"우오오오오! 대단해애애애애! 이 자식, 좋은 걸 뽑았어!"

　"부, 부러워…… 내가 원했던 건데!"

　"……우와, 이게 무슨 일이야……."

　놀라서 보니 플레이 룸 안에는 아직 수십 명의 광부들이 모여 무언가 큰소리로 떠들고 있었다.

　궁금해하는 스즈키에게 아키토가 말을 걸었다.

　"……아직 이렇게 사람이 남아 있다니 드문 일이네요. 아무래도 누가 괜찮은 걸 뽑은 모양인데요."

　"앗, 그런가, 어디어디……."

　둘이 플레이 룸의 안쪽을 들여다보자 소란의 중심에는 아까 본 쥐와 닮은 남자가 흥분이 가라앉지 않은 얼굴로 서 있었다.

번쩍 든 그의 손에는 네모난 카드가 쥐어져 있다.

"아하하! 역시 운이 좋다니까요! 이게 오늘의 운세 4위의 힘이라고요! 어때요, 부럽죠! 아, 난 왜 이렇게 운이 좋은 걸까! 아하하하!"

"이, 이봐, 그거 어떻게 할 거야? 여기서 쓸 거야, 아니면 팔 거야? 호, 혹시 팔 거면 내가 나름 괜찮은 가격으로……."

보란 듯이 카드를 들고 있는 쥐에게 아까 손수건으로 닦던 남자가 물었다.

쥐는 히죽 웃고는 카드를 바라보며,

"당연히 제가 써야죠……그럼, 갑니다, 쓸게요!"

라고 대답하더니, 주위를 둘러본 다음 외쳤다.

"……'콜'!"

그 순간 카드가 빛을 발하더니 그곳에서 하얀 연기 같은 것이 뿜어져 나왔다. 광부들이 감탄했고, 이윽고 연기가 사라지자…… 그곳에는 아슬아슬한 의상을 입은 미녀가 쥐에게 기댄 자세로 서 있었다.

"……반가워, 서방님♡ 꺼내줘서 고·마·워♡ 앞으로 기간이 종료될 때까지 어마어마하게 서비스해 줄 테니 예뻐해 줘…… 쪽♡"

"후와아아아아아아아아아아아!!"

무희 같은 의상을 입은 여성이 애교 있는 목소리로 말하고는 쥐의 볼에 뽀뽀했다.

쥐는 참지 못하고 괴성을 질렀고, 주위에서는 부러워하는 한숨이 새어나왔다.

"시추에이션 카드, [무희와의 사랑과 다툼의 나날]……. 과연 SR급 시추에이션 카드야, 나오는 여자도 진짜 예쁘네, 젠장!"

"아아, 제길, 저 가슴 좀 봐……. 저런 쥐새끼에겐 아까워! 젠장, 가챠는 불공평해!"

그렇게 떠들고 있는 광부들로부터 조금 떨어진 곳에서 스즈키가 말했다.

"SR급을 뽑았구나! 대단한데, 저건 웬만해선 볼 수 없는 거야."

"네, SR 시추에이션 카드를 뽑은 모양이네요. 난리가 날 만해요."

납득한 얼굴로 아키토가 스즈키에게 대꾸했다. 그 시선 끝에는 플레이 룸 안쪽에 설치된 네모난 상자 같은 기계가 있었다.

광부들이 열광하고 있는 것은 여신이 인간을 위해 설치한 '가챠'라 불리는 장치다. 그 장치에 노동의 대가로 얻은 티켓을 투입하면 갖가지 매력적인 상품을 손에 넣을 수 있다.

그 속에 담긴 상품은 먼저 카드의 형태로 배출된다.

내용물은 음식이나 귀금속 등의 현물부터 인간으로서는 어떤 구조인지조차 이해할 수 없는 초상현상을 일으키는 보물까지 다양하며, 쥐가 손에 넣은 시추에이션 카드란 그 가챠에서 나오는 카드의 한 종류이다.

　손에 넣은 카드는 그 주인이 정해진 해방용 언어 '콜'을 외우면 그 내용물을 실물화할 수 있다. 그것이 시추에이션 카드 같은 인물계 카드인 경우, 안에서 사람이 나와 기간이 종료될 때까지 다양한 일을 해준다.

　예를 들어 전속 요리사로 매일 요리를 해주거나, 메이드로서 잡일을 해주거나, 나아가 가공의 소꿉친구로서 매일 함께 보내주기도 한다.

　이와 같은 시추에이션 카드에는 다양한 종류가 있는데 아마 쥐가 손에 넣은 카드는 그 중에서도 연인계로, 기간이 끝날 때까지 가상의 연인이 되어 사귀는 종류의 것으로 보인다.

　"와아, 좋겠네…… 정말 미인 아닌가. 나도 이성과는 거의 인연이 없어서 뽑으면 기쁠 테지만. ……아키토 군도 좋아하지? 시추에이션 카드."

　"……아, 네."

　질문하는 스즈키에게 애매하게 대답했다. 솔직히 말하면 아키토는 시추에이션 카드를 그리 좋아하지 않았다.

　왜냐하면 그것은 자신의 의사와는 상관없는 현상에 지나지 않기 때문이다.

말을 걸면 대답하고, 그럴싸한 대화도 가능하지만 기본적으로는 그저 환상에 불과하다. 사용자가 '멈춰'라고 명령하면 완전히 움직임을 멈추고, '사라져'라고 말하면 홀연히 모습을 감추고 만다.

그것이 좋다고 말하는 사람도 많지만, 아키토는 그것이 불만이었다.

……그렇다. 내가 손에 넣고 싶은 것은 그런 편리하기만 한 도구가 아니다. 내가 손에 넣고 싶은 것은 좀 더…….

"앗?! 이봐, 뭐야, 이제야 온 거야? 계속 찾았잖아! 스즈키 씨, 티켓을 모아 두고 있었지?! 그걸 제발 나에게 팔아 줘, 제발!"

"으앗?!"

갑자기 옆에서 돼지를 닮은 광부가 다가와 스즈키에게 애원하기 시작했다.

놀란 스즈키가 비명을 질렀으나, 그런 것은 개의치 않고 돼지 얼굴이 말을 이었다.

"저기, 지금 몇 장 갖고 있어?! 응? 가르쳐 줘, 침대 밑에 넣어둔 거 알거든! 말해봐, 몇 장 있어, 응?"

"앗, 배, 백 장쯤 되는데……. 왜 갑자기 그런…….."

"그걸 전부 팔아줘! 시세의 1.2배로 살 테니까! 응, 좋지! 자, 여기 돈!"

동요하는 스즈키의 눈앞으로 돼지 얼굴이 돈을 들이밀었

다. 손에는 1만GP라 쓰인 구깃구깃한 지폐다발이 꽤 많이 쥐어져 있었다.

"아니, 기다려, 1.2배라고 해도……. 갑자기 그런 말을 들어도 모르겠……."

"이유는 나중에 설명할게! 시간이 없어! 됐으니까 어서 가져와 줘! 내 인생이 걸려 있다고! 어서……!"

"앗, 뭘 멋대로 교섭하고 있는 겁니까! 저, 저도 스즈키 씨에게 부탁할 생각이었다고요! 스, 스즈키 씨! 저에게 '중노동 가챠 티켓'을 파세요! 부탁입니다!"

돼지 얼굴에 이어 아까까지 무리의 중심에서 의기양양한 얼굴을 하고 있던 쥐가 뛰어왔다.

조금 전까지 그에게 기대어 있던 무희의 모습은 어디에도 보이지 않는다. 아마 일시적으로 없앤 모양이다.

"지금 분위기가 좋다고요! 지금 뽑으면 좋은 게 나와요! 돈은 드릴 테니 어서 티켓을 내놔 주세요, 자, 어서!"

"기, 기다려, 자네들 대체 뭐가 뭔지……. 왜 자네들은 그렇게 티켓을 바라고……!"

허리도 아픈데 두 사람이 자꾸 들이대는 바람에 스즈키는 크게 당황한 얼굴이었다.

그것을 보다 못한 아키토가 도우러 나섰다.

"……스즈키 씨, 이유를 알겠습니다. 저걸 보세요."

"음, 저건……?"

아키토가 가리킨 곳에는 가챠에 박힌 표시 패널이 있었다.

사각형 모양에 사람의 키 높이쯤 되는 그 가챠 상자에는 티켓을 삽입하는 슬릿과 가챠를 뽑기 위한 버튼, 그리고 상품인 카드의 배출구 외에 표시 패널이 달려 있는데, 그곳에는 이 가챠, 일명 '중노동 가챠'의 안에 아직 남아 있는 좋은 카드의 숫자가 표시되어 있다.

그리고 그곳에는 이번 가챠의 핵심, 전 세계 사람들의 희망, 신의 세계로 가는 통행권…… '갓 카드'의 남은 숫자 1이 또렷하게 표시되어 있었다.

"……그래, 최고등급인 갓 카드가 아직 안 나왔던 건가. 모두 열광할 만해. 하지만 그건 어제도 마찬가지였을 텐데……."

"문제는 가챠의 남은 수예요. 저걸 보세요."

"응? 어디어디……."

스즈키가 눈을 부릅뜨고 가챠 화면을 응시했다.

그러자 그곳에는 남아 있는 카드 개수가 앞으로 295082개라고 표시되어 있었다.

"……앞으로 29만 5천 개쯤이라고? 어제까진 훨씬 더 많았는데! 어떻게 된 일이야, 이게……!"

"아마 전 세계 사람이 기회라고 여기고 보유한 티켓을 한번에 쓰고 있겠지요. 그럼에도 아직 갓 카드가 나오지 않았어요……. 그러니까."

"바로 그거야. 지금이 간 카드를 뽑을 절호의 기회라는 거지. 거기 두 분도 알겠어?"

갑자기 그들의 뒤에서 아키토의 말을 잇듯이 누군가가 말을 걸었다.

두 사람이 놀라 돌아보자 그곳에는 긴 눈매가 서늘한 인상을 주는 남자가 서 있었다.

"사, 사시다 군인가. 대단하네. 이거. 나도 중노동 가챠를 뽑은 지 오래되었지만, 이 정도밖에 안 남았는데 아직 간 카드가 안 나온 건 본 적이 없어."

"저도 처음이에요. 대체로 시간이 지나면 어느새 나온 상태고, 이 숙소에서는 간 카드는커녕 UR급조차 나온 적이 없으니까요."

사시다라 불린 동료 광부가 대답했다.

광부치고는 마른 편에 그럭저럭 괜찮은 외모의 남자다. 광부보다는 좀 더 눈에 띄는 일이 더 잘 어울릴 외모다.

아키토는 이 남자를 알고 있지만 이름까지는 몰랐다. 그는 주변 인간들에게 그리 관심이 없다.

"남은 숫자가 숫자이니만큼 꽤 많은 사람이 도박에 나선 모양이야. 아까부터 굉장한 속도로 숫자가 줄고 있거든. 그런데도 아직 당첨자가 안 나왔으니 어떻게든 기회를 잡으려는 사람이 속출하고 있어. 그 탓에 더 가속도가 붙어 지금은 이거밖에 안 남은 거지. 지금쯤 전 세계의 중노동자들이 필사적으로 가챠를 돌리고 있을걸."

사시다가 그렇게 말하고 장난스러운 얼굴로 양팔을 벌렸다.

"그렇군. 처음엔 전체 천 억 개부터 시작하는 중노동 가챠의 가장 큰 보상이 겨우 29만 5천 개가 될 때까지도 남아 있는 건 일종의 이상사태. 전 세계에서 뽑고 있다면 이 정도 양은 순식간에⋯⋯. 아마 한 시간도 걸리지 않겠지. 모두 마음이 급해질 만해."

말과는 달리 냉정한 얼굴로 아키토가 말했다.

중노동 가챠란 여신이 인류에게 선물로 준비한 가챠의 일종이다.

'노동 가챠'라 불리는 종류의 가챠로, 일을 마친 사람들은 기업이 지급하는 월급 외에 여신이 보내준 가챠 티켓을 얻을 수 있다.

그리고 그 티켓을 가챠에 투입하고 버튼을 누르면 그 자리에서 추첨이 이루어져 여신의 세계와 연결되어 있는 가챠에서 배출된다.

다만 이 가챠는 단독으로 가동되는 것이 아니다. 중노동 가챠라 불리는 가챠는 전 세계에 존재하고, 다 같이 결과를 공유한다. 즉, 이 가챠의 내용물을 전 세계의 중노동자들이 서로 얻으려고 하는 것이다.

그야말로 지금, 세계 어딘가에서 이곳 광부들과 마찬가지로 노동자가 전 재산을 날릴 기세로 추첨에 도전하고 있다.

"그, 그거 대단하네……. 이런 기회는 좀처럼 없어……."

"그런 상황이니 어서 티켓을 파세요! 시세의 두 배를 낼 테니. 그거면 됐죠, 네, 네?"

"앗, 기다려, 내가 먼저 거래를 제시했다고! 그럼 어쩔 수 없지, 세 배 낼게! 부탁이야, 팔아줘, 지금밖에 없어! 제발!"

"앗, 이봐, 당신 티켓 갖고 있어?! 그럼 나에게 팔아줘, 내 몫은 벌써 다 써버렸어! 괜찮겠지, 응?"

놀란 스즈키에게 쥐와 돼지 얼굴이 더욱 간절하게 다가갔다. 그 모습을 본 다른 광부들도 뒤를 이었다. 플레이 룸 안이 패닉 상태에 빠지려고 했다. 그러나 그것도 어쩔 수 없는 일이다. 이것은 이 광산의 열악한 노동환경에서 탈출할 수 있는 얼마 없는 기회이기 때문이다.

말하자면 하늘에서 내려온 동아줄. 그리고 그 끝에는 아름다운 여신들이 미소를 짓고 있다. 매일 노예처럼 다뤄지는 광부가 그녀들과 같은 세계에서 살 수 있는 것은 그야말로 꿈같은 이야기다.

"이거야 원, 다들 난리네. 스즈키 씨가 곤란해하잖아. 어쩔 수 없긴 하지만."

"그쪽은 팔아달라고 안 합니까?"

벽에 기대어 한심한 듯 말하는 사시다에게 아키토가 물었다. 사시다는 또 과장된 동작으로 손을 펼치더니 비아냥거리는 말투로 대답했다.

"나? 나는 안 해. 이런 건 일시적인 열광에 불과해. 이런 것에 낚여 재산을 낭비하는 건 바보나 하는 짓이야."

"그렇습니까."

"그래. 게다가 잔량이 얼마나 남았든 분위기에 휩쓸려 운에 맡기려는 태도는 나의 방식이 아니거든. 할 거면 그에 맞는 준비를 하고 해야지. 나는 이미 티켓의 전매로 그럭저럭 벌고 있어. 지금은 그걸로 충분해."

"그렇군요."

티켓은 기본적으로 개인의 소유물이라 타인에게 양도하는 것이 금지되어 있다. 다만 그것은 표면상일 뿐, 실제로 양도를 하더라도 벌칙을 받는 것은 아니다.

웬만큼 대규모로, 그야말로 만 단위로 모은 사람이 나온다면 아마 문제가 되겠지만 개인 간에 1백 장 단위가 오가는 정도로는 아무도 신경 쓰지 않는다.

그리고 그 티켓 한 장이 거래되는 시세는 평상시라면 이 세계의 공통화폐인 'GP'로 기껏해야 수백 GP 전후라 한 끼 식사쯤 되는 금액이다.

노동자 가챠는 1등 상품이 강렬하긴 하지만, 대부분의 상품은 식재료나 일용품이 많아서 그리 호화롭지 않다. 가챠를 돌리는 것보다 돈으로 바꾸는 편이 이득이라고 생각하는 사람은 다른 사람과 교환하기도 한다.

특히 지금 같은 상태라면 시세의 몇 배로도 팔린다. 따라서 티켓을 모아둔 사람은 그것을 팔아 돈으로 바꾸고, 나중에 가격이 돌아간 뒤에 다시 티켓을 사서 모으면 단지 그것만으로도 이익이 발생하게 된다.

월급이 20만GP가 조금 넘는 수준인 그들에게 그 금액은 결코 무시할 수준이 아니다.

"이봐, 뭐하는 거야, 얼른 해! 시간과의 싸움이라고. 이 아저씨 정말 한심하네!"

"맞아요, 순순히 가져오라고요! 아저씨가 돈을 벌 기회 따위는 거의 없잖아요! 사줄 테니 얼른 가져와, 이 자식아!"

"맞아. 팔아라~, 팔아라~."

"히익…… 어, 어떡하지, 사시다 군, 아키토 군! 파, 파는 게 나을까……."

이윽고 팔라는 합창이 시작되어 버티지 못하게 된 스즈키가 냉정한 두 사람에게 도움을 요청했다.

"글쎄요……. 뭐, 괜한 참견이겠지만 파는 게 낫지 않겠습니까? 가챠에 자신이 있다면 돌리는 방법도 있겠지만…… 저라면 팔겠어요."

퉁명스럽지만 사시다가 질문에 대답한 뒤, 말을 이었다.

"갈 카드 같은 환상보다는 눈앞에 확실한 돈을 취해야죠. 당첨 보상이 클지도 모르지만, 돈은 확실히 수중에 들어오니까요. 뭐, 최종적으로 정하는 건 스즈키 씨지만요."

"그, 그렇군……. ……아키토 군도 그렇게 생각하나? 나,

난 스스로 정할 수가 없어…… 등을 밀어주지 않겠나……."

스즈키가 애원하는 표정으로 물었다. 아키토는 잠시 고민한 뒤, 그 눈을 바라보며 침착한 목소리로 대답했다.

"……그건 스즈키 씨가 정할 일입니다. 스즈키 씨에게 티켓이 돈으로 바꿔도 좋은 것이라면 그렇게 하시고, 지금 돌리고 싶다면 스스로 해야 하지 않을까요."

"앗……."

"스즈키 씨, 아까 말했지요. 운이 없으니 당첨은 포기했다고. 하지만 지금까지 대화한 적은 없습니다만, 스즈키 씨가 가챠fmf 즐거운 듯이 돌리는 모습은 몇 번인가 봤습니다."

조용한 목소리로 이어지는 아키토의 말을 스즈키도 진지한 얼굴로 들었다. 평소 그리 말을 하지 않기에 길게 말을 이어가는 것을 힘들어하면서도 아키토는 말을 계속했다.

"가챠, 좋아하잖아요? 알고 있다고요. 하지만 지금 그걸 팔아서 그 돈으로 다른 즐거움을 사고 싶다면 그것도 괜찮다고 생각합니다. 그것도 하나의 방법이에요. ……하지만 혹시 지금 스스로 가챠를 뽑고 싶다는 마음이 조금이라도 있다면……."

힐끗 옆에 있는 사시다에게 시선을 보낸다.

그는 그저 무표정하게 두 사람을 바라보고 있었다.

"……돌리면 됩니다. 타인은 상관없어요. 그건 스즈키 씨의 몫이에요. 어떻게 할지는 본인이 정하면 돼요."

"……아키토 군……."

스즈키가 감동한 얼굴로 아키토를 바라보았다. 답지 않은 말을 했다며 아키토는 조금 겸연쩍어져 고개를 돌렸다.

그러나 주위에서는 그 표정의 변화를 읽어내지 못하고, 평소와 같은 무뚝뚝한 얼굴이라 여겼지만.

"아니 아저씨, 적당히 하라고요. 벌써 25만 개도 안 남았어요! 당장이라도 나오겠어! 얼른 해, 꾸물거리지 말고……."

"……다들 미안해. 나의 티켓은 내가 쓰겠어. 재미있지 않나, 지금이야말로 모아 둔 티켓을 투자할 때일지도 몰라."

주위 광부들이 놀란 소리를 냈다. 스즈키가 마음이 약한 남자인 것은 보면 알 수 있으므로 이런 때에 과감한 승부에 나설 만한 사람으로는 도저히 보이지 않기 때문이다.

"앗, 당신 R등급조차 거의 안 나오고 쪽박만 차면서…… 도전하더라도 티켓만 낭비할 뿐이잖아! 왜 그런……."

"미안해. 하지만 이런 때를 위해 모았으니까. ……그럼 티켓을 가져오겠네."

끝까지 물고 늘어지는 돼지 얼굴에게 스즈키는 단호하게 대답하고 걸음을 옮겼다. 이렇게까지 말하니 더는 아무도 말을 꺼내지 않았다.

모두가 지켜보는 가운데 비척비척 방으로 향하다 말고 스즈키가 아키토를 향해 물었다.

"……자네는 안 하나? 아키토 군. 자네도 꽤 모아 두었다고 하지 않았나. 같이 돌리지 않겠어? 아니면 남에게 파는 것도……."

"아니요, 저는 이번에 돌릴 마음이 없습니다. 게다가 스즈키 씨와 달리 늘 혼자라 나중에 알력이 생길 티켓 판매도 할 마음이 없고요. 트집을 잡히면 힘들어질 처지라."

"그런가, 알겠어. ……그럼, 잠시 실례."

그렇게 스즈키는 가버렸다. 그 모습을 지켜보는데 주변 사람들이 재미있어 하며 함부로 말을 내뱉었다.

"저 시원찮은 아저씨가 갓 카드에 도전이라니. 재미있게 됐는데! 술 좀 가져와, 이만한 안주가 없어!"

"저런 녀석이 뽑을 수 있을 리가 없지……! 왜 운세가 4위인 나에게 맡겨주질 않은 거냐고요! 정말 쓸데가 없다니까! 저 아저씨는!"

그러는 동안 가챠의 남은 숫자는 쭉쭉 줄어 이윽고 겨우 20만 개가 되고 말았다. 그럼에도 남은 갓 카드의 숫자 1은 사라지지 않았다.

그 사이에 나오는 것이 아닐까 싶을 정도로 시간이 지나 광부들이 완전히 안달복달할 즈음에야 스즈키가 모습을 드러냈다.

"기, 기다렸지, 다시 허리가 아파서 시간이 걸렸어…… 모두 121장이 있더군. 이걸로 도전하겠어."

"오오, 좋아, 어서 돌려!"

와아 하는 함성을 지르며 광부들이 가챠까지 가는 길을 열어주었다.

온갖 생각이 뒤엉킨 시선을 받으며 스즈키가 가챠 자리에 앉았다.

"자…… 그럼 해보겠습니다. ……여신님의 은혜인 가챠, 불초 스즈키, 오늘도 뽑아보겠습니다."

정중하게 가챠에 인사를 하는 스즈키. 그는 여신을 경애하는 사람으로서 그 기적의 상징인 가챠에도 경의를 표했다.

여신의 신도들에게 가챠는 제단이나 신전 같은 것이다.

"흥, 당신이 간 카드를 뽑을 수나 있겠어! 얼른 다 날려버리라고, 아저씨!"

"맞아요, 우리를 모른 척하다니! 여신님, 저 녀석에게 천벌을 내려주십시오!"

티켓을 빼앗지 못한 두 사람이 저주를 퍼부었다. 아무리 속상하더라도 말이 너무 심하여 아키토는 인상을 찡그렸다.

그러나 당사자인 스즈키는 전혀 개의치 않았다.

'자네들의 말이 맞아. 내가 그런 대박을 터뜨릴 수 있을 리가 없지. 그럭저럭 괜찮은 게 나오면 충분해. 하지만…….'

위잉 하는 소리를 내며 티켓이 가챠 기계 안으로 들어갔다. 이것이 바로 신의 세계로 보내진다고 하니 신기할 따름이다. 여신들의 힘은 인간의 이해를 훨씬 뛰어넘었다.

'……이 가챠를 뽑는 순간만큼은…… 몇 살을 먹었어도 좋거든.'

램프가 깜박이며 가챠를 뽑을 수 있는 상태가 되었다. 이미 가챠의 남은 수는 16만 개쯤이 되어 있었다. 스즈키는 딱히 허세를 부리는 기색도 없이 웃으면서 버튼을 눌렀다. 바로 가챠 안에서 나직한 구동음이 울렸다.

──그리고 그 순간. 가챠에서 지금까지 들어본 적이 없는 요란한 팡파르가 울려 퍼졌다.

"헉……?!"

"오옷……."

놀란 스즈키와 동요하는 광부들. 가챠가 반짝반짝 미친 듯이 깜박이더니 축복의 소리가 흘러나왔다. 지금까지 인생을 살며 가챠에 익숙해진 그들에게 지금 상황은 분명 처음 보는 광경이었다.

"앗, 아, 아니…… 거짓말이지……? 서, 설마……."

더는 냉정함을 유지하지 못하게 된 사시다가 그 광경에 넋이 나가 말했다. 아키토도 놀라 말이 나오지 않았다.

모두가 어안이 벙벙한 가운데 이윽고 연출이 끝나며 위이이이잉 하는 소리와 함께 가챠 카드의 배출구가 빛나며 그것이 튀어나왔다.

"…………."

스즈키가 조심스럽게 마치 뜨거운 것을 만지듯이 그것을

손에 들었다.

그리고 그것을 응시한 채 움직이지 못하고 있는 스즈키에게 손수건이 모두를 대표하여 참지 못하고 물었다.

"……이, 이봐, 스즈키 씨……? 다, 당신, 설마……?"

이윽고 그것을 쥔 채 덜덜 떨기 시작한 스즈키가 몸을 빙글 돌려 눈물을 흘리며 '그것' ……자신의 손에 들어온 금색 카드를 들어 보여주며 말했다.

"다……당첨되었습니다……. 최고 등급…… '갑 카드'…… [행운의 여신의 축복]……. ……당첨, 되었습니다……!"

……그의 말대로 카드에는 분명 여신 중 한 사람 '행운의 여신' 메이아 스타즈의 그림과 함께 이렇게 쓰여 있었다.

[행운의 여신의 축복]
이 카드를 손에 넣은 자, 신의 세계의 일원이 되리라.

"……우와아아아아아아아아아아아아아!!"

폭발할 듯한 함성이 터졌다. 연간 당첨자는 전 세계에서 겨우 수십 명에 불과하다.

이 세계의 가장 큰 혜택이라고 해도 좋을 신의 세계로 가는 편도 티켓이 지금 분명히 이곳에 존재했다.

"거…… 거짓말이야……. 이럴, 수가……. ……내…… 내가 뽑아야 할 터인…… 갑 카드가…… 저런…… 저런 아저씨 손에······."

바닥에 주저앉은 돼지 얼굴이 멍하니 중얼거렸다.

"마······ 말도 안 돼요······. 운세가 4위인 나를 제쳐두고, 저런 아저씨가······ 메이아 님의 카드가 저런 꼬질꼬질한 아저씨 손에······! 말도 안 돼, 말도 안 된다고요!"

쥐가 비명 같은 소리를 질렀다. 축복하는 사람, 원망하는 사람, 그리고 그 소리에 이끌려 플레이 룸으로 달려온 광부들. 흥분하여 술을 흩뿌리는 사람까지 있어서 좁은 플레이 룸은 순식간에 흥분의 도가니로 변했다.

"······아니, 말도 안 돼······. 나도······ 나도 도전했으면 당첨됐을지도 몰랐다는 건가······!"

"···········."

경악한 얼굴로 중얼거리는 사시다. 아키토도 그 광경을 멍하니 바라보았으나, 이윽고 스즈키가 자신에게 당황한 시선을 보내는 것을 느끼고 다가가서 말을 걸었다.

"······스즈키 씨. 축하드립니다."

"웃······. ······고, 고맙네······ 고마워, 아키토 군······. 자네가 말해준 덕분이야······. 고마워······ 정말 고마워······!"

감격에 찬 모습으로 스즈키가 깊숙이 고개를 숙이며 아키토의 손을 잡았다. 일방적인 악수인 데다 스즈키의 손은 긴장과 흥분으로 놀랄 만큼 땀이 흥건했으나 아키토는 거부하지 않고 그 손을 힘차게 쥐었다.

"자, 스즈키 씨. 모처럼 손에 넣었으니 콜을 하면 어때요. 다들 흥분했습니다. 너무 시간을 끌면 저기…… 그리 좋지 않을지도 모릅니다."

아키토가 그렇게 말하자, 스즈키가 퍼뜩 놀란 얼굴로 주위를 둘러보았다. 설마 신의 카드를 빼앗으려고 하는 불경한 자는 그리 없겠지만, 확실히 흥분한 사람들이 무슨 짓을 할지 모르는 일이다.

쓸 것이라면 얼른 써버리는 것이 최고다.

"그래, 얼른 보여줘! 여신님이 정말 오는 거야?! 이 더러운 숙소에! 우오오, 믿기지가 않아. 더는 못 참겠으니 얼른 꺼내!"

"맞아, 맞아, 뜸들이지 마! 안 할 거면 내가 대신 할게, 아저씨! 어서, 어서!"

"맞아, 얼른! 갇! 갇! 갇!"

"갇! 갇! 갇! 갇!"

광부들이 한꺼번에 떠들었다.

스즈키는 땀을 줄줄 흘리며 주위를 두리번두리번 둘러본 뒤, 이윽고 자신이 손에 든 그것……갇 카드를 애틋하게 쓰다듬고는 다시 높이 들었다.

"으, 응, 그래……. 그, 그럼……. 아아, 긴장되네…… 그럼 갑니다…… '콜'!"

그리고 해방의 주문 '콜'을 외웠다.

그 순간 카드에서 아름다운 무지갯빛이 뿜어져 나왔고, 하얀 연기와 같은 것이 주위를 뒤덮었다.

"오오오……."

광부들이 놀라 눈을 가늘게 떴다. 곧이어 연기가 가라앉았을 때.

……그들의 앞에는 화면 너머로 몇 번이나 본 아름다운 여신이 서 있었다.

"……야호! 여러분 '행운의 여신' 메이아 스타즈야☆ 반가워어어어어!"

"……반갑습니다아아아아!!"

여신이 나타나 환한 미소를 짓고 포즈를 딱 취하며 그 자리에 있는 모두에게 외쳤다. 그에 이끌려 광부들도 함께 외쳤다.

그야말로 이 세상의 사람이라고는 생각할 수 없는 아름다움이었다.

반짝이는 듯한…… 아니, 실제로 빛을 내뿜는 밝고 옅은 베이지색 머리. 그 머리를 뒤통수 쪽에 두 개의 만두 모양으로 묶었고 거기서 양 갈래로 길게 뻗은 머리가 허리까지 아름다운 선을 그리며 내려왔다. 인형처럼 예쁜 얼굴에는 수많은 보석을 박은 듯이 반짝거리는 금색 눈동자와 싱그러운 과일처럼 붉은 입술. 전체적으로 날씬하지만 어떤 의미로는 언밸런스라 해도 좋을 만큼 풍만한 가슴. 화려하게 반짝이고 귀여우면서도 어딘가 신성한 옷에는 몇 개나 되는 액세서리가 빛을 발하고, 그 중 하나만 있어도 한 사람이 인생을 편하게 살 수 있을 만큼 가치가 있는 듯 보였다.

그러나 그것조차도 흐릿해질 만큼 미모 자체가 돋보였고, 무엇보다 환한 웃음이 그 매력을 몇 배나 커지게 했다.

행운의 여신, 메이아 스타즈. 그녀는 지상의 어떤 여성보다 아름답고 또한 화면 너머로 본 모습보다 훨씬 강력한 매력을 발하며 분명히 눈앞에 존재하고 있었다.

"정말 다들 좀처럼 메이아를 불러주지 않아서 따분했거든! 너무 사랑이 부족한 거 아냐?!"

"우오오, 죄송합니다, 여신니이이이임! 아아아, 아, 아름다워! 행복합니다아아!"

완전히 이성을 잃은 광부들이 눈물을 흘리며 절규했다. 그 반응에 기분이 좋아졌는지 여신 메이아가 그 자리에서 빙글빙글 돌더니 그들에게 손가락으로 척 가리키는 포즈를 취했다.

"뭐, 오케이, 오케이! 그럼 모처럼 왔으니 한 곡 부를게☆ '사랑의 골드러시' 시작☆!"

그녀가 손가락을 딱 튕긴 순간 광부들은 플레이 룸이 살짝 흔들리는 듯한 감각에 사로잡혔고, 정신이 들자 그곳은 화려한 무대로 바뀌어 있었다.

"우…… 우오오오오! 여신님의 라이브다아아아아!"

광부들이 목이 갈라질 듯이 외쳤다. 그 시선을 한 몸에 받으며 흘러나오는 음악에 맞춰 어느새 노출이 많은 서부극의 총잡이 같은 의상으로 갈아입은 메이아 스타즈가 무대 위에서 미성을 들려주기 시작했다.

"……'사랑의 골드러시'인가. 메이아 스타즈가 주연을 맡은 서부극 같은 것의 주제곡이었던가."

"네. 인기작으로 몇 십 년 전부터 정기적으로 '갓 비전'에서 몇 번이나 방송한 겁니다."

아직 상황을 제대로 받아들이지 못한 얼굴로 사시다가 읊조리듯이 말했다. 대답을 원하는 것은 아니겠지만 눈에 띄는 위치에서 도망치듯이 물러난 아키토가 그 말에 대답했다.

'갓 비전'이란 여신들이 가챠 외에도 일으키는 기적 중에 하나이다.

네모난 상자 중앙에 영상을 비추는 화면이 박혀 있는데 그곳에서 여신들이 다양한 정보를 제공하는 '방송'이라 불리는 영상이 항상 흘러나온다. 그 속에서 때로는 사람들에게 지식을 선사하고, 때로는 정보를 주고, 무엇보다 오락을 제공한다.

연극, 교육, 그리고 노래. 사람들은 어린 시절부터 그녀들이 행하는 방송을 보며 자라고, 또 그것을 보며 죽어간다. 현실에서 여신을 직접 볼 수 있는 사람은 거의 없으면서도 부모보다 잘 알게 된다.

그리고 이 행운의 여신 메이아는 여신들 중에서도 특히 인기가 높아 때로는 '시청률'로 그녀들의 주신인 아마츠카제 히카루를 제치기도 했다.

"⋯⋯후우. 여러분, 고마워~! 모두 신나게 즐겨줘서 메이아도 기뻐!"

삼 분이 조금 지나자 곡이 끝났고, 메이아는 생글생글 웃는 얼굴로 마이크를 들었다.

광부들이 다시 환호하며 감동의 눈물을 흘렸다. 설마 자신의 인생에서 여신의 라이브를 듣는 날이 올 줄은 생각도 못 했기 때문이다.

그 광경을 특등석에서 바라보며 아직 자신이 꿈을 꾸는 것이 아닐까 의심하고 있는 스즈키에게 다가간 메이아는 천천히 그의 손을 잡고 미소 지었다.

"안녕, 네가 이번 당첨자구나? 메이아를 불러줘서 고마워! 엄청난 행운이 너에게 찾아왔구나☆"

"앗⋯⋯ 네, 넵⋯⋯, 감사합니다⋯⋯."

동요한 스즈키가 얼굴을 붉혔다. 스즈키에게도 메이아는 어린 시절부터 동경하던 여신 중 한 사람이다. 그 여신에게 손을 잡힌 데다 자신의 옷은 광산 작업을 마친 뒤라 매우 더러워져 있어서 그의 손은 놀랄 만큼 땀으로 흥건했다.

게다가 자신은 오랜 노동에 찌들어 완전히 주름투성이 아저씨가 되었다. 부끄럽기도 하고 황송하기도 했다.

어서 손을 놓지 않으면 여신이 기분 나빠하지 않을까 생각했지만, 메이아는 싫은 기색이 하나도 없이 그 손을 꼭 잡았다.

"저, 저기······."

"응, 응, 다 알고 있어☆ 당첨된 사람이 어떤 생각을 하는지 전~부 알고 있거든☆ 메이아에게 모두 맡겨."

어찌할 바를 모르는 스즈키를 들여다보며 메이아가 웃는 얼굴로 대답했다.

메이아가 스즈키의 손을 더욱 꽉 잡으며 말을 이었다.

"신의 세계에 살 사람들은 완벽하고, 행복하지 않으면 안 돼. 신의 세계에는 자책감도, 고민도 아무것도 없어. 그러니 먼저······ 너에게 완벽한 육체와 두뇌를 줄게☆"

"네······?"

"갓☆블레스☆유!"

무언가 오싹함을 느낀 스즈키의 등으로 식은땀이 흘렀다. 그러나 여신은 그의 마음 따위는 아랑곳하지 않고 축복의 말을 선사했다.

그러자 그의 손으로 무언가가 흘러들어왔다.

"······으아아아아아아아앗?!"

놀란 스즈키가 절규했다. 여신의 빛이 전파된 듯 그의 몸이 빛을 발했다.

"아, 아니, 뭐야 이게······. 어떻게 되는 거야?!"

광부 중 한 사람이 놀라 외쳤다. 모두의 시선을 받으며 반짝반짝 빛나는 스즈키는 그 자리에서 몸을 웅크리고 도움을 요청하듯이 아키토를 보았다.

"으아아앗…… 뭐야…… 뭔가가 들어오고 있어……! 무서워…… 무서워, 아키토 군……! 도와줘, 날 도와줘…… 아키……."

"……스즈키 씨……."

놀란 아키토가 손을 뻗었다. 그러니 그 손이 닿기 전에 스즈키의 몸이 더욱 강렬한 빛으로 감싸였고, 잠시 뒤 빛이 사라졌을 때에는.

……나이 든 스즈키의 모습은 사라지고 젊고 날씬하며 아름다운 소년이 서 있었다.

"……에에에에엥?!"

광부들이 놀라 소리를 질렀다. 그야말로 본 적이 없는 미소년이라 여신과 나란히 서 있어도 전혀 위화감이 없는, 말하자면 '완벽한 인간의 모습'이었기 때문이다.

──갓 카드. 신의 세계로 가고 싶다는 인간의 바람을 들어주기 위해 여신들이 준비한 축복. 그것은 세상의 노동자 계급을 격려하기 위해 노동 가챠의 가장 큰 보상으로 설정되어 있다.

그 카드를 뽑은 사람은 완벽한 존재가 되어 어딘가에 있는 신의 세계에서 영원히 행복하게 살아간다고 한다.

"…………."

소년이 경악한 얼굴로 자신의 몸을 여기저기 만져보자, 메이아가 어디선가 거울을 꺼내 보여주었다. 소년은 그 거울로 자신을 찬찬히 살펴보기 시작했다.

"자, 미소년☆ 어때, 근사하지? 이것으로 외모 콤플렉스는 없어졌지?"

"……이…… 이게 나……? ……아…… 아름다워……."

소년이 멍하니 중얼거렸다. 비단결처럼 아름다운 검은 머리. 한눈에 사랑에 빠지고 말 듯한 여성적이기도 한 외모. 몸의 온갖 부분이 예술적으로 완성되어 있어서 온 세계를 뒤져도 이런 소년은 달리 없을 것이라는 생각이 들었다.

"이, 이봐, 설마 저거…… 그 스즈키 아저씨야……?"

"사, 사람의 모습도 저렇게 쉽게 바꿀 수 있다니……. 여신님, 대단해……."

광부들이 소곤거렸다. 아무래도 소년이 스즈키의 달라진 모습임을 뒤늦게 이해한 모양이다.

그리고 동요를 감추지 못하던 스즈키인 듯한 소년의 표정이 이윽고 웃는 얼굴로 바뀌었다. 쭉 싫어했던 패기 없는 얼굴도, 너무 눈치를 보던 겁먹은 표정도 이제 어디에도 존재하지 않는다.

누가 보아도 아름답다고 느낄 미모가 이곳에 있다. 그렇다. 자신의 얼굴에……!

"······후······ 후후후······ 대단해······ 정말 대단해! 이것이 여신님의 힘! 나약함도, 허리 통증도 모두 사라졌어! 그러기는커녕 온몸에 느껴본 적조차 없는 활력이 느껴져! 대단해, 세계조차 바꿀 수 있을 것 같아! 이게 바로 나······ 앞으로는 이렇게 살 수 있어······ 영원히! 아하하······ 아하하하하하!"

걱정스럽게 말을 건 아키토에게 대꾸도 하지 않고 스즈키가 미친 것처럼 기쁨에 찬 환호성을 질렀다.

그곳에는 아까까지 남의 눈치만 보던 아저씨의 모습은 남아 있지 않았다.

"······저거 정말 괜찮은 건가······. 저거 진짜 스즈키 아저씨 맞아? 너무 달라진 거 아닌가······."

"아, 괜찮아, 괜찮아, 본인의 인격에는 전혀 손을 대지 않았어. 갑자기 미모와 지혜를 손에 넣어 흥분했을 뿐이니까. 잠시만 지켜봐 줘☆"

혼잣말을 한 사시다의 말을 들은 메이아가 말했다. 이윽고 스즈키는 침착함을 되찾고 메이아를 바라보았다.

"감사합니다, 여신님. 더할 나위 없이 훌륭한 선물이군요. 덕분에 머릿속에 드리워져 있던 안개가 걷힌 것 같습니다. 세상이 이렇게 선명했군요······ 정말 고맙습니다."

"아하하, 다들 똑같이 말하더라. 천만에. 그리고 축하해, 새로운 인생☆"

두 사람은 서로 마주 보며 웃었다. 그 모습이 그야말로 이 허름한 숙소와 동떨어진 그림 같은 아름다움을 지니고 있어서 광부들은 열등감을 느끼지 않을 수 없었다.

"……뭐, 뭐야…… 운 좋은 영감 같으니, 네가 당첨된 건 내가 티켓을 빼앗지 않아 준 덕분이거든……! 착각하지 마, 이 자식아!"

"마, 맞아, 맞아, 본래는 운세 4위인 이 내가 당첨되었어야 한다고요! 뭐야, 젠장! 젠장! 조금 정도는 감사하라고요, 아저씨!"

질투심이 일었는지 돼지 얼굴과 쥐가 아름답게 변모한 스즈케에게 따졌다. 그러나 스즈키는 그들을 힐끗 보더니 차가운 미소를 짓고 오싹할 만큼 냉정하게 대답했다.

"……닥쳐. 더러운 버러지들."

"앗……."

스즈키가 한 말이라고는 생각할 수 없는 말에 돼지와 쥐가 경악했다.

그러나 곧 그의 말이 가슴을 파고들어 돼지 얼굴이 새빨개진 얼굴로 항의했다.

"누, 누가 버러지야, 이 자식……! 취, 취소해! 지금 한 말 취소해……! 나, 나는 버러지가 아냐!"

"버러지 맞잖아. 너희가 버러지가 아니면 뭐란 말이야? 바닥을 뿔뿔 기어다니며 흙탕물을 마시는 것밖에 못 하는

버려지. 추악한 외모, 이해력이 달리는 지능, 하등 가치가
없는 목숨! 딱 버려지지!"

"뭐…….."

"그래…… 나도 예전엔 버러지였어! 그러나 지금은 달라!
나는 손에 넣었어! 버러지가 아닌 인생을 손에 넣었다고! 나
는, 나는…… 나는 버러지에서 인간으로 다시 태어났어! 아
하하, 아하하하하!"

주위 광부들도 이쪽을 깔보는 그 말에 놀란 표정을 지었
다. 이것이 정말 그 사람 좋은 스즈키가 맞단 말인가. 도저
히 같은 인물로는 보이지 않는다.

"아…… 역시 이렇게 되었나. 미안해, 여러분. 갑자기 똑
똑해지면 다들 담대해져서 이런 말을 하고 싶어지는 모양이
야. 하지만 지금은 혼란에 빠졌을 뿐이니까…… 그러니 관
대하게 봐줘, 응, 알았지?"

"네, 네에……. 여신님이 그렇게 말씀하신다면……."

여신 메이아가 미안해하며 말했다. 동요하던 광부들도 메
이아의 말에 화를 낼 수도 없으므로 어쩔 수 없다는 표정으
로 서로 마주보았다.

"……그래도 너무 달라진 것 아닌가? 그렇게 착하던 아저
씨의 모습이 전혀 없는데……."

"착하다고? 아니야…… 예전의 나는 착했던 게 아냐. 모
든 것이 두려우니까 착한 척을 하며 자신을 지켰을 뿐이야."

어이가 없다는 듯 중얼거린 사시다에게 스즈키가 대답했다.

"누군가에게 친절을 베풀면 나에게도 친절하게 대해줄지도 모르니까……. 무능하고, 도움도 되지 않는 하등한 인간이 유일하게 지닌 특기가 그것뿐이라는 것. 그러나 이제 나에게는 필요 없어."

스즈키가 과거의 자신을 바보 취급하는 말을 내뱉었다. 그 광경을 아키토는 역시나 무표정하게 바라보았다.

"자…… 이제 됐습니다. 여신님, 저를 이 쓰레기장에서 인간이 있어야 할 세계로 데려가 주십시오. 저는 어서 행복한 인생을 시작하고 싶습니다."

"좋아. 그런데 이제 정말 동료들에게 하고 싶은 말 없어? 더는 돌아올 수 없는데? 나중에 제정신으로 돌아와서 후회해도 늦는다? 작별인사를 하지 않아도 괜찮아?"

메이아가 배려하여 묻자 그제야 그 사실을 깨달은 듯 스즈키가 아키토를 돌아보았다.

그리고 천사처럼 싱긋 미소를 지으며 자신만만한 발걸음으로 다가갔다.

"그러고 보니 한 가지를 잊고 있었네요……. 아키토 군. 이것을 받아줘."

"앗……."

그러며 스즈키가 아직 자신의 손에 남아 있던 나머지 티켓 120장을 내밀었다. 당황한 아키토의 손을 잡아 억지로 그것을 쥐어준다.

"좋은 추억 따위는 없는 곳이었지만…… 자네 덕분에 내가 간 카드를 손에 넣었어. 이건 그 답례야. 대단한 것은 아니지만 받아주게."

"……괜찮겠습니까? 고생해서 모은 것일 텐데요……."

"괜찮아. 나에겐 이제 필요 없으니."

꼬질꼬질한 그것을 내주고, 아키토의 얼굴을 보며 말을 이었다.

"혹시 행운이 남아 있을지도 몰라. ……고마워. 언젠가 자네가 간 카드를 뽑아 신의 세계에서 재회할 날이 오기를 바라겠네."

그렇게 미소를 짓는 그 표정은 조금 전 모습이 바뀌기 전의 스즈키를 떠올리게 했다.

스즈키가 아키토의 손을 잡고 굳은 악수를 했다. 그 손은 아까 한 악수와는 달리 땀이 배어나오지도 않아 차가웠고, 또한 광부의 투박하고 거친 감촉도 아닌 부드러운 손이었다.

"……그럼 감사히 받겠습니다. ……스즈키 씨, 부디 건강하시기를."

"그래, 자네도. ……잘 지내게."

그렇게 말하고 스즈키는 손을 놓았다.

아키토의 손에는 그의 티켓과 차가운 감촉만이 남았다.

"자, 그럼 가실까요, 여신님."

"그래, 그래☆ 그럼 여러분, 이번에 메이아의 가챠를 돌려줘서 고마워~! 여러분 덕분에 정말 즐거운 이벤트 기간을 보냈어☆ 고마워!"

"아앗, 메이아 님, 제발 가지 마세요! 제발요!"

"아아아앗, 저도 데려가주세요오! 한 사람쯤 더 늘어도 되잖아요, 부탁입니다, 이런 일 이젠 싫어요!"

여신과의 작별 시간임을 깨달은 광부들이 입을 모아 외쳤다. 그러나 여신 메이아는 손가락을 흔들며 쯧쯧쯧 혀를 찬 뒤 웃으며 대답했다.

"안 돼. 데려갈 수 있는 건 간 카드를 뽑은 사람뿐이야! 너희도 이쪽에 오고 싶다면 열심히 뽑아봐! 다음 시즌은 이라하 우타이의 간 카드가 준비될 테니 힘내! 꼭 참가해야 해, 약속이야☆"

여신 메이아가 그렇게 말하고는 스즈키의 팔에 팔짱을 끼고 다른 한 팔을 높이 들자 그 손에서 빛이 나오기 시작했다.

"그럼 여러분에게 행운의 빛이 있기를! 갓☆블레스☆유! ⋯⋯바이바이!"

그 빛이 최고조에 달하더니 어느새 광부들의 눈앞에서 메이아와 스즈키가 사라져 버렸다.

"⋯⋯가버렸네⋯⋯. 후우⋯⋯ 믿기지가 않아⋯⋯. 꿈이라도 꾸는 것 같아⋯⋯."

"여신님⋯⋯ 진짜 대단해⋯⋯. 아앗, 그 빛이 머리에서 떠나질 않아⋯⋯. 제기랄, 또 만나고 싶다⋯⋯. 아앗, 그 자식, 부러운 정도가 아니야! 젠장, 젠장, 젠장!!"

귀신에 홀렸다가 정신을 차린 듯이 어깨를 늘어뜨렸던 광부들이 각자 떠들기 시작했다.

어느새 플레이 룸도 화려한 무대에서 원래의 허름한⋯⋯ 아니, 그렇게 화사한 모습을 본 뒤라 더욱 칙칙하게 보이는 방으로 돌아오고 말았다.

그야말로 꿈을 꾸는 듯한 시간은 잠에서 깬 것처럼 끝나고 말았고, 이제는 꼬질꼬질한 자신과 동료, 그리고 허무한 현실만이 남겨졌다.

"아앗⋯⋯ 내가 손에 넣을 거였는데⋯⋯. 그 자식, 재수 없어. 재수 없다고⋯⋯ 제기랄⋯⋯."

"⋯⋯나는 버러지가 아니야⋯⋯ 버러지가 아니야! 취소해⋯⋯ 취소해, 이 자식아⋯⋯. 아아아악 젠장, 젠자앙⋯⋯."

쥐와 돼지 얼굴이 분한 눈물을 흘리며 외쳤다. 너무 비참한 꼴이었다.

가챠로 대박이 난 사람과 그렇지 못한 사람. 이 세계에서 양자는 너무도 잔인하게 격차가 벌어져 있다.

이윽고 열기에 들떴던 광부들도 냉정함을 되찾고 삼삼오오 나뉘어 비척비척 흩어졌다. 플레이 룸에는 겨우 몇 사람이 멍하니 남겨졌을 뿐이었다.

"⋯⋯후우. 독기가 빠져 버렸네⋯⋯ 뭐야 저게. 간 카드가 저런 거였나. 생각했던 것과 상당히 다른데……."

"납득이 안 가십니까?"

혼잣말을 하는 사시다에게 아키토가 물었다. 사시다는 그다운 과장된 몸짓으로 어깨를 으쓱하더니 시시하다는 듯 대답했다.

"그래, 전혀 안 돼. 외모도 바뀌고, 두뇌도 바뀌고, 생활도 바뀌고. 봤잖아, 그 아저씨의 말투. 어조며 내용까지 바뀌었어. 나는 그런 건 사양이야."

"그렇습니까."

"인간이란 있는 그대로의 모습으로 성공해야 의미가 있어. 무엇이든 '성공한 비전'으로 바꿔 버리면 그건 이미 자신이 아니잖아. '성공한 무언가'를 탈취했을 뿐이라고 생각해. 나는."

"…………."

아키토는 무어라 말하면 좋을지 몰랐다. 스즈키의 몸에 일어난 일은 좋은 일일까? 아니면 나쁜 일이었을까.

그것을 자신이 판단할 수는 없다. 아키토는 그렇게 생각했다.

"게다가 '갇 카드'가 뭐야. 신이 나오는 카드라면 '갓 카드'여야지. 무슨 뜻이야, 그게? 수상하기 짝이 없어."

"그러고 보니 그러네요. 생각한 적도 없었습니다."

어린 시절부터 당연하게 여겼기에 생각한 적도 없지만 확실히 그렇다.

간 카드. 확실히 위화감이 드는 이름이다.

"언젠가 간 카드를 뽑아 소원을 이루고 남은 인생을 구가할 생각이었지만…… 노선을 변경해야겠어. 버려지는 버려지답게 숲에서 맛있는 수액이라도 찾아야지……."

그렇게 말하고 사시다는 담배를 물고 걸어갔다. 그 등을 향해 아키토가 말을 걸었다.

"당신이라면 잘해낼 것 같네요."

"그거 고맙군…… 자, 그럼."

감정이 담기지 않은 대답을 하고 사시다는 가버렸다.

그 모습을 지켜본 뒤, 아키토는 한 번 작게 숨을 내뱉고 방 안쪽에 자리 잡은 가챠 기계로 다가갔다.

남은 카드는 스즈키가 당첨된 순간부터 전혀 줄지 않았다.

앞으로 14만 정도. 그리고 그 화면에는 간 카드가 나오는 바람에 대부분의 인간에게 매력을 잃은 내용물이 허무하게 표시되어 있었다.

"…………."

딱히 표정을 바꾸지 않고 자신의 티켓을 한 장 투입했다. 그 모습을 발견한 광부 중 한 사람, 아직 플레이 룸에 남아 있던 사람이 무시하는 어조로 말을 걸었다.

"이봐, 당신! 뭐 하는 거야. 그 가챠는 이제 좋은 게 거의 남아 있지 않아. 조금만 지나면 새로운 시즌으로 바뀔 텐데 지금 돌리다니 아깝잖아."

"네, 알고 있습니다. 하지만 하루에 한 번 돌리는 게 일과라서."

친절한 마음으로 하였을 그 말에 그렇게 대답했다. 아키토에게 한 장을 뽑는 것은 업무를 마치고 늘 하는 정해진 일과이다. 무슨 일이 있더라도 돌리는 것은 변함이 없다.

"에휴, 당신도 특이한 사람이네⋯⋯. 뭐, 그래도 수백만쯤 가치가 있는 건 몇 갠가 남았지만, 그래도 기왕 뽑을 거면 1등 상품이 있을 때 해야지. 아깝게 말이야."

그리 말하며 한심하다는 얼굴로 광부는 나가버렸다.

그 뒷모습을 쳐다보지도 않고, 절박한 기색도 없이 아키토는 가챠 버튼을 눌렀다.

그러자 거의 즉시 띠딩 하는 가벼운 효과음이 나더니 딱히 연출도 없이 카드가 쑥 나왔다. 칙칙한 회색 카드다.

가장 낮은 등급에 해당하는 N급 카드였다.

나와도 반갑지 않은 것으로 대체로 수백GP의 가치밖에 없는 수준이며, 아키토의 손에 든 그것은 그 중에서도 특히 가치가 없는 것이었다.

"⋯⋯[공벌레]⋯⋯."

N등급 카드 [공벌레]. '동물 카드'라 불리는 종류의 것이며 콜을 하면 안에서 공벌레가 한 마리 나타난다.

세상에는 꽝이라 할 만한 카드가 숱하게 있는데 그 중에

서도 특히 낮은 급의 카드라고 해도 좋다. 그야 이런 벌레
는 밖에 있는 돌멩이라도 차내면 지겨울 만큼 볼 수 있기 때
문이다.

"……또 이런 건가."

후우 한숨을 내쉰다. 평범한 사람이라면 십 년에 한 번 꼴
로 이런 것을 뽑지만 아키토에게는 일상이었다.

──그렇다. 여기 아키토는 가챠 운이 인생을 정하는 이
세계에서 그야말로 치명적일 만큼…… 이상하리만치 가챠
운이 없었다.

2

──옛날 옛날에.

사실 그렇게까지 옛날은 아닌 옛날.

아직 이 세계의 인간이 금속 무기를 들고 서로 죽이던 시
절의 이야기.

어느 날 이 세계에 여신들이 찾아왔습니다.

여신들은 이 세계의 인간이 아직 얻지 못한 많은 지식, 뛰
어난 기술, 그리고 본 적도 없는 미모를 지녔기에 순식간에
사람들을 사로잡았습니다.

희망, 행복, 용기, 지혜, 행운, 사랑, 조화, 그리고 노래.

여덟 개의 권능을 지닌 그녀들은 사람들에게 많은 것을 선

사하였습니다만, 그 중에서도 특히 그들을 열광시킨 것은…… 바로 그녀들이 '가챠'라 부르는 네모난 상자였습니다.

여신이 말하기를, 이 상자에는 세상의 온갖 '훌륭한 것'이 담겨 있다.

부, 명성, 미모, 강함, 사랑, 꿈, 그 밖에 사람들이 바라는 모든 것.

그리고 그 말대로 상자 안에서는 많은 군세를 쓰러뜨릴 수 있는 무적의 병사며 무수한 지식이 담긴 책, 영원히 줄지 않는 술과 하늘을 나는 탈것 등 여신의 축복이 담긴 멋진 보물들이 튀어 나왔습니다.

그것들은 네모난 카드에 봉인되어 있는데 가챠에서 배출된 뒤 사람들이 정해진 말을 외치면 개방되어 자신의 것으로 만들 수 있었습니다.

사람들은 우르르 가챠로 몰려들었습니다. 열광하며 앞을 다투어 돌렸고, 카드를 서로 빼앗기 시작했으며…… 이윽고 사람들은 그것을 써서 전쟁을 벌였습니다.

가챠에서 나온 병사들은 인간의 몇 만 배나 강하여 인간의 몸으로는 불가능한, 세계의 법칙을 무시하는 듯한 신비한 힘을 지녔습니다.

그러한 존재를 이용하여 싸우는 동안 세계는 황폐해지며 크게 변하고 말았습니다만, 사람들은 전혀 개의치 않았습니다.

왜냐하면 아무리 세계가 황폐해져도 가챠를 돌리면 많은 행복이 튀어 나왔기 때문입니다.

이렇게 가챠가 세상에 나타난 날부터 세상은 그것을 중심으로 돌아가기 시작했습니다.

──이것은 그런 네모난 카드에 갇힌 한 세계의 이야기.

앞으로 세계가 어떻게 될지는 아직 아무도 모른다.

그렇다……. 그것이 설령 운명을 관장하는 여신이라고 하더라도.

3

스즈키가 신의 세계로 떠나고 약간의 세월이 지났다.

기적을 직접 보았더라도 아키토 같은 광부의 생활은 특별히 달라지지 않았고, 아침이 되면 노동에 힘쓰고 맛있지도 않은 밥을 먹고, 이윽고 피곤에 지쳐 굴에서 빠져나온다. 평소와 같은 생활이 그곳에 있었다.

"후우, 오늘도 피곤하네요……. 좋은 일도 없네, 젠장. ……아아, 나의 간 카드…… 그때 뽑았다면……."

"이봐, 아직도 그런 말을 하는 거야? 그 뒤로 시간이 얼마나 지났는데, 그만 좀 포기해."

가챠가 설치된 플레이 룸에서 쥐와 손수건이 술을 마시며 대화를 나누고 있었다.

한심해하는 손수건에게 쥐가 볼을 붉히고 대꾸했다.

"그건 원래 제 것이었다고요?! 내 티켓! 그걸 그 아저씨가 가로채서! 젠장, 젠장! 절대 용서 못 해! 저주할 거야, 제기랄……."

"네 건 아니지……. 스즈키 아저씨가 그걸 뽑아서 분한 마음에 머리가 이상해졌는지 없어진 녀석도 있어. 너도 이제 그만 털어내."

머릿속에서 기억을 자기 멋대로 뒤바꾼 쥐에게 지적했다. 스즈키에게 버러지라 불린 돼지 얼굴은 완전히 정신적 타격을 입어 어느새 숙소에서 사라지고 말았다.

그도 그럴 만하다. 자신의 인생에는 결코 그런 행운이 찾아오지 않을 것임을 생각하면 제정신으로 있을 수 없었을 것이다.

"뭐, 분한 건 이해가 가지만, 너에겐 아직 무희카드가 있잖아. 위로라도 받아 봐. 그리고 다음 가챠를…… 오."

거기까지 말하던 차에 손수건이 어떤 것을 발견했다. 허름한 플레이 룸 구석에 설치된 소파. 그곳에 아키토가 앉아 있는 것을 발견한 것이다.

그는 손에 든 잡지를 보면서도 힐끗힐끗 가챠 쪽을 신경 쓰는 듯했다.

"……어이, 당신. 아키토 씨 맞지? 웬일이야, 이런 시간이 당신이 여기 있다니."

"……아아, 안녕하세요."

손수건이 캔에 든 술을 손에 들고 걸어와 아키토에게 말을 걸었다. 어떤 잡지를 읽던 아키토는 고개를 들고 인사했다. 여전히 감정을 읽을 수 없는 무표정한 얼굴이다.

"……어떻게 제 이름을?"

"하하, 당신 지난 소동 때 스즈키 아저씨에게 조언했잖아. 다들 수군거리고 있어, 자신이 갇 카드를 뽑았을지도 모른다면서."

"그렇군요."

의아한 듯 물은 아키토에게 손수건이 대답했다. 아무래도 안 좋은 쪽으로 눈에 띄고 만 모양이다. 평온함을 바라는 아키토에게 그리 반가운 상황은 아니다. 예상대로 대화를 들은 쥐가 술 냄새를 풍기며 시비를 걸어왔다.

"맞아, 맞아, 그쪽 탓이라고요! 당신이 쓸데없는 소리만 안 했으면 내가 티켓을 받아서 갇을 뽑았을 텐데…… 젠장, 이 자식! 돌려내, 돌려내!"

"……죄송합니다."

퍽퍽 때리는 그 손을 슬쩍 밀어냈다. 성가시다. 술에 취한 사람은 싫다. 그때 문득 가챠를 보았다. 신경은 쓰이지만…… 잠깐쯤 눈을 떼도 괜찮겠지.

"그래서? 당신은 뭘 읽고 있던 거야?"

"이것 말입니까? 카드 정보지인데요."

질문을 받아 자신이 읽고 있던 다 구겨진 잡지를 보여주었다. 표지에는 크게 '세계 최고의 희귀카드 모음'이라 쓰여있었다.

"……배틀 카드를 소개하는 잡지인가. 게다가 UR…… 최고 등급인 울트라 레어며 슈퍼 레어 전문의."

"네. 다만 상세한 데이터는 거의 없고 카드 화상도 이미지로 그려진 조악한 것이지만요."

배틀 카드란 가챠에서 출현하는 전투용 카드의 총칭이다. 콜을 하면 그 카드마다 특수한 능력을 지닌 전사들이 나타나 주인의 의사에 따라 싸워준다. 인간을 훨씬 능가하는 힘을 지녀서 지금은 세계의 군사를 지배하는 카드들이다. 당연하지만 그 능력은 군사상 기밀인 경우가 많아서 일반적으로 널리 알려진 것은 드물다.

또한 그것들에는 노동 가챠에서 나오는 카드와 마찬가지로 등급이 존재하여 가장 낮은 N부터 R, SR로 이어져 가장 높은 랭크에는 UR이 있다.

다만 노동 가챠에는 그 위에 군림하는 갓 카드라는 예외가 있지만.

"흐음, 이런 걸 좋아했었나. 그래, 배틀 카드 마니아 씨라는 거구나……. 어디어디, 으음, 이 카드는?"

"……[검의 소녀]. 배틀 카드 중에서도 가장 강한 힘을 지닌 상당히 유명한 카드예요."

잡지를 들여다보는 손수건에게 펼치고 있던 페이지에 쓰인 카드에 대해 질문을 받아 대답하는 아키토의 목소리에 드물게도 살짝 열정이 담겼다. 그것은 친하지 않은 사람은 모를 만큼 작은 변화였지만, 아키토의 어조는 확실히 빨라져 있었다.

"세계대전 당시 마지막까지 이곳 히나토 본토 방위를 위해 싸우다 최후에는 많은 백성을 구하고 쓰러졌다고 일컬어지는 카드입니다. 그 스킬, 〈빛을 담은 별의 성검〉은 세계에서 가장 유명한 스킬이라 불리는데, 한 번만 써도 일군을 쓰러뜨릴 위력이라고."

그렇게 말하며 지금까지 몇 백 번도 읽은 그 페이지를 애틋하게 쓰다듬었다. 그곳에는 아름답게 장식한 은색 갑옷을 입은 여성이 빛나는 검을 들고 있는 그림과 함께 판명된 데이터가 쓰여 있었다.

[검의 소녀]

AP: 35000 DP: 35000

백성을 이끈 소녀, 빛나는 성검을 손에 들고 영원히 지키리라── 지금은 사망한 왕국의 전설

"……뭡니까, 이 카드 이름 밑에 쓰여 있는 에이피라느니

디피라는 건."

손수건의 반대편에서 잡지를 들여다본 쥐가 물었다.

아키토는 귀찮은 기색도 없이 대답했다.

"AP란 그 카드의 공격력입니다. AP 1이 성인 남성 한 명 분의 능력쯤이라고 해요. 즉, 이 카드는 우리의 3만 5천 배 의 힘을 지녔다는 뜻입니다."

"3만 5천 배?! 이런 귀여운 여자애가요?!"

쥐가 놀라 외쳤다. 그도 그럴 것이다. 배틀 카드가 무섭게 강한 것은 누구나 알고 있지만, 이런 귀여운 카드가 그만한 힘을 갖고 있는 것은 보통 생각하기 힘들다.

"다만 그 숫자는 어림잡은 것이라 정확히 일치하는 건 아 니라고 하지만요. 뭐, 인간이 만 단위로 모여도 대적할 수 없는 게 UR이고, 그 중에서도 강하다고 여겨지는 카드라면 이 정도는 됩니다."

조금 기쁜 듯이 아키토가 대답했다.

이 카드, [검의 소녀]는 아키토가 동경하는 카드이다.

[검의 소녀]는 '여섯 공주의 전기'라 불리는 시리즈 중 하 나로, 설정상 한 나라를 다스리는 '공주'이자, 그 외에 [창의 성녀], [방패의 처녀] 등 하나같이 강한 UR카드 시리즈 중 하나이다.

배틀 카드에는 각각 배경이 동일한 시리즈가 존재하고, 그 종류에 따라 소속된 카드가 기계이거나 인간, 혹은 천사나 악마, 나아가 흉악한 괴물이기도 하는 등 다양하다.

"후우. 단독으로 그만한 힘을 갖고 있으면 인간의 병사가 3만 5천 명이 있는 것보다 대단할지도. 그러니 인간끼리 하던 전쟁이 사라진 거구나. 이런 게 참전하는데 바보같이 병사 같은 걸 할 리가 없지."

"뭐, 그래도 그녀들을 사용하는 것도 인간이지만요. 카드 단독으로는 대단한 힘도 발휘하지 못한다고 합니다. 인간이 잘 조종할 때야말로 그 진가를 발휘할 수 있다고 해요."

배틀 카드는 자신의 의지로는 그리 대단한 일을 할 수 없다. 그것을 마스터라 불리는 주인이 조종하여 지시를 내리는 것이다.

어디까지나 배틀 카드는 인간을 돕는 것이고, 싸움은 인간의 의사로 벌어진다.

"하지만 전쟁으로 쓰러졌다면서요? 이제 세상에 없는 겁니까, 이 카드."

"바보, 너 몰라? 배틀 카드에도 유효기간이란 게 있어서 그게 끝나거나 쓰러지면 다시 카드로 돌아가. 기억도, 상처도 모두 리셋돼."

엉뚱한 소리를 하는 쥐에게 손수건이 가르쳐 주었다. 노동 가챠에서는 배틀 카드가 배출되지 않으므로 익숙하지 않다고 해도, 이 세계의 인간에게 그 정도는 상식이다.

배틀 카드란 설령 쓰러지더라도 환생하듯이 다시 가챠로

돌아가 다음 마스터에게 뽑혀 또 싸움에 도전하는 영원한 존재이다.

"흐음, 그럼 이런 대단한 존재가 지금도 세계 어딘가 있겠네요……. 만나면 바로 죽는 거 아닙니까, 우리 같은 건. 무서워라."

"그렇습니다. 지금도 세계의 누군가가 이 카드를 소지하고 있겠죠. 아니면 지금 싸우고 있을지도 모르고요. 이것을 보면 그런 세계의 숨결 같은 걸 느낄 수 있어 좋아합니다."

"흥…… 천상계 이야기네. 그야말로 이 나라를 지배하는 인간에게나 해당할 이야기야. 이 녀석을 손에 넣으려면 수억…… 아니, 조 단위의 돈이 필요할지도 몰라. 대부분 생활비에 쓰고, 연간 백만GP도 모으지 못하는 우리에겐 연이 없겠네."

"……그럴지도 모르겠네요."

손수건의 말에 아키토가 억양이 없는 목소리로 대답했다.

어떤 카드라도 평등하게 가챠에서 배출되던 여신 도래기가 아니라면, 이런 카드는 일반인이 손에 넣을 수가 없다.

"뭐, 우리 가챠에는 갓 카드라는 꿈이 담겨 있으니까 그런 카드는 아무래도 좋지만요. 이번 시즌엔 이미 나와버렸지만…… 어라?"

"어? 왜 그래?"

말하며 가챠를 바라본 쥐가 놀란 소리를 냈다. 싸구려 술을 찔끔찔끔 마시던 손수건이 묻자, 쥐가 남은 카드 숫자가 표시된 화면을 보며 말했다.

"아니, 가챠가 돌아가고 있어요. 이번 시즌엔 이미 간 카드가 나왔는데. 심지어 다른 괜찮은 카드도 거의 나왔을 텐데 무슨 일이지. 카드 잔량이 꽤나 줄었…… 으앗?!"

쥐가 거기까지 말한 순간, 갑자기 아키토가 벌떡 일어났다.

커다란 그가 갑자기 움직이자 다소 위압감이 느껴졌다. 놀란 쥐에게 아키토는 처음 보는 적극적인 자세로 물었다.

"……당첨은 뭐가 남았습니까."

"엥…… 엥?!"

"당첨은 뭐가 남았냐고 물었잖아요!"

"히익!"

아키토에게 어깨를 붙잡혀 흔들린 쥐가 비명을 질렀다. 놀란 손수건에 옆에서 도와주었다.

"지, 직접 보면 되잖아…… 아, 됐어, 잠깐만, 어디…….
……'비서 카드'야! 앞으로 남은 건 SR급 '비서 카드'라는 것뿐이야! 남은 카드는…… 3만 장쯤!"

"큭…….."

그 말을 듣자마자 아키토는 쥐를 바로 놔주고 서둘러 플레이 룸에서 나가 버렸다.

그 모습을 두 사람은 멍하니 바라보았다.

"……뭡니까, 저거……?"

71

"글쎄······."

반면 밖으로 뛰어 나온 아키토는 서둘러 자신의 방으로 향했다.

실수했다. 대화에 빠져 있을 때가 아니었다. 더는 시간이 없다. 상황이 움직이기 시작했다.

즉, 자신도 승부에 나서야 할 때가 왔다.

복도를 달려 자신의 방문을 따고 어두컴컴한 안으로 허둥지둥 들어갔다. 그 안쪽에 있는 좁은 침대 밑에서 작은 금고를 끄집어냈다.

급박한 동작으로 허술한 자물쇠의 번호를 맞춰 열자, 안에는 지금까지 아키토가 모은 모든 티켓, 약 3천 장이 모습을 드러냈다.

"············."

학교를 나와 십 대부터 일하기 시작한 지 수 년. 꿈을 품게 된 지 수 년. 매일매일 언젠가 올 날을 위해 모아온 티켓.

그것을 쓸 날이 왔다.

"······좋아, 가자."

그것을 양손으로 모두 들고 방에서 뛰쳐나왔다.

이제 시간과의 싸움이다. 좁은 복도를 달려 다시 플레이룸으로 서둘렀다.

아키토가 숨을 헐떡이며 돌아가자 그곳에는 이미 아무도 없었다.

'잘됐어. 가챠에 집중할 수 있겠어.'

그대로 가챠 자리에 털썩 앉았다. 기도하듯이 화면을 확인하자 그곳에는 거의 남은 숫자가 0이 된 당첨 표시 중에 유일하게 아직 1이라는 숫자가 쓰인 SR…… 비서 카드 항목이 반짝이고 있었다.

'비서 카드…… 비서 카드! 이것이야말로 내가 원하던 카드. 내가 뽑아야 할 카드!'

비서 카드, 그것은 캐릭터 카드의 일종이다.

콜을 하면 안에서 자신의 전속 비서가 나와 효과가 종료될 때까지 일 년 간 주인을 보좌한다.

꽤나 유능한 카드라고 하는데 사실 더 중요한 용도가 따로 있다.

'그래, 비서 카드의 가장 큰 용도는…… 〈컴퍼니〉의 설립에 필요하다는 것이다.'

컴퍼니. 이름대로 기업을 뜻하지만, 이 세계에서는 의미가 조금 다르다.

이 세계에서 컴퍼니란 토지나 지방, 나아가 국가조차 지배하는 존재를 말하기 때문이다.

여신이 도래한 직후, 가챠는 한 종류밖에 없었고, 또한 뽑기 위한 티켓도 필요 없으며, 그 안에서는 배틀 카드를 포함한 모든 카드가 나왔다고 한다.

즉, 돌릴 수만 있으면 어떤 힘도 없었던 사람이 갑자기 강대한 군사력을 지니게 되었고, 그것을 억누르려는 구 지배자, 왕과 귀족들이 순식간에 쫓겨나고 말았다.

그렇게 운 좋게 강한 카드를 뽑은 사람, 혹은 카드를 조종하는 기술이 뛰어난 자들이 그 자리를 대신 차지하게 되었고, 그런 그들도 나중에는 더욱 강한 사용자가 나타나면 쓰러졌다.

빠르게 바뀌는 지배자들. 싸움은 끝날 기미가 없었다. 사람들은 그 끝이 보이지 않는 전쟁에 진절머리를 쳤고, 싸우는 능력밖에 없는 지배자들에게도 불만을 품기 시작했다.

그런 시대에 대두된 것이 여신이 전파한 지식과 기술을 근거로 새로운 도구를 만들어 세상에 퍼뜨리고, 산업혁명을 일으킨 자들…… 즉, 기업경영자들이었다.

'농업, 공업, 건축, 조선…… 온갖 분야에서 활약한 그들은 질서 속에서 이득을 보려는 논리적인 사고를 지니기도 하여, 이내 지위를 높여가 종국엔 세계를 지배하게 되었지.'

그렇게 힘을 비축하여 강한 발언권을 지니게 된 그들은 여신과의 알현을 성취시켜, 그녀들과 교섭을 한 결과 배틀 카드를 일종의 격리상태로 만드는 데 성공했다.

한마디로 배틀 카드는 '컴퍼니 가챠'라 불리는 특수한 가챠에서만 나오도록 하였고, 그것을 뽑기 위해서는 여신이 준비한 새로운 화폐 'GP'가 필요하게 되었다.

컴퍼니 가챠는 기업의 경영자만이 돌릴 수 있다. 그리고 국가의 패권을 쥐기 위한 싸움은 기업끼리 벌이는 승부로 정해지게 되었고, 그것이 정비되어 오늘날에는 컴퍼니 대 컴퍼니…… CVC라 불리게 되었다.

즉, 이 세계에서 컴퍼니란 기업의 경영자이자 영토의 지배자이며 마치 전국시대의 영주와 같다. 그리고 그 컴퍼니 경영자로서 자신을 등록하기 위해서는 여신이 준비한 보좌역인…… 비서 카드의 소지가 조건 중 하나로 정해져 있다.

'비서 카드는 비싸……. 막상 사려고 하면 천만 이상…… 자칫하면 수천 만 GP 단위의 자금이 필요해.'

아키토는 가혹하지만 그만큼 보상이 좋다고는 할 수 없는 이 일을 계속하며 자린고비처럼 저금해 왔다. 그 금액은 나름 규모가 되었는데, 그 돈은 자신이 언젠가 컴퍼니 경영자로서 세상에 나가기 위해 모은 것이다.

그러기 위해서는 비서 카드가 반드시 필요하다. 그 카드를 돈으로 사버리면 자신의 자금은 크게 줄어들고 만다. 그래서는 컴퍼니 자체가 성립될지도 불투명하다.

'하지만…….'

다시 가챠를 바라보았다. 그곳에는 여전히 비서 카드 표시가 빛나고 있었다.

'……지금 비서 카드가 당첨되면 첫 번째 조건이 달성돼. 나도 컴퍼니 경영자로서 세상에 나갈 수 있어……!'

이 남자, 타카츠키 아키토에게는 꿈이 있다.

한 국가, 한 토지의 주인, 컴퍼니 경영자로서 입신양명하여 배틀 카드를 들고 저 위로 올라가 언젠가 꿈에도 나온 UR을 손에 넣는다…… 그것이 아키토의 꿈이었다.

아키토의 아버지는 중노동에 종사하는 사람이었다. 그리고 중노동 가챠에서는 중노동을 보좌하는 '노동지원 카드'가 나온다.

노동지원 카드란 그 이름대로 사람들의 노동을 지원하는 카드이다. 사용하면 일정 기간, 노동에 필요한 체력을 보조해 주거나 기술과 지혜를 보좌해 주기도 한다. 그것은 사람들이 조금이라도 편한 생활이 가능하게 하는 여신들의 선의에 의한 것이었지만, 인간은 그것을 나쁜 쪽으로 인식했다.

즉, '어떠한 노동지원 카드를 손에 넣은 자는 그 일만 계속하면 된다'는 생각이 퍼져 다른 직업에 종사하는 것을 부정하는 흐름이 만들어지고 만 것이다.

나아가 이 카드는 손에 넣은 자의 자식에게 물려주는 일이 많다.

그리고 그 자식에게도, 또 그 자식에게도……. 오늘 이 세계에 겉으로는 신분제도가 존재하지 않지만, 그 탓에 인간이 물려받은 것 외의 직업을 구하기란 힘들다. 즉, 사실상 신분제도나 마찬가지이며, 서민은 태어나면 거의 인생의 위치가 정해진 것이나 다름이 없게 되었다.

자신의 인생을 스스로 선택하고 자신이 원하는 것을 스스로의 힘으로 이루고 싶다.

그를 위해 매일 티켓을 모으고, 돈을 모으고, 오락도 참으며 오로지 자신에게 그 힘을 줄 터인 반짝이는 카드들을 꿈꾸며 매일을 보냈다.

그러나 아키토는 가챠 운이 파멸적으로 나쁘다. 대략적으로 설명하자면 카드 등급 UR에는 인생이 달라질 만큼의 가치가 있다.

SR은 차이가 큰데 쥐가 뽑은 듯한 얼마간 좋은 추억이 생기는 것도 있고, 수천만의 가치가 있는 것도 있으며, 경우에 따라서는 그 생활을 확 바꾸어 줄 규모의 것도 존재한다.

다만 그 밑의 R등급쯤 되면 어느 정도 친숙한 수준이라 보통은 인생에서 백 번 단위, 운이 좋은 사람이라면 천 번 단위로 당첨되는 정도의 가치가 있다.

그러나 아키토는 그 R등급조차 나름대로 오래 노동에 종사했으면서도 딱 한 번밖에 뽑지 못했다.

'……게다가 그 한 장도 뭔지 잘 모르겠는 이상한 생물이 나오는 카드……. 도시에 있는 카드 매입소에 가져가니 필요 없다고 바로 돌려줬어…….'

아키토에게도 자신의 운을 믿고 가챠에 도전하던 시기가 있었다. 그러나 그 결과는 참패 또 참패. 아키토의 마음은 마모되었고, 곧 깨달았다…… 그래, 자신에게는 무서울 만큼 가챠 운이 없다고.

그렇게 아키토는 포기했다.

꿈과 비서 카드를 포기한 것이 아니다. 운으로 뽑는 것을 포기했다는 말이다.

행여 자신이 무언가 좋은 것을 손에 넣는다면, 그것은 가챠 마지막의 마지막, 그 밑바닥 한 장까지 뽑지 않으면 안 된다고…… 그렇게 확신하게 되었다.

따라서 아키토는 때를 기다리기로 했다. 오로지 저축을 반복하고 티켓을 모았다. 매일매일, 남이 호사를 누리는 날도, 남이 웃으며 가챠를 돌리는 날도 입술을 꾹 깨물고 오로지 티켓과 돈을 모았다.

언젠가…… 그래, 언젠가 자신의 인생을 건 승부를 하기 위해서다. 매일 반드시 한 장을 뽑는 습관은 자신의 마음이 가챠에서 멀어지는 것을 막기 위해서였다.

매일 가챠에 관심을 가지고 그 상태를 유지하며, 자신이 때를 기다리고 있는 것을 잊지 않도록 하기 위해서였다.

매일매일 반드시 상품의 표시를 확인했다. 매일매일 감을 잃지 않도록 했다.

혹시 그런 때가 오지 않는 것은 아닌가 생각한 날이 있었다.

너 따위가 기회를 잡을 수 있겠냐고 외치는 마음의 소리에 심장이 아픈 날도 있었다.

'……하지만…… 하지만…….'

……때가 왔다.

승부에 나설 때가 드디어 찾아왔다.

'……오랜 기간을 기다려왔어……. 그러니까…… 높은 등급이 거의 나오고 남은 카드는 적지만 비서 카드만 남아 있는 상태를…… 바로 지금을……!'

지금이야말로 비서 카드를 뽑아야 할 때다.

이 조건이 만에 하나라도 갖춰지지 않을까 기대하며 아키토는 오늘 플레이 룸에 틀어박혀 있었다.

조금 눈을 떼고 동료와 대화에 빠져 있는 동안 가챠가 크게 움직이기 시작하여 당황했지만 그래도 다행히 아직 늦지 않았다.

지금도 남은 숫자 표시는 움직이고 있다. 세계의 누군가가 비서 카드를 노리고 자신과 마찬가지로 모아둔 것을 쏟아 붓고 있을지도 모른다.

비서 카드는 CVC의 등용문이다. '누구에게도 공평하게 기회를 주자'라는 여신의 의향에 따라 그것은 온갖 가챠에 포함되어 있다. 쓰지 않더라도 팔면 상당한 금액이 될 그것을 노리는 라이벌이 세상 어딘가에 있는 것이다.

……슬슬 투입을 시작해야 할까. 초조하지만 아직 시작해도 될지 판단이 서지 않는다.

가챠의 남은 숫자는 1만 8천쯤. 아키토가 보유한 티켓이 3천 장인 것을 생각하면 아마 무난하게 승산이 있을 테니 도전해도 될 것이다.

그러나 아키토는 망설였다. 자신의 운으로 6분의 1을 뽑을 수 있을까. ……아마 힘들 것이다.

따라서 기다려야 한다. 적어도 3분의 1…… 즉, 9천 장이 남을 때까지.

그 숫자의 근거는 터무니없다. 아키노는 4인 이상 가위바위보를 하여 이긴 적이 없지만, 세 사람이라면 간신히 이긴 적이 있기 때문이다. '운'이라는 눈에 보이지 않는 스테이터스를 이해하려면 그런 쓸데없는 이유에 기댈 수밖에 없다.

'……아직 나오지 마…… 나오지 마……!'

애타는 마음으로 숫자 표시가 줄어드는 것을 응시했다.

14000. 13000. 표시가 점점 줄어들어갔다. 지금이라도 비서 카드가 나오는 것은 아닐까. 자신이 뒤늦은 것은 아닐까.

언제든지 투입을 시작할 수 있도록 티켓을 준비하며 초조함을 느꼈다. 뭐 하는 거야, 얼른 해. 느긋하게 기다릴 때냐. 이 기회를 놓치면 언제 또 오겠어?

그것은 아마 몇 십 년 뒤일지도 모른다. 그 즈음에는 자신은 나이가 들어 싸우기 힘들 것이다. 서둘러라, 서둘러. 어서 해…… 자신을 믿어보는 게 어때.

'큭…… 큭……!'

이를 악물고 마음의 소리에 저항했다. 안 된다. 아직 이르다. 나에게는 아직 이르다.

나는 마지막의 마지막, 그 한 장을 뽑을 것이라는 각오로

도전하지 않으면 당첨될 리가 없다……!

잔량 표시가 돌아갔다. 12000. 11000. 조금 남았다. 심장이 확대와 축소를 격하게 반복했다. 10000. 아직 비서 카드는 나오지 않았다. 그래, 나오지 마, 그건 나의 것이다——.

……9000.

"윽……."

달려들어 티켓을 투입하기 시작했다.

가챠를 뽑는 구조는 지극히 간단하다. 전용 투입구에 티켓을 넣고 버튼을 누른다. 그러면 조금 시간이 지나 뒤 배출구로 카드가 나온다.

그런데 사실은 이 '조금 시간이 지나'가 문제다.

시간이 걸리는 것은 아마 각지에서 동시에 돌려지는 가챠끼리 정합성을 맞추기 위한 시간이 필요하기 때문일 것이다. 그리고 배출이 끝날 때까지 다음 티켓을 투입할 수가 없다.

따라서 3천 장을 단숨에 소비하기란 불가능하다. 겨우 몇 초이기는 하지만 매번 기다리는 시간이 발생한다. 한 번에 투입할 수 있는 티켓의 상한은 열 장. 나오는 카드도 열 장. 그것을 투입하고 배출을 기다린 뒤, 나온 카드를 배출구에서 빼낸다.

아키토는 배출된 카드를 확인하지도 않았다. 배출구에 손을 대고 나온 카드를 바로 옆에 있는 테이블로 던지며 다음 티켓을 넣었다.

그렇다. 확인 따위는 필요 없다. 원하는 카드는 하나뿐. 그리고 그 카드는 가챠에 배출 유무가 표시되어 있다.

따라서 손을 멈추는 것은 그 표시가 사라지는 그때뿐. 그거면 된다.

'나와라…… 나와라…….'

고작 5초도 되지 않은 시간. 그 시간에 티켓이 열 장 소모되었다.

열 장. 아키토가 그 장수를 모으는 데 닷새가 걸린다.

중노동 가챠는 그 이름대로 중노동에 대한 보수이므로 내용물도 다른 직업과 비교하면 괜찮은 편이며 하루에 배분되는 티켓 장수도 많다.

그럼에도 열 장은 결코 무시할 만한 숫자가 못 된다.

'나와라…… 나와라……!'

이 티켓들은 말하자면 아키토의 목숨. 인생 그 자체라고 해도 좋다.

자신의 인생을 탄환으로 바꾸어 낡은 리볼버에 넣은 것과 같다.

쏘는 사람은 미숙하므로 탄환의 개수로 승부를 낼 수밖에 없다.

남은 숫자가 돌아갔다. 혼자 돌리는 것보다 훨씬 빠르다. 지금 그야말로 자신과 겨루는 누군가가 가챠 너머에 있는 것이다. 그것도 상당한 집념을 갖고.

무한하게 있는 듯이 느껴졌던 자신의 티켓이 순식간에 사라졌다. 가챠의 남은 숫자 표시도 멈추지 않고 줄어갔다. 8000. 7000. 6000. 아직 나오지 않았다. 아직 나오지 않았다. ……비서 카드는 아직 나오지 않았다.

'젠장, 어떻게 된 거야…… 정말 밑바닥에 있는 건가…….'

초조함이 몸에 스멀스멀 올라왔다. 문득 곁눈질로 테이블에 던진 카드를 확인했다. 이것도 저것도 다 N카드…… 가치가 없는 카드뿐이다. 역시 자신에겐 운이 없다는 것을 확인했다.

그리고 그 중에는 상당한 수의 중노동용 노동지원 카드가 포함되어 있었다.

아키토에게는 그것들이 자신에게 말을 거는 듯이 느껴졌다. '너 따위가 여기서 빠져나갈 수 있겠냐', '너에게 어울리는 장소는 여기다' 그렇게 소리 없는 목소리가 울리는 듯했다. 마치 저주처럼.

……불안한 마음이 커졌다. 지금 여기서 티켓을 이 이상 소모해도 될까.

기다리면 더 좋은 기회가 오는 것 아닐까. 이런 일에 정말 의미가 있을까.

그보다도 그냥 티켓을 팔면 나름 큰돈이 된다. 팔아서 직접 비서 카드를 살 자금을 모으는 게 낫지 않을까?

지금 자신이 하고 있는 짓은 재산을 버리는 것이 아닐까?

……어리석은 행위다.

'……아니야! 승부를 내야 할 때에 승부를 내지 않으면 평생 이렇게 살아야 해…… 도전하지 않는 녀석이 꿈을 꿀 자격이 있나!'

고개를 강하게 가로저어 나약한 생각을 떨쳐냈다.

잡념을 갖지 마라. 하지만.

'……절반…… 절반쯤 써버렸어…….'

티켓다발이 이미 절반 정도로 줄어 있었다. 남은 카드의 수는…… 4천.

아직 나오지 않았다.

"크……."

괴롭다. 가챠라는 이름의 도박에 몸도 마음도 괴롭다.

주르르 흘러내린다. 자신의 티켓이.

오랜 시간을 다양한 유혹에 버티며 처음으로 쌓아올린 자신의 집대성.

노력의 결정. 자신의 반신. 자신이 지닌 가능성의 농축, 미래에 대한 희망, 꿈으로 가는 가교…… 그것이…… 녹아내린다!

녹아내린다, 흐물흐물. 자신의 인생이, 허리띠를 졸라매는 생활에 대한 저항이.

……불타는 용광로처럼 가챠로 빨려 들어가 모두 불타고 있다……!

"윽…… 아앗…….."

저절로 목에서 오열이 새어 나왔다.

눈물이 흐를 것 같다.

왜 도전하려고 했을까. 자신이 틀린 것은 아닐까. 선택을 잘못한 것이 아닐까.

하지 않으려고 해도 막을 수 없는 후회가 밀려들었다.

그래도…… 돌린다. 계속 돌렸다.

그럴 수밖에 없다. 자신은, 이 길을 나아갈 수밖에 없다. 좌절할 듯한 마음을 필사적으로 달래며 불모지와 같은 가챠를 그저 계속 돌린다……!

그러는 동안 결국 남은 카드의 수가 천 개 밑으로 떨어지려고 했다.

'……여기까지 안 나오다니 오히려 감탄스러워……. 이비서 카드는 분명 성질이 더러울걸!'

마음속으로 실컷 욕설을 퍼부었다. 그럼에도 계속 돌릴 수밖에 없다. 열 장 투입. 그리고 또 다시 열 장을 투입. 그리고…….

"큭……?!"

다음 열 장을 집으려던 손이 허공을 갈랐다. 놀라 티켓을 올려둔 테이블을 보니…… 그곳에는 이미 한 장도 남아 있지 않았다.

"앗……. ……말도 안 돼…… 티켓이 없, 어……?"

멍하니 중얼거렸다. 믿기지 않는다. 이렇게 빨리 없어질 리가 없다. 그러나 분명 쌓아둔 티켓은 전혀 보이지 않았다.

……다 쓰고 말았다. 정신없이 집어넣는 동안.

"……이럴, 수가……."

힘없이 의자에 기댔다. 어이가 없다. 여기까지 왔는데.

남은 카드는 이미 5천 장도 되지 않았다. 표시는 지금도 계속 줄고 있다. 비서 카드의 표시도 불이 들어온 채였다. 앞으로 조금만…… 앞으로 조금만 더 하면 됐는데.

"……졌어……."

허공을 응시하며 중얼거렸다. 가챠 너머의 누군가는 라이벌이 줄어든 것을 알아챘을까. ……분하다. 분하다. 분하다.

앞으로 조금. 조금만 더 하면 되는데. 아주 조금 넣는 속도를 조절했으면 아직 도전할 수 있었는데.

……나는 졌다.

역시 자신이 당첨을 뽑기란 무리였다.

앞으로 겨우 백 장이라도 좋다. 손에 티켓이 있다면 아직 가능성이 있을 텐데…….

『……혹시 행운이 남아 있을지도 모르니까요…….』

"헉!"

무언가를 떠올리고 몸을 벌떡 일으켰다.

서둘러 가슴 주머니를 뒤졌다.

그곳에는…… 부적처럼 갖고 있던 스즈키가 남긴 그 티켓이 담겨 있었다.

'……스즈키 씨가 남겨준 티켓…… 만에 하나 무슨 사정으로 돌아오면 돌려주려고 했는데…….'

그것은 매우 구겨진 티켓 다발이었다.

여기저기 때가 탔고, 구겨지고 찢어진 곳도 있다. 진흙까지 묻어 있어서 어느 하나 깨끗한 상태는 아니다.

그 마음 약한 스즈키가 매일매일 조금씩 기도하듯이 모은 것이다.

……틀림없다. 지금이 이것을 쓸 때다.

"……잘 쓰겠습니다. 스즈키 씨."

살짝 고개를 들어 하늘을 보며 말했다. 신의 세계가 그쪽에 있는지는 모르지만 지금은 상관없다.

그 티켓을 열 장 단위로 나누어 집어넣었다. 남은 카드는 이미 1백 개 미만으로 떨어졌다.

'……이래도 안 나온다면 정말 대단한 녀석일 거야. 만약 뽑으면 분명 나의 힘이 되어주겠지…….'

그렇게 자신을 고무하며 힘차게 버튼을 눌렀다. 배출된 카드를 내던지고 다시 열 장을 넣었다.

남은 숫자가 줄어들었다. 90. 60. 40. 20. 더는 시간이 없다. 앞으로 한 번밖에 돌릴 수 없다.

손이 떨린다. 조금 전까지는 간단했던 티켓을 집는 동작
이 잘 되지 않았다. 간신히 들어 투입구에 넣었다. 이런 때
에 한해 잘 들어가지도 않는다.

간신히 넣어 버튼에 불이 들어왔을 즈음에는 이미 남은
카드가…….

"……우오오오오오오오오오오오!!"

……내리치듯이 버튼을 눌렀다.

그리고.

아키토는, 카드를, 뽑았다.

4

"우와, 뭡니까, 이거?!"

술을 추가로 사러 갔다가 플레이 룸으로 돌아온 쥐가 비
명을 질렀다. 테이블 위가 N카드로 꽉 차서 밑으로 흘러 떨
어질 정도였기 때문이다.

"으악, 이게 뭐야, 온통 N카드밖에 없잖아요……. 어떻게
된 일이야, 이게? ……앗."

이어서 비닐봉지를 든 손수건이 들어와 비슷한 반응을 보
였다. 카드를 밟지 않도록 주의하며 안으로 들어와 가챠석
에 앉은 채 몸을 웅크리고 있는 아키토를 발견했다.

"……이봐, 설마 이거 전부 당신이 혼자 뽑은 거야? 이거

너무한데. 거의 N카드잖아. 티켓을 몇 장이나 넣은 거야.
……듣고 있어?"

말을 걸어도 대답이 없다. 이상하게 여긴 쥐와 손수건이
얼굴을 마주보는 사이, 아키토가 그들에게 등을 돌린 채 나
직하게 중얼거렸다.

"……쭉 생각했습니다. 도전해도 아마 불가능할 거라고.
……저는 운이 없어요. 남과 같은 수준의 것조차 뽑지 못한
다고. 저는 운이 쓰레기라서…… 역시 가챠와는 맞지 않는
다고."

"……어, 어어……. 뭐, 뭐어, 힘내. 가챠 같은 건 어차피
운 아닌가. 너무 실망하지 마."

아무래도 아키토가 폭사(완전히 망한 가챠를 사람들은 그
렇게 부른다)했다고 생각한 손수건이 어색하게 웃으며 위로
했다. 타인이 폭사하면 위로하는 것이 일반적이다.

그러나 반대로 쥐는 히죽히죽 음흉한 미소를 지으며 무시
하는 어조로 말했다.

"뭐, 그런 법이죠. 하류가 갑자기 큰 승부에 나서서 이길
리가 없잖아요. 보통은 말이죠. 뭐, 그쪽도 이걸로 뼈저리
게 느꼈을 테니 주제를 알고……."

"……하지만."

쥐의 말을 가로막고 아키토는 몸을 일으켰다.

그리고 기뻐하며 자랑스럽게 안고 있던 카드를 높이 들어

보여주었다. 그곳에는…….

"……마지막에 남은 한 장을 제가 뽑았어요. 저는…… 불운하지 않습니다."

SR급 카드…… [비서 카드: 금전 특화 NO. 371]이라 쓰인 카드가 단단히 쥐어져 있었다.

"우, 우와아아아! SR카드잖아요! 당첨되었다니……."

"헉, 거, 거짓말이지?! 나도 SR은 전에 한 장밖에 뽑아본 적이 없는데!"

손수건과 쥐가 우르르 몰려가 카드를 들여다보았다. 방의 조명에 비친 그것은 확실히 SR의 반짝임을 지니고 있었다.

"…………."

아키토는 스즈키가 간 카드에 한 것처럼, 그 카드를 사랑스럽게 쓰다듬었다. 인생 첫 SR. 인생의 파트너가 될 카드다.

[비서 카드: (금전 특화) NO. 371]

난 돈이 정~말 좋아! 전 세계의 부를 원해! ——어떤 비서 카드

그 카드에는 겨우 그 정보밖에 쓰여 있지 않았다.

카드의 캐릭터 일러스트가 그려진 곳에는 아름다운 은발 소녀가 이쪽을 향해 웃으며 윙크를 하고 있다. 귀여운 얼굴이었다.

"……확실히 마지막 한 장을 뽑는 정도가 아니면 제가 뽑을 수 없겠다고 생각했지만……. 설마 정말 마지막 한 장일 줄이야."

그렇다. 이 카드는 가챠의 가장 밑바닥. 마지막 한 장이 될 때까지 묻혀 있었다. 가챠 카드의 남은 숫자는 0을 표시하고 완전히 침묵했다.

아키토의 모든 티켓을 걸고, 추가로 더 날리고 나서야 간신히 만난 여자. 얼마나 비싼 여자란 말인가. 그렇기에 아키토는 그 카드에 이미 애착과 같은 감정을 느끼기 시작했다.

"아, 정말……! 뭡니까, 이게……! 왜 SR을 뽑은 거예요?! 이만큼 해도 당첨되지 않는 게 하류인생이잖아요?! 정말…… 분위기 깨지게……! 이런 걸 뽑았으면 충분히 운이 좋은 거잖아요! 진짜 스즈키 개자식과 마찬가지로 재수 없네요!!"

폭발한 것처럼 쥐가 외쳤다. 말하는 내용은 완전히 쓰레기지만, 지금 아키토에게는 아무 타격도 없었다.

"맞습니다. 바보 같은 착각이었네요. 이제 전 두 번 다시 자신을 불운하다고 생각하지 않겠습니다."

"……그래서? 그거 어떻게 할 거야. 팔면 꽤 큰돈이 되지 않겠어? 팔아서 호강이라도 할 건가."

감탄한 얼굴로 손수건이 물었다. 확실히 비서 카드는 팔면 상당한 목돈이 될 것이다. CVC에 도전하고 싶은 녀석은 분명 잔뜩 있다. 금방 팔릴 것이다. 그러나.

"아니요, 이건 팔지 않을 겁니다. 이건 제가 쓸 거라서요.
……'콜'."

"엥?"

놀란 두 사람에게 곁눈질하며 태연한 몸짓으로 아키토는
해방의 주문 '콜'을 외웠다. 그 순간 카드에서 빛이 나오며
연기가 흘러 나왔다.

그리고 빛과 연기가 사라질 즈음…… 카드 일러스트와 완
전히 똑같은 자그마한 소녀가 눈을 감은 채 서 있었다.

"우와아……. 이게 비서 카드입니까……!"

"…………."

쥐가 감탄사를 터뜨렸다. 소녀는 이윽고 잠에서 깨어난
듯이 눈을 뜨고 일동을 쭉 둘려보더니 잠시 고민하는 표정
을 지은 뒤 갑자기 오른손을 번쩍 들었다.

"……이이이얏호! 이용해주셔서 감사합니다, 마스터! 제
가 바로 금전 특화 비서로서 돈의 선택을 받은 자! 당신에
게 거액의 부를 약속할 비서 카드 중의 비서 카드! 그 이름
도오오오오……."

그렇게 외치더니 그 자리에서 빙그르르 돌았다. 멍하니 지
켜보는 일동의 앞에서 회전을 멈추고는 포즈를 척 취하고.

"캐롤 올드리치입니다! 당신의 지갑을…… 털어버리겠
어요♡"

환하게 웃으며 자기소개를 했다.

"……………………………"

심각해진 쥐와 손수건이 포즈를 취하고 캐롤이라 소개한 소녀를 지그시 바라보았다. 아키토는 여전히 표정을 읽을 수 없다.

누구도 입을 열지 않은 채 시간이 흘렀다. 그 차가운 침묵 속에 캐롤은,

'우와…… 망했다…….'

어색하게 웃는 얼굴을 유지하며 속으로 중얼거렸다.

"……뭡니까? 이거."

"거기! 이거라고 말하지 마! 경의와 존경심을 담아 캐롤 님이라 불러! 캐롤 님이라고!"

어이가 없는 듯 말한 쥐에게 귀여운 목소리로 캐롤이 따졌다. 아무래도 꽤나 유쾌한 성격을 지닌 카드인 모양이다.

'설마하니 마지막까지 안 나올 줄 몰랐던 카드. 평범하지 않아.'

아키토는 바쁘게 표정이 바뀌는 그녀를 보며 생각했다.

가녀린 그녀는 은색의 아름다운 머리를 뒤로 땋아 내렸는데 그것이 움직일 때마다 고양이 꼬리처럼 흔들렸다.

하늘하늘한 남색 상의에(무슨 종류의 옷이겠으나, 아키토는 당연하게도 모른다) 묘하게 짧아 나풀거리는 치마를 입었고, 그 아래로 까만 스타킹에 감싸인 아름다운 다리가

늘씬하게 뻗어 있다.

눈매는 다소 날카로워 고양이를 연상시켰고, 키는 아키토의 가슴까지 올까 말까한 정도이다. 150센티미터쯤 될 듯하다. 그리고 덤으로 말하자면…… 가슴은 정말 판판했다.

"……아니, 거짓말이지……? 이게 비서 카드라고……? 이런 게? ……이게 천만 이상이나 간다고? 진짜?"

"이거라고 말하지 말랬지! 무례한 녀석들이네! 조만간 경제적으로 몰아세워 주겠어! 특히 대출 같은 걸로!"

아연실색하여 중얼거린 쥐와 손수건에게 캐롤이 화를 냈다. 일단 인내심은 없는 모양이다. 그러나 이윽고 자신을 바라보는 아키토를 발견하고 타박타박 걸어가 웃으며 손을 내밀었다.

"자, 마스터! 처음 뵙겠습니다, 아까도 말했습니다만 캐롤 올드리치입니다. 오늘부터 기한이 끝나는 일 년 뒤까지 힘껏 마스터를 보좌하겠습니다! 저만 믿고 지갑이며 예금통장, 장기까지 맡겨주세요! 든든하죠!"

"그래. 잘 부탁해. ……장기?"

그렇게 대답하며 그녀의 손을 잡았다. 그 손은 무척 따뜻하여 특별한 감촉을 지닌 듯했다.

……자신만의 비서 카드. 꿈을 위한 입구이다.

"내 이름은 타카츠키 아키토. 편한 대로 불러. ……나에게 와줘서 기뻐. 널 환영해. 으음……."

"아하하, 잘 부탁드립니다, 마스터. 저는 캐롤이든 캐로든 원하는 대로 부르세요. ……참고로 환영해 주신다면 그 증거로 먼저 다이아몬드 목걸이라도 사주면 바로 호감도가 쑥쑥 올라 좋은 느낌이 될."

"지금은 그런 돈이 없으니 일단 말만 해둘게. 정말 고마워, 캐로. 넌 최고야."

뭔가 요구를 하려는 캐롤의 말을 가로막고 아키토가 전했다. ……이 녀석, 마음대로 하게 놔두면 위험하겠는데, 라는 생각은 숨기면서.

'아, 친절하지만 지갑은 잘 열지 않는 타입인가. 이런 인간이 제일 공략하기 힘든데. 하지만 언젠가 캐롤이 당신의 구좌를 다 털어버릴 테니까☆'

캐롤은 캐롤대로 생글생글 웃으며 위험한 생각을 하고 있었다. 즉, 그런 마스터와 그런 비서 카드란 뜻이다.

"그럼 갈까. 이제 이곳엔 볼일이 없으니 사표를 내고 올게. 그런 다음 대도시로 나가자."

그렇게 말하고 아키토가 걸음을 옮겼다.

그 뒤를 총총 따라가며 캐롤이 대답했다.

"네에~! 그런데 저를 불렀다는 건, 컴퍼니 설립이 목표라고 받아들여도 될까요? 마스터."

"그럼, 물론이지. 먼저 기업을 목표로 할 거야. 잘 부탁해, 캐로."

"예써! 맡겨주십시오, 그야 저는 금전 특화 비서 카드니까요! 돈을 버는 건 주특기!! 약자에게서 돈을 속여 빼앗고, 약자에게서 간접적으로 착취하고 약자에게서 자주적으로 돈을 내도록 만드는 게 주특기입니다! 아, 열심히 해야지! 특히 악덕인 쪽으로!"

"……약자에게서 뺏는 건 적당히 하는 쪽으로 부탁해."

그런 쓸모없는 대화를 나누며 두 사람은 가버렸다.

벌써 마음이 맞는 듯한 두 사람을 배웅하며 쥐가 아연실색하여 중얼거렸다.

"……뭡니까, 저거……."

"글쎄…… 특이한 녀석이었으니까. 특이한 카드와 마음이 맞는 거겠지."

마찬가지로 아연실색한 손수건이 대답했다. 정말 특이한 녀석들이었다.

그러나…… 그들과 자신들은 앞으로 생활이 크게 달라질 것이라는 건 확실하다.

자신들은 앞으로도 아무 변화가 없는 일상을 보내고, 반면 아키토는 전혀 다른 무언가를 시작할 것이다. 그것이 조금이지만 부러웠다.

"……뭐, 하지만 그 녀석 여기 대량의 N카드를 깜박 하고 갔어. 우리가 가질까."

"아, 그러네요! 거의 쓰레기지만 전부 팔면 술값 정도는 되겠죠! 그럼 감사하게……."

"잠깐 기다려!"

두 사람이 거기까지 말하던 차에 나갔을 터인 캐롤이 다시 안으로 들어왔다. 놀란 두 사람에게 곁눈질을 하고는 엄청난 기세로 흩어져 있던 카드를 줍기 시작했다.

"앗, 저기……."

"정말 마스터도 참, 중요한 돈줄인 카드를 잊다니 너무 하잖아요! 이건 이 캐롤이 감사히 주머니에 몰래 챙겨두겠어요. 으음, 싸구려만 가득! 저 녀석 가챠운 완전 쓰레기인 거 아냐?!"

그렇게 떠들며 캐롤은 순식간에 모든 카드를 줍는다.

"그럼 이번에야말로 안녕히! 너희는 그저 초라한 인생이나 즐기며 살아. 아듀!"

그리고 그 말을 남기고 후다닥 가버렸다.

"……정말…… 뭐야, 저거……."

그렇게 뒤에는 멍하니 중얼거리는 두 사람만이 남겨졌다.

──이렇게 타카츠키 아키토와 비서 카드 캐롤이 만나게 되었다.

과연 그것이 어떤 결과를 자아낼지 아직 아무도 모른다.

그렇다…… 설령 그것이 운명을 관장하는 여신이라 할지라도.

아키토가 카드를 뽑으려고 합니다

AKITO SEEMS TO DRAW A CARD

카와타 료우고

ILLUSTRATION 요우타

1

"……오오! 꽤 괜찮은 도시 아닙니까! 마스터!!"

일을 그만두고 산에서 내려와 버스와 전차를 갈아타기를 몇 시간.

아키토와 캐롤은 이 주위에서도 특히 번영한 도시…… 광석차의 도시 '토요마시'에 도착했다.

깔끔하게 포장된 길, 오가는 많은 사람들, 늘어선 고층 빌딩, 그리고 도로를 달리는 수많은 자동 광석차. 인구도 수십만을 웃도는 대도시다.

자동 광석차란 내부에 에너지 광석을 넣은 사륜차량을 말하고, 그와 반응하는 액체를 보충하여 에너지를 만들어내 주행하는 구조이다.

이 세계에서 일반적으로 자동차라고 하면 이 자동 광석차를 가리키며, 현재는 전 세계에서 제조되어 몇 억 대가 넘게 존재하고 어느 정도 수입이 있다면 개인도 구입 가능한 가격으로 제조되고 있다(그러나 신차는 한 대에 몇 백만 GP라는 가격이라 아키토 같은 사람은 그리 쉽게 살 수 없다).

아키토가 채굴하던 에너지 광석 '실버 메탈'을 이용한 모델도 많고, 이곳 토요마시에는 채굴된 그 광석을 매입하여 자동차를 제조하는 기업이 많다.

특히 토요마 카즈라는 현지 기업은 세계에서도 유수의 자동 광석차 메이커라 사실 이 나라의 자동차 중 절반은 이 기업의 것이 차지하고 있을 정도이다.

이곳 토요마시는 그 토요마 카즈 관련 기업과 그 가족, 그리고 그들을 대상으로 한 외식산업 등이 들어와 주변에서도 특히 활성화된 토지이기도 하다.

"흠흠, 도로는 제대로 포장되어 있고 건물도 많고 외식산업도 활성화…… 으헤헤, 이거 돈을 쥐어 짜낼 보람이 있을 법한 도시인데요……!"

주위를 두리번대며 캐롤이 침이라도 흘릴 얼굴로 말했다.

아무래도 그녀에게 세상은 돈을 꺼내기 위한 금고와 같은 것인가 보다.

"오랜만에 왔는데 꽤나 인상이 달라졌네. 역시 도회지는 변화가 빨라."

아키토는 못 본 척을 하고 혼잣말을 했다. 대답을 원한 것은 아니지만 캐롤이 옆에서 얼굴을 들이밀고 손가락을 흔들며 쯧쯧 혀를 찼다.

"뭐예요, 마스터, 그런 말투는 너무 촌스럽잖아요? 카드화 기술 덕분에 건물을 세우고 바꾸는 건 간단하니까요."

카드화 기술. 그것도 여신이 일으킨 기적 중 하나다.

가챠에서 나온 상품은 카드의 형태로 나온다. 그렇다면

101

상품을 카드에 담는 기술도 당연히 존재하기 마련이다.

그러나 그것을 인간의 힘만으로는 할 수 있을 리가 없다. 일정한 수준이 넘은 기업이 신청하면 여신이 전용 장치를 주고, 그것을 사용하면 카드에 다양한 상품을 담을 수 있다.

예를 들어 그것을 써서 요리를 담으면 콜을 할 때까지 썩지 않을 뿐더러 따뜻한 채로 꺼낼 수도 있고, 집을 담으면 그 뒤에 원하는 장소에서 콜을 하면 그 장소에 세울 수 있다.

일부러 토지에 사람이 가서 건물을 건축할 필요가 없고, 공장 등에서 카드화한 다음 그걸 들고 건축 예정지에서 콜을 하면 된다.

물론 그에 상응하는 비용은 든다. 집이나 자동차 같은 고급품이라면 괜찮겠지만, 일용품까지 하기엔 도저히 채산이 맞지 않는다. 따라서 식재료나 일용품의 대규모 운송하는 업무 자체도 잘 기능하고 있다.

혹시 그것도 여신이 인간의 일을 뺏기 않기 위해 배려한 것일지도 모르지만.

……추가로 말하자면 이 장치로는 생물을 담는 것은 불가능하다.

그것이 가능한 것은 여신들뿐이다.

"그럼 마스터는 이 도시에서 시작할 생각인가요? 컴퍼니 경영자로서."

"그래. 그럴 생각인데…… 어떻게 생각해?"

천진난만한 얼굴로 묻는 캐롤에게 대답했다. 아키토로서는 이 땅을 고집하는 것은 아니지만, 그 밖에 이렇다 할 장소가 있는 것도 아니기 때문이다.

나의 비서가(그렇게 생각한 아키토는 약간 겸연쩍었다. 아직 '나의 비서'라는 표현이 익숙하지 않기 때문이다) 반대한다면 다른 토지를 찾는 것도 고려할 생각이다.

"음…… 나쁘진 않아요. 거둘 수익도 충분할 것 같고, 반대로 너무 좋아서 경쟁이 극심할 일도 없을 것 같으니까요. 뭐, 그 부분은 이제부터 조사해야 할 테지만요."

고민하는 얼굴로 캐롤이 대답했다. 아마 그녀의 머릿속은 이 도시 정도라면 얼마만큼의 수익을 기대할 수 있을지 계산하느라 바쁠 것이다.

"하지만 그 전에…… 하지 않으면 안 될 일이 있잖아요? 마 · 스 · 터."

멍하니 그녀의 옆얼굴을 보고 있던 아키토에게 갑자기 캐롤이 묘하게 애교 있는 목소리로 말했다.

하지 않으면 안 될 일? 대체 뭘까.

몇 가지 생각나기는 했지만 어느 하나 확신이 가는 것은 없었다.

"……무슨 말이야?"

따라서 아키토는 솔직하게 물어보기로 했다. 그러자 캐롤이 엉덩이를 살랑살랑 흔들며.

"어머나, 마스터도 참, 제가 직접 말하게 할 셈인가요! 엉큼하기는!"

빨개진 얼굴로 아키토의 등을 퍽퍽 때렸다. ……전혀 영문을 모르겠다.

"그럼 바로 말할게요?! 하지만 말했다고 해서 저를 저질스러운 여자라고 생각하지 마세요! 그러니까 ……저기, 말이죠…… 저, 보고 싶어요…… 마스터의…… '그것'을……."

말하며 몸을 배배 꼰다. ……무슨 말이지? 아키토는 크게 동요했다.

설마 이 아이…….

"그래요, 그것…… 마스터의 가장 소중한 것……, 금단의 그것…… 남에게는 결코 보여줄 수 없는 비밀의 화원…… 마스터의……."

"이, 이봐, 기다려, 길 한복판이잖아! 대체 무슨 말을 하려고……."

주위에 오가는 사람들을 쳐다보며 아키토가 허둥지둥 가로막았다. 그러나 캐롤은 전혀 개의치 않고 아키토의 배를 손가락으로 살짝 찌르며 볼을 붉힌 채 말했다.

"예 · 금 · 통 · 장…… 보여주세요."

"……예?"

……예금통장. 예금통장이라고 했나.

……왜 저런 헷갈리는 표현을…….

"꺅, 말해 버렸어! 나도 참! 아니, 그렇게 쉽게 보여줄 수 없다는 건 알고 있다고요, 하지만 앞으로 같이 해 나가려면 역시 잔고를 파악해 놓을 필요가 있다고나 할까, 뭐라고나 할까, 그 운용도 같이 생각하지 않으면 안 되잖아요? 그리고, 그리고……!"

"괜찮아, 통장을 보여주는 것쯤은. 비서에게 확인을 받는 건 중요할 테고. 자."

"이얏하!! 예금통장이다아아아!"

어두운 눈으로 통장을 내민 아키토의 손에서 캐롤이 그것을 휙 낚아챘다.

그리고 후다닥 물러나더니 하아하아 거칠게 숨을 쉬며 아키토에게서 몸을 돌리고 눈을 이리저리 굴리며 흥분한 모습으로 통장을 확인했다.

"오오오오오……. 꽤 많이 갖고 있네요, 아키토 씨이……. 하아, 하아…… 헤헤, 섹시한 통장이잖아……. 참을 수가 없어. 안이 꽉 들어찼는데. 아앗, 쓰고 싶어…… 이 흘러넘칠 듯한 돈을 단번에 날려 버리고 싶어……."

'……괜찮으려나, 이 녀석…….'

그 모습을 보며 아키토는 속으로 생각했다. 뭘까, 이 이상하리만치 돈에 집착하는 모습은. 말이며 행동도 무슨 변태나 마찬가지다.

게다가 그것을 사랑스러운 외모와 목소리로 하고 있으니

대체 뭐라고 해야 할지 모르겠다. ……비서 카드는 모두 이런가?

"후우…… 만끽했습니다. 정말 그 나이에 여기까지 잘도 모았네요! 상당히 절약한 것 아닙니까? 솔직히 광부 일도 그리 월급이 많지는 않을 텐데요."

"맞아. 일하기 시작하고 무언가를 산 기억이 거의 없어. 목표가 있었으니까."

조금 수줍어하며 그렇게 대답했다. 지금까지 남에게 저축에 대해 말한 적이 없다. 비웃음을 사는 것이 무서웠기 때문이다. '언젠가 창업하기 위해 저금하고 있습니다'라고, 광부의 몸으로 남에게 좀처럼 말할 수 있을 리가 없다.

주제도 모른다는 말을 들을 것이 뻔하다.

"네에~? 하지만 여기서 한 번 돈을 크게 찾았잖아요. 뭘 사려고 한 거예요? 게다가 그 뒤에 같은 금액이 입금됐잖아요! 뭘 사려다 생각을 바꾼 거죠? 에이, 똑바로 말 해봐, 어서, 어서!"

"으앗…… 하지 마!!"

상기된 얼굴로 캐롤이 등에 딱 달라붙어 아키토의 옆구리를 마구 쓰다듬으면서 말했다. 뭐야 이건. 완전히 성추행이잖아.

창피해진 아키토가 놀라 비명을 질렀다. 설마 세상에 통장으로 괴롭히는 행위가 존재할 줄은 상상도 못 했다.

"중고차를 사려다가 결국 참았어……! 이제 통장을 돌려줘! 그보다 너, 설마 갖고 도망치진 않겠지?! 비서 카드에게 통장을 빼앗겨 빈털터리가 되기라도 하면 부끄러워서 살 수 없을 거라고!"

"어머, 실례잖아요. 저는 마스터를 배신하지 않는다고요. 애초에 할 수 없도록 설정되어 있고요."

통장을 팔락팔락 흔들며 캐롤이 대답했다.

"저희 비서 카드에는 세계의 기본 지식이 미리 주입됨과 동시에 여러 가지 프로텍트가 걸리거든요. 먼저 마스터를 배신할 수 없습니다. 또한 자신의 의사로 마스터로부터 도망칠 수도 없습니다. 자신의 의사로 마스터에게 손해를 입히는 행위도 불가능합니다. 비서 카드는 존재하는 한 마스터의 편입니다. 다만 뭐……."

거기까지 말하고 캐롤이 씩 웃었다. 그러더니 자신의 치맛자락을 잡아 살짝 들어 올리고.

"저만이 아니라 저에 대한 행위에도 프로텍트가 걸려 있습니다. 구체적으로 말하면 과도한 학대, 공격 및 성적인 행위 등이 금지되어 있습니다. ……그러니 아무리 제가 귀엽더라도 억지로 붙잡아 눕히기라도 하면 그 자리에서 전 '부서져' 버리고 마니 주의해주세요…… 마·스·터."

라며 도발적으로 말했다. 아키토는 살짝 볼을 붉히며 눈을 피했다.

'부서진다'는 말은 카드가 파괴되는 것을 의미한다. 카드는 보통 기간이 종료될 때까지 자신의 손에 존재하지만 어떤 이유로 중대한 손상을 입으면 버티지 못하고 그 존재가 사라지고 만다.

그 경우 카드는 원래대로 돌아가지 않고 여신에게로 떠나 다시 가챠에 포함된다고 한다.

"……시추에이션 카드와는 다르다는 건가."

"네, 그것은 그저 현상이니까요. 개인의 이런저런 생각이 없습니다. 그러나 저와 같은 비서 카드는 독립된 인격을 지녀 스스로 생각하고 움직이거든요. 그들과는 달리 상황에 따라 움직임을 멈추는 일도 없습니다. 따라서 여신은 저희를 지키기 위한 제한을 걸어주신 거죠."

캐롤이 자신의 가슴에 손을 얹고 자랑스럽게 말했다. 그녀에게 자아를 가진 것은 특별한 의미가 있을지도 모른다.

"아아, 그래도 기껏해야 카드예요. 따라서 쓰고 버려지는 것도 일반적입니다. 그것도 역할 같은 것이에요. 그러니 같은 인간처럼 저를 대할 필요는 없습니다. 저에게는 식사도, 수면도 필요 없어요. ……뭐, 친절하게 대해주면 기쁘고, 밥을 주면 맛있게 먹을 테고, 마스터가 저를 위해 비이이이싼 선물을 준다면 아주 환영이지만요."

그러며 다시 싱긋 미소를 짓는다.

"게다가 저희는 부서지면 기억을 완전히 잃거든요. 쓰고 버려지더라도, 아무리 상처를 받아도 그렇게 되면 원래대로 돌아가 다음 주인에게 쥐어질 뿐입니다. 그러니 안심하시죠."

"……기억을 잃는다고. 듣기는 했지만 사실이구나…… 그럼 혹시 너의 기한이 끝나 다시 한번 오더라도 더는 나를 기억하지 못하는 거야?"

"네, 유감스럽지만."

딱히 유감스럽지도 않다는 말투로 캐롤이 대답했다. 캐릭터 카드에는 반드시 기간이 있고, 그것이 지나면 사라진다. 그때 기억도 지워지고 만다.

"……아쉽겠네. 너희는 매번 잊어버릴 테니까."

"네, 뭐 그래도 기억이 이어진다면 예전 주인의 개인정보 등도 계속 알게 되는 것이니까요. 현재의 주인이 원하면 저희는 입을 다물 수도 없고, 또 모처럼 손에 넣었는데 그 카드가 예전 주인을 그리워하기라도 하면 싫잖아요? 뽑히면 그 분에게 헌신하는 것이 저희의 사명. 게다가 솔직히 방해돼서 기억 같은 건 남지 않는 게 좋아요."

딱히 고민되는 일도 아니라는 듯 캐롤이 말했다. 그녀들에게 그것은 당연한 일인 것이다. 일 년 만에 기억을 잃고 다음으로 향하는 찰나의 목숨.

그렇게 생각하자 아키토는 어쩐지 슬퍼졌다.

"……싫지 않아?"

"아니요, 딱히. 원래 그런 것이니까요. 저로서는 그때, 그때에 돈과 즐겁게 놀 수 있으면 그것으로 만족해요."

그러며 캐롤은 아키토에게 통장을 돌려주었다.

'……고작 일 년밖에 같이 있을 수 없나. ……그럼 조금이라도 좋은 추억을 쌓도록 하고 싶네.'

그렇게 생각하며 자신의 생명줄이기도 한 통장을 소중하게 넣는 아키토를 보며 캐롤이 말을 이었다.

"확실히 자금 쪽은 확인했습니다, 마스터. 천만GP가 넘는 자금, 아까도 말했지만 그 나이치고는 큰 금액이에요. 저를 뽑으신 근성도 훌륭합니다. 그럼에도 불구하고 말씀드리겠습니다만……"

아키토의 얼굴을 지그시 바라보며 캐롤이 한차례 말을 끊었다.

무엇을 말하려는 것일까. 아키토는 꿀꺽 침을 삼켰다.

"……그 금액으로 지금 당장 CVC에 도전하는 것은 무모합니다. 살아남을 가능성은 뭐…… 10퍼센트가 될까 말까 하는 수준이랄까요."

캐롤이 단호하게 말했다.

"……뭐……."

아키토는 크게 동요했다. ……말도 안 돼. 쭉 CVC를 목표로 살아왔는데.

드디어 꿈의 문이 열렸다고 생각했는데…… 10퍼센트?

반대로 말하면 반년 뒤에 자신의 컴퍼니가 살아남지 못할 가능성이 90퍼센트……?

"……거짓말이지……?"

"안타깝지만 사실입니다. 솔직히 말하면 히나토국의 CVC에 도전할 수 있는 금액은 아니에요. 좀 더 후진국의 벽지라면 충분하겠지만……. 아마도 여기서는 바로 죽을 거예요."

너무 단호하다. 심하다.

……그 정도로 난이도가 높은가. 이 나라에서 하기란.

"히나토는 세계에서도 꽤나 유복한 편에 속하는 나라니까요. 게다가 이 나라에서 가난한 사람이 부자가 되기는 너무 힘들어요. 유감스럽지만 천만 정도의 자금이라 해도 용돈 수준밖에 안 된다고 말하지 않을 수 없네요."

"……세상에."

어깨가 축 늘어졌다. 막연히 앞으로 성공만 남았다고 확신하는 마음이 있었기 때문이다. 드디어 염원하던 비서 카드가 손에 들어왔으니.

그러나 설마 그 비서 카드 때문에 이만큼 어려운 현실을 자각하게 될 줄이야.

"……내가 만약 뛰어난 배틀 카드 조작 기술을 지닌 마스터라고 해도?"

"뛰어난 조작 기술을 지니고 있나요?"

지푸라기라도 잡는 심정으로 한 질문에 캐롤이 질문으로 대답했다. 윽, 하고 말문이 막혔다.

허세를 부릴까도 생각했지만 의미가 없으므로 솔직하게 대답했다.

"……실은 제대로 된 배틀 카드를 가져본 적이 없는데."

"어머나."

캐롤이 놀란 소리를 냈다. 그렇다. 배틀 카드 마니아인 아키토는 아직 배틀 카드를 가져본 적도 없는 것이다.

N등급 카드라면 특정한 카드를 고집하지 않는 한 몇 만 정도로 구입할 수 있으므로 입수는 간단하다. 그러나 아키토는 이왕 손에 넣을 것이라면 첫 카드는 R 이상이 좋다고 생각했다.

왜냐하면 N급 배틀 카드는 그저 힘이 강할 뿐 독자적인 특성이 없지만, R 이상이라면 카드에 따라 스킬이라 불리는 특수 능력을 지니고 있기 때문이다.

다양한 개성을 지닌 카드들의 특별한 스킬……. 그것은 아키토에게 꿈만 같은 일이었다.

"……그러면서 잘도 CVC에 도전하려고 하셨네요……. 너무 무모해요……."

"윽……."

캐롤의 지적에 다시 어깨가 처졌다. 이대로는 어깨가 바닥에 닿을 기세다.

N카드라도 좋으니 그것으로 연습을 계속 해왔어야 할까. 그러나 일 년이면 사라질 카드에 투자를 해서는 지금 현재 수중에 있는 자금은 더욱 적었을 것이다.

"⋯⋯하지만 누구나 처음엔 그렇잖아? 처음엔 초보자지만 다들 그것을 극복하고 올라가는 거야. 갑자기 실전에 뛰어들 수밖에⋯⋯."

"마스터. 혹시 '홀더'가 없으신가요?"

변명처럼 말하는 아키토의 말을 가로막고 캐롤이 물었다.

홀더. 들은 적이 있다. 분명 '카드 홀더'의 약자였을 것이다. 마스터들은 그것을 갖고 카드들을 보호한다고 한다.

그것이 지금 무슨 상관이란 말인가.

"어⋯⋯ 마스터, 혹시 그 부분을 자세히 조사하지도 않고 목표로 삼은 건가요⋯⋯. 아, 그래요, 그래요, 그런 산속에서 일하면 세상의 정보에서 격리되기 쉬우니까요. 그렇구나, 거기부터 설명을 해야 하는구나. 죄송합니다. 비서 카드를 부를 정도니까 모두 파악하고 있는 줄 알았네요."

캐롤이 납득한 얼굴로 고개를 끄덕였다.

그러더니 몸을 돌린다.

"좋아, 그럼 맨 처음 할 일은 정해졌네요! 마스터⋯⋯ 일단 최소한의 장비를 손에 넣는 것부터 시작하죠!"

그렇게 말하며 아직 이해하지 못한 아키토의 손을 잡아끌며 걸음을 옮겼다.

2

그로부터 몇 시간 뒤.

"와! 역시 좀 더럽긴 해도 다시 보니 그리 나쁘지 않은 사무실이네요! 그럭저럭 괜찮은 장소인데 가격이 엄청 싸서 골랐지만 꽤 괜찮아요! 응응, 필요한 것들은 충분해요!"

어떤 복합빌딩의 3층, 아직 입주자를 모집하는 종이가 붙어 있는 임대 사무실로 성큼성큼 올라가 실내를 둘러본 캐롤이 기뻐하며 말했다.

오랜 기간 쓰이지 않은 듯한 그곳은 빈말로라도 깨끗하다고는 말할 수 없었지만, 방이 세 개나 있고 생활하기 위한 것은 욕실 외에 대체로 갖추어져 있었다.

그리고 무엇보다 임대료가 한 달에 8만GP라 비교적 싸다.

"……후우……."

작은 동물처럼 재빨리 이곳저곳을 확인하며 돌아다니는 캐롤을 지켜보며 양손에 짐을 가득 든 아키토가 살짝 한숨을 내쉬었다. 그 소리를 민감하게 알아챈 캐롤이 돌아보았다.

"어라, 왜 그러세요, 마스터? 이제야 자신의 본거지를 손에 넣었는데 한숨이나 쉬고. 뭐가 불만이시죠?"

"아니, 불만은 없지만……."

그러며 짐을 두고 주머니에서 통장을 꺼내 확인했다. 그

곳에 기입된 최신 금액은 필사적으로 모았던 금액에서 절반이 되어 있었다.

"……이렇게 갑자기 쓰게 될 줄 몰랐으니까……. 이렇게 써버려도 괜찮겠어?"

"어쩔 수 없다고요, 설비 투자에는 돈이 드는 법이고."

캐롤이 태연하게 대답했다.

그러더니 아키토가 지금까지 열심히 들고 온 사무용품 상자를 탁탁 두드렸다.

"제가 일을 하기 위해서라도 도구는 필요하니까요. 게다가 컴퍼니를 설립하려면 비서 카드인 저 외에도 사무실 등록이 필요하거든요. 사무실 체재를 갖추기 위해서는 책상과 의자, 그리고 마스터의 생활용품이 있어야 하고요. 대부분 배달을 시켰지만, 아무튼 백에서 이백 정도의 돈이 날아가는 건 당연해요."

"……사무실을 왜 이렇게 가격대가 어느 정도 나가는 곳을 빌린 건데……?"

캐롤은 아키토를 데리고 설비 투자를 빙자한 계약과 쇼핑을 하러 갔다. 그 중 하나인 이 임대 사무실 계약에도 보증금 등등으로 꽤 많은 돈이 나갔다. 역에서 그럭저럭 가까운 거리에 있기 때문이다. 어쨌든 바로 정한 것은 좋았지만, 그 뒤로도 필요한 물건을 사러 다니기를 몇 시간.

캐롤은 점원을 붙잡고 일단 값을 깎아댔고, 결국 점원이 부탁이니 돌아가 달라고 외치기까지 했다. 옆에 있는 것만으로도 피곤하여 지치고 만 아키토가 더러운 바닥에 털썩 주저앉았다. 그런 동작만으로도 바닥이 살짝 삐걱거렸다. 위험하다. 조심해서 쓰지 않으면 바닥에 구멍이 뚫릴지도 모른다.

"무슨 말이에요. 앞으로 세상에 나갈 텐데 시골에 틀어박혀서 어쩌려고요? 저도 여러 가지 업무를 처리하려면 역시 도심에 있는 편이 여러모로 편이라고요. 게다가 월세는 웬만한 방세와 크게 다르지 않고요. 일단 여기가 사무실 겸 마스터의 자택인 걸로 하죠."

"······집인가."

다시 방을 둘러보았다. 입구에서 바로 들어온 이곳은 커다란 방이다. 도로와 면한 벽면에는 커다란 창문이 나란히 있고, 밖에서는 안이 보이지 않도록 한가운데 부분이 불투명 유리로 되어 있다.

아마 이곳에 책상을 놓고 실무를 하게 될 것이다. 옆에는 탕비실과 화장실이 달려 있어서 당장 생활에는 불편하지 않을 듯하다.

안쪽에는 문이 두 개. 하나는 응접실, 다른 하나는 아마 사장실 등에 쓰이는 곳. 계약할 때 안을 보았지만 상당히 비좁았다.

······특별할 것이 없는 사무실. 그러나 이곳이 자신의 시

작 지점이라고 생각하니 왠지 괜찮은 느낌이 들었다.

조금 자랑스러운 기분이 들어 아키토는 미소를 지었다.

"……마스터. 혹시 그거 웃은 거예요?"

갑자기 캐롤이 아키토의 얼굴을 들여다보며 신가하다는 표정으로 물었다. ……가깝다.

이 아이의 거리감에는 아직 적응이 안 된다.

"어, 웃었는데…… 왜?"

"아니요, 전혀 표정이 달라지지 않았는데 입가만 비틀고 있어서 그렇지 않을까 하고……. 흐음…… 그게 마스터의 웃는 얼굴입니까…….."

"…………."

말이 가슴에 꽉 박혔다. 그것은 아키토 자신도 신경 쓰는 부분이었다.

이상하게 표정이 잘 변하지 않는다. 본인은 평범하게 행동했다고 생각하지만, 남들은 그 변화를 읽어내기 힘든 모양이다. 어릴 때부터 그래서 그를 겁내는 사람이 많았다.

"……이상해? 컴퍼니 경영자로서."

좀 더 붙임성이 있지 않으면 안 될까. 불안해져 묻자 캐롤이 싱긋 웃으며 긍정적인 대답을 해주었다.

"아니요, 그런 것도 괜찮은 것 같습니다. 포커페이스인 사장도 좋잖아요. 일단 CVC에서 열심히 싸울 거라면 그쪽이 위압감도 들 테니까요."

"그런가. 그럼 괜찮아. ……그런데 정말 천만 정도는 푼돈이구나…….."

새삼 잔고를 떠올렸다.

지금 준비한 것은 기본적인 것뿐이다. 앞으로 한 장에 몇백 만이나 하는 배틀 카드도 준비해야 할 것을 생각하면 걱정이 앞선다. 후우, 무심코 한숨이 새어나왔다.

"마스터 또 한숨이나 쉬고! 낭비한 거면 이해가 가지만, 필요한 것에 돈을 써놓고 한숨을 쉬다니 그거 안 좋은 버릇이에요! 기업가가 할 행동이 아니라고요!"

허리에 양손을 대고 콧방귀를 뀌며 캐롤이 말했다.

"앞으로 손에 든 돈을 불태워 더 많은 돈을 연성하는 대단한 연금술을 해나갈 테니까요! 일일이 밑천을 아까워하면 안 돼요! 알겠죠! 나는 이곳에 성을 세운 일국의 성주다! 그렇게 생각하고 가슴을 활짝 펴라고요! 그게 결국 당신을 남들이 무시할 수 없는 인물로 만들어줄 테니까! 알겠죠, 사장님!"

"……그래, 알겠어. 네 말이 맞아. 열심히 할게……!"

"와, 진짜 멋있어요, 사장님! 그야말로 저의 마스터입니다! 근사해요!"

캐롤이 띄워주자 아키토는 분위기에 휩쓸려 주먹을 쥐었다. 캐롤은 속으로 '단순하긴……' 하고 생각하며 생글생글 미소를 지었다.

'도저히 힘들겠다고 하면 더 시골에 있는 사무실을 얻어도 괜찮았겠지만. 그래서는 나중에 불편하고. 무엇보다 내가 따분하거든. 시골의 저렴한 구역에서 기간이 끝날 때까지 어찌어찌 보내며 사는 건 사양하고 싶고. 근처에 맛있는 디저트 가게도, 귀금속 가게도 없으면 캐롤은 심심해서 죽을 거야☆'

한없이 사리사욕으로 가득 찬 비서 카드였다. 물론 그것만이 아니라 앞으로 일을 하는 데 이곳이 최선이라고 판단하기도 했지만.

"그래서? 제일 비쌌던 '카드 홀더'는 어떻게 하면 돼? 구호가 어쩌고 했잖아."

쇼핑을 하던 중 아키토는 '홀더숍'이라는 가게에 들렀다.

거기서 계약금과 주변기기가 어쩌고 하며 백만 단위의 돈을 지불했다. 게다가 월간 사용료로 한 달에 10만GP도 내야 하니 근검절약하는 생활을 계속 해온 아키토는 심장이 멎는 줄 알았다.

그런 값비싼 물건을 샀으면서도 대부분 캐롤이 꺅꺅 소란을 피우며 정해버렸기에 아키토는 그것이 무엇인지 전혀 이해하지 못했다.

"아, 그러고 보니 그 설명을 해야겠네요. 후후, 그럼 기동시킬 구호를 외워볼까요. '홀더 온'이라고."

"……'홀더 온.'"

시키는 대로 말해 보았다. 그러자 눈앞에 작은 빛이 켜지는가 싶더니 퐁 하는 소리와 함께 아키토의 눈앞에 하드커버 크기의 책과 같은 것이 나타났다.

"우와……."

놀란 아키토가 뒷걸음질을 쳤다. 그러자 허공에 떠 있던 그것도 같은 거리를 유지하며 따라왔다.

아무리 멀어지려고 해도 결코 떨어지지 않는다. 어안이 벙벙해진 아키토에게 캐롤이 생글생글 웃으며 설명해주었다.

"그게 홀더예요. 계약이 이어지는 한 마스터의 생명과 연결되어 있어서 당신이 명령하면 나타나고, 사라지라고 생각하면 자유롭게 사라져요. 그곳에 담을 수 있는 카드의 수는 무한! 그리고 이 홀더 안에 담긴 카드는 마스터 외의 다른 누구도 꺼낼 수 없습니다! 당신의 카드를 절도로부터 지켜주는 최고의 수호자 같은 거예요! 앞으로 당신의 생명줄이 될 것이니 소중하게 쓰세요."

"……대단하네. 이것도 여신의 기적인가."

홀더숍은 여신과 계약한 기업이 경영하며 서류 등을 제출하면 이것을 체결해준다고 한다. 배틀 카드를 쓰는 사람에게는 말하자면 필수 요소지만, 아키토가 이 존재를 자세히 몰랐던 것에는 이유가 있다.

이 세계에는 일반적인 통신수단으로 전화가 있기는 하지만, 그 외에 인간이 사용할 수 있는 광역 방송매체인 텔레 비전이나 라디오가 존재하지 않기 때문이다. 여신이 선사한 기술 중에 그런 것은 없었다.

종이 매체, 신문이나 잡지, 서적이란 것은 존재하지만, 그것들도 그리 활발하지 않고 일부에서 조금씩 만드는 정도이다. 사람들에게 가장 큰 오락이라고 하면 역시 신의 세계를 비추는 기적 '갓 비전'으로, 사람들은 모두 그것을 좋아하지만 여신들은 그곳에서 인간 세계의 정보를 그리 말해주지 않는다.

어디까지나 자신들의 지식과 예술을 선사할 뿐으로, 지상에 관한 것을 일반인에게 그리 선전해 주지 않는 것이다.

따라서 이 세계의 사람들은 정보라는 것이 좁은 지역에만 퍼지고 끝나는 경우가 많고, 또한 아키토가 하던 광산 일은 도망가는 것을 방지하기 위해 외출제한이 엄격하여 더욱 더 정보로부터 격리되어 있었다.

그 탓에 아키토는 'CVC에는 비서가 필요'하다는 단편적인 지식을 근거로 처음엔 그것을 손에 넣으려고 하였다.

"……그런데 카드를 안전하게 담기만 할 뿐이면서 이 금액은 비싸지 않아?"

자신의 텅 빈 홀더를 팔락팔락 넘기며 물었다.

당연한 의문이지만, 캐롤은 고개를 가로저었다. 길게 땋아 내린 머리가 그 움직임에 맞춰 좌우로 흔들렸다.

"아니요, 배틀 카드가 SR급쯤 되면 한 장에 천만GP 단위, 좋은 것이라면 억 단위쯤 되기도 하므로 그에 비하면 크게 싼 거예요. 또한 그것은 홀더의 기능 중 하나에 지나지 않습니다. 그 밖에도 대단한 기능이 여러 가지 달려 있거든요. 예를 들면⋯⋯."

그렇게 말하고 캐롤이 옆으로 다가와 아키토의 홀더를 옆에서 조작하기 시작했다.

이 홀더는 비서 카드라면 공유하여 조작할 수 있는 모양이다. 캐롤이 홀더의 페이지를 넘겨 화면과 같은 곳을 펼치더니 가녀린 손으로 여기저기 조작하기 시작했다.

"자, 이렇게⋯⋯ 여길 봐요."

"⋯⋯오오⋯⋯!"

화면이 몇 번 바뀌더니 이윽고 '카드 트레이드'라는 제목이 붙은 화면에서 멈췄다.

그곳에는 아키토가 반가워할 다양한 정보가 실려 있었다.

판매 배틀 카드 R등급 양산형 카드 [액스 워리어]

AP: 3800 DP: 2800 남은 유효기간 11개월

희망 거래 가격 210000GP

비고 기본적이라 인기 있는 양산형 카드입니다. 상태 좋음 · 미사용.

구입 배틀 카드 UR등급 유니크 카드 [대륙의 패왕 기간티아]

데이터 불명

희망 거래 가격 상담 필요

비고 혹시 팔겠다고 생각하시는 분이 있다면 연락 바랍니다.

판매 스킬 카드 [울트라 그레이트 하이퍼 얼티메이트 그레이티스트 캐논]

희망 거래 가격 50GP

비고 제발 누가 사가주세요. 부탁입니다.

판매 배틀 카드 SR등급 양산형 카드 [C137-1 블랙 모어]

AP: 10600 DP: 12000 남은 유효기간 8개월

희망 거래 가격 9400000GP

비고 아시는 대로 단단함을 자랑하는 일반적인 양산형 카드입니다. 크기는 17미터쯤(빌딩 3층이나 4층 정도 됩니다). 양산형이므로 같은 형태에 익숙하신 분은 바로 다룰 수 있습니다.

움직임은 다소 둔하지만 무기는 대형 체인건, 진동 토마호크, 벌컨 등 쓰기 좋은 것들을 갖추고 있어서 강도단, 해적 등에 대비하는 용으로도 충분합니다.

판매 비서 카드 [비서 카드(매력 특화) 133]

남은 유효기간 10개월

희망 거래 가격 8200000GP

비고 모처럼 산 물건입니다만, 매력 특화 때문에 일이 손에 잡히지 않는다는 소문이 신경 쓰여 콜을 못 하겠습니다. 울면서 포기하겠습니다.

강인한 정신력을 지녔거나 이미 망하신 분이 사주십시오.

"……이건…… 설마……!"

주르륵 늘어선 판매와 구입 표시를 아키토가 뚫어져라 보았다.

후후 웃자 캐롤이 의기양양하게 설명하기 시작했다.

"네, 그래요…… 이건 홀더에 탑재된 카드 거래 기능. 세계의 홀더 소유자들이 자신의 카드를 팔거나 살 수 있어요. 가챠가 불안정하니까요. 이런 장소에서 다른 사람에게 사는 것도 괜찮겠죠."

"대…… 대단해……."

아키토가 솔직하게 감탄했다.

지금까지 아키토가 카드를 직접 본 것은 번화가에 있는 카드숍이 다였다. 그곳에 진열된 것도 N등급의 결코 강하다고 할 수 없는 카드뿐.

좀 더 강력한 카드를 다루는 가게가 어딘가에 있을 것이라 생각했지만, 설마 이런 방식으로 가능할 줄이야……!

"불공평해! 세상의 부자들은 이렇게나 편하게 살아왔던 건가!"

화면을 내리고 또 내려도 끝나지 않는 카드의 정보. 알고 있던 카드, 모르는 카드, 종류조차 몰랐던 카드…….

여기서 세계의 홀더 소유자들이 지금 이 순간 실시간으로 활발하게 거래를 하고 있는 것이다. 그야말로 정보의 도가니. 굉장하다…… 아키토가 원하던 환경이 바로 이곳에 있었다.

"……저기 아직 설명할 게 있는데요…… 이봐요, 마스터? 듣고 있어요?"

마음에 든 장난감을 손에 넣은 아이처럼 눈을 빛내며 바쁘게 홀더 화면을 움직이는 아키토에게 캐롤이 말했다.

그러자 아키토는 '어, 어어, 듣고 있어, 듣고 있어'라며 대충 대답했으나, 눈은 계속해서 화면에 고정시킨 채 움직이지 않았다. ……정말 어린애냐, 이 자식.

"정말…… 그렇게 마음에 드세요? 모르는 부분이 있으면 대답하…….'

"이거 유효기간이 쓰여 있는데 이곳을 통해 배틀 카드를 사면 그 유효기간도 이어지는 거야? 캐릭터 카드의 유효기간이 일 년인 건 아는데 마스터가 바뀌어도 그게 이어지는지? 그리고 스킬 카드는 기한이 쓰여 있지 않은데 무기한이야? 그리고 양산형 카드를 꺼낸 경우 카드마다 인격은 어떻게 되는데? 스킬은? 그리고 기억은? 거래한 카드가 대미지를 받은 경우에는 어떻게 돼? 그리고 여기 매력 특화 비서란 건 어떤 매력이 있다는 거야? 무슨 문제가? 솔직히 이 가격에 살 수 있다면 도박을 하지 않고 사는 방법도 나쁘지 않다는 생각이 약간 드는데. 아니 물론 캐로, 너에게 불만이 있는 건 아니야. 나는 이런 걸 몰랐으니 어쩔 수 없지만. 그리고…….”

“……으아아아아악! 한 번에 묻지 마!! 이 카드 바보! 기다려! 카드 바보, 기다려!!”

홀더를 소중하게 안고 그 화면을 힐끗힐끗 보며 아키토가 우다다 질문을 퍼부었다. 바싹 들이대는 얼굴을 양손으로 밀어내며 캐롤이 비명처럼 외쳤다.

“아, 미안, 나도 모르게 흥분했네……. 아니, 정말 대단해 이거……. 평생 손에서 놓고 싶지 않아……. 이제 이게 없으면 나는 죽을지도 몰라…….”

감정이 절실히 담긴 목소리로 말했다. 말하고 나서 문득 자신이 실패한 뒤의 일을 상상해 보았다.

홀더의 한 달 사용료를 내지 못하고 이것을 잃고 캐롤은 기한 종료. 울면서 광산으로 돌아가 언젠가 다시 그것들을 손에 넣을 날을 꿈꾸며 매일 구겨진 잡지를 들고 가챠를 돌린다…….

너무 현실감 있는 미래 예상도에 오싹 소름이 끼쳤다.

“허풍은…… 얼마든지 대답할게요. 먼저 비서 카드나 배틀 카드 같은 캐릭터 카드의 기한은 배출된 순간부터 콜을 하지 않아도 줄기 시작하여 주인이 바뀌어도 그 기한이 이어집니다. 다만 주인이 바뀐 순간 기억은 완전히 사라지니 안심하시죠. 그리고 말씀하신 대로 스킬 카드는 무기한. 참고로 말하자면 매직 카드란 분류도 마찬가지입니다. 양산형이 어떤지는 나중에 설명하죠. 그리고 매력 특화는……."

캐롤이 어흠 헛기침을 한 번 했다.

"……뭐랄까 대단히 선정적인 외모로 일이 잘 되어 가면 옷을 하나씩 벗기도 한다고 해요. 그러나 비서 카드는 보호가 걸려 있으므로 벗는다고 해도 그리 대단한 수준은 아니겠지만요."

"……아아, 그런 쪽인가……."

이해했다. 아무래도 자신에게는 캐롤이 더 비서로서 잘 맞을 것 같다.

"말해두겠지만 저는 벗거나 하지 않으니까요. 그런 싸구려 카드가 아니에요. ……뭐, 혹시 마스터가 저에게 1억GP쯤 과금해 준다면 흔쾌히 하겠."

"응, 그건 기대하지 않아. 그래서? 그 외에 다른 기능은 없어? 더 많은 게 가능해?"

어흠 헛기침을 하고 다시 무언가 쓸데없는 말을 하려는 캐롤을 가로막고 다시 질문을 퍼부었다. 그런 반응에 잠시 멈칫하고 미소를 짓더니 캐롤이 아키토의 볼을 잡고 쭉 늘어뜨렸다.

"……어, 왜 그래?"

"제가 벗는다는 말에 조금은 관심을 가지시죠, 마스터."

"앗, 죄송합니다……."

웃는 얼굴로 분노의 오라를 화르륵 내뿜으며 볼을 쭉쭉 잡아당기는 캐롤에게 뭐라 못하고 놔두며 아키토가 사과했다. ……비서 카드는 마스터에게 반항하지 못하는 것 아니었나.

"뭐, 됐어요, 계속할게요. 잘 들으세요, 마스터. 홀더에는 그 외에도 주인의 보호 기능이 달려 있습니다. 표지 부분을 봐주세요."

"표지……?"

시키는 대로 홀더를 일단 덮고 표지를 살폈다.

그러자 그곳에는 '카드 홀더'라는 제목 밑에 LP: 100이라는 정체불명의 숫자가 표시되어 있었다.

"……이건 뭐야?"

"그 홀더의 LP입니다. 라이프 포인트의 약자예요. 그것이 0이 되면 그 홀더는 산산이 부서져 안에 든 마스터의 카드가 주위로 흩어지니 조심하세요."

"뭐……!"

이럴 수가. 외적인 요인으로 이 홀더가 파괴되고 만단 말인가.

"그, 그럼 홀더를 꺼내지 않고 있으면 안심인가?"

"아니요. 그 LP는 마스터의 몸도 지켜줍니다. 따라서 마스터가 그 이상의 대미지를 받으면 홀더를 꺼내지 않더라도 파괴됩니다. ……아니 그쪽이 핵심이라고나 할까……. 배틀 카드들의 강렬한 싸움에 휘말리면 인간은 순식간에 증발

되겠죠? 그것으로부터 지키기 위한 것이거든요."

아아, 납득했다.

한마디로.

"……마스터끼리 싸울 때 이 LP를 서로 지키려고 하겠네. 잃어버리면 무기를 잃고 패배…… 그런 건가."

"네, 맞습니다. 이해가 빠르네요."

캐롤이 씩 웃으며 말했다.

"세상에는 갑자기 카드로 사람을 습격하는 위험한 녀석도 있으니까요. 그런 것으로부터 그 LP는 목숨을 지켜주는 거예요. 어때요, 수백만의 계약금과 비싼 사용료를 충분히 지불할 만하죠? 목숨에 보험을 걸어주는 거니까."

"……확실히 그렇긴 한데 이 100은 어느 정도의 가치가 있어? 배틀 카드는 최소한 N급이라도 수백의 AP를 갖고 있잖아. 설마 숫자는 공통인가?"

"네, 유감스럽지만요. 자금적으로 힘들었기에 LP는 최소한으로 설정했습니다. 따라서 배틀 카드에 정통으로 맞으면 끝이에요. 하지만 100이 있으면 웬만한 교통사고나 떨어지는 정도는 지켜줄 거예요. 지금은 그것으로 충분하다고 생각해 주세요."

그렇구나. AP 1이 어른의 공격 수준이라고 하니 100이라면 자동차에 치이는 것 정도는 괜찮을 가능성이 높은 건가. 그러나 배틀 카드를 상대로는 거의 무방비. 맞으면 일격에 파괴된다. 따라서 이쪽도 카드로 무장하여 지킬 필요가 있다. 아키토는 그렇게 이해했다.

"하하…… 재미있네……. 대단해. 세상엔 다양한 게 있었구나……. 그런가……. 너를 손에 넣어 다행이야, 캐로. 큰 도움이 되었어."

"에헤헤, 감사합니다. 하지만 제가 도움이 되는 건 지금부터라고요."

캐롤이 귀엽게 거만을 떨며 말했다.

"그야 저는 금전 특화, 돈을 버는 것이 메인이니까요. 마스터에게 '이 정도라면 이쪽을 사는 게 좋았을 텐데' 같은 생각을 남기고서 사라지는 건 아니꼬우니까요. 기간이 종료될 때까지 저 한 장을 사는 것과 동등하거나 그 이상 벌도록 해보이겠습니다…… 아니꼬우니까요!"

아니꼽다는 말에 특히 힘을 주어 말한다.

……아무래도 아까 다른 비서 카드를 사면 좋았을지도 모른다는 말을 한 것에 조금 화가 난 모양이다. 그녀는 비교당하는 것을 싫어하는 타입인 듯하다. 앞으로 주의해야겠다.

"그래, 그럼 일단 이곳을 거점으로 돈을 버는 것이 목표란 말이지? 지금 자금으로는 당장 CVC에 도전하기란 힘들다고 했으니까. 그럼 난 어떻게 하면 돼? 뭔가 일자리라도 구해서 조금이라도 보탬을……."

"아니요, 마스터는 다른 방법으로 돈을 버셔야 해요. 덤으로 CVC를 위한 카드 조작 훈련도 쌓아야 하고요."

다른 방법? 아키토가 무슨 일일지 궁금해 하자, 캐롤이 홀더숍에서 받은 종이봉투를 부스럭부스럭 뒤지기 시작했다. 이윽고 포장을 벗겨 안에서 하얀 구슬이 달린 인간의 머리 크기쯤 되는 받침대 같은 것을 꺼냈다.

"가게에서 옵션이 어쩌고 하며 샀던 그건가. 무엇에 쓰는 도구야?"

"이게 바로 오늘 쇼핑의 핵심이라고요, 마스터. 지금 당신에게 가장 필요한 물건입니다. 이것은……."

말하며 그것을 사무실에 이미 놓여 있던 낡은 테이블에 설치했다. 캐롤이 이것저것 건드리자 우우우우웅 하는 나직한 소리를 내며 살짝 빛을 내뿜기 시작했다.

"'기계장치의 신' 데우스 엑스 마키나에 접속하게 하는 '게이트 커넥터'입니다. 이걸 통해 갈 수 있어요. 여신이 만든 신인들을 위한 연습장에 말이죠."

"……데우스 엑스 마키나……?"

그 빛에 넋이 나가 지켜보며 아키토가 중얼거렸다.

기계장치의 신. 무슨 말일까. 여신들과는 다른가.

눈빛으로 질문하는 아키토에게 캐롤이 웃으며 대답했다.

"백문이 불여일견. 자, 홀더를 들고 외우세요. '커넥트 콜로세움'이라고."

"……커넥트 콜로세움."

시키는 대로 말했다.

그 순간, 게이트 커넥터와 아키토의 홀더가 강한 빛을 내뿜었고, 아키토는 세상이 일그러지는 감각과 현기증을 느껴 바로 눈을 감았다.

——그리고.

간신히 균형 감각을 되찾은 아키토가 살며시 눈을 뜨자 그곳에는 아까의 쿰쿰한 사무실이 아닐 뿐더러 머리 위로 놀랄 만큼 푸른 하늘이 펼쳐져 있었다.

그리고 발밑에는 오물 하나 없이 완벽하게 포장된 돌바닥. 주위에는 서양을 연상케 하는 벽돌 건물들.

그리고, 그리고. 문득 올려다보자 그 너머로 고대를 떠올리게 하는 돌을 쌓아 만든 거대한 건축물이 그 위용을 뽐내고 있었다.

아직 상당히 떨어져 있는 이 위치로부터도 그 내부에서 나오는 사람들의 함성이 들려와 마치 그들의 열기까지 전해지는 듯했다.

주위에는 사람들. 그것도 검은 머리에 검은 눈을 가진 히나토인뿐만이 아니라 금발, 적발, 푸른 눈, 호박색 눈, 하얀 피부, 검은 피부. 온갖 인종이 우글우글 모여 뒤섞여 있었다.

또한 그들은 하나같이 흥분한 얼굴로 그 거대한 건축물을 향해 가고 있었다.

너무 놀라운 광경에 멍하니 서 있는 아키토의 앞에서 캐롤이 양팔을 활짝 펼치고 자랑하듯이 말했다.

"어서 오세요, 마스터. 전 세계의 홀더 소유자들의 꿈이 모이는 장소, 세계를 돌아다니는 자들의 현관, CVC로 가는 등용문. 세계에서 가장 공평한 싸움이 치러지는 땅…… '콜로세움'에 잘 오셨습니다."

3

"……이거 대단하네. 이게 정말 가상 세계인가……!"

거대한 건축물로 이어지는 길을 걸으며 아키토가 감탄했다.

지면의 단단한 감촉, 살며시 부는 바람, 푸릇푸릇한 가로수. 무엇 하나 만들어 낸 것이라고는 도저히 생각할 수 없었다. 시험 삼아 나무에서 잎사귀를 하나 떼어보았는데 감촉이며 모든 것이 자연의 것과 다를 바가 없었다.

그러나 캐롤이 말하기를 이곳은 여신이 만들어낸 가상 세계라고 한다.

"네, 뭐 여신이 하는 일이니까요. 만듦새는 거의 완벽합니다. 이곳은 또 하나의 세계라고 해도 과언이 아니죠."

자신이 한 일도 아닌데 캐롤이 후후 웃으며 다시 자랑스럽게 말했다.

"현실 세계에서 하기에는 여러모로 피해가 크니까요. 그

때문에 여신이 인간의 청을 받아 인간을 위해 만든 것이 이
곳 데우스 엑스 마키나── 기니까 모두 데우스라고 부르지
만요── 아무튼 이 가상공간을 통괄하는 시스템이에요.
저희의 몸은 지금 실제로 여기 있지만, 그 모든 것은 데우
스의 계측으로 관리된 거예요."

"──여신은 정말 무엇이든 가능하구나──."

"그래요, 인간이 상상하는 것은 아마 무엇이든 가능하지
않을까요. 뭐, 아무튼 여기서는 데우스가 모두 관리하고 있
어서 사투는 금지되어 있고, 기본적으로 사람은 죽지 않습
니다. 칼에 찔려도 상처 하나 안 나는, 일종의 보호 영역이
라고 할 수 있어요. 다만 한 번에 체재할 수 있는 시간이 정
해져 있어서 언제까지고 있을 수는 없고, 돌아가는 곳은 저
희가 '게이트 커넥터'로 이곳에 들어온 장소⋯⋯ 즉, 사무실
이에요. 다른 장소로는 결코 나갈 수 없으므로 그 부분은 꼭
주의해 주세요."

"⋯⋯⋯⋯."

이유를 물어보려다 생각이 미쳤다.

예를 들어 적에게 쫓겨 이곳으로 도망치더라도 시간이 지
나면 원래 쫓기던 그 장소로 나가게 된다는 뜻이다. 돌아오
는 장소를 알고 있으므로 적은 만반의 준비를 하고 기다리
기만 하면 된다. 그러면 언젠가 도로 나올 테니 그때를 노
려 편하게 공격하면 끝이다.

"그 외에도 개인용 연습 구역 등도 부속으로 빌렸으니 나중에 그쪽도 보도록 하죠. 솔직히 한 달 사용료 이상의 가치는 분명 있을 거예요. 어때요, 계약하기를 잘했죠?"

"응, 이런 대단한 걸 더욱 빨리 알았으면 여러모로 달라졌을 텐데……! 내가 더 조사했어야 했어."

상상도 못한 사태에 계속해서 놀라며 아키토가 말했다. 정말 오늘 하루 만에 얼마나 놀랐는지 모르겠다. 지금까지 자신의 세계가 얼마나 좁았는지 통감하지 않을 수 없다.

"뭐, 서민을 위해서 광고하지도 않을 테니 어쩔 수 없지 않을까요. 계약도 비서 카드인 제가 없으면 마스터의 연봉으로는 심사가 통할지도 의심스럽고요. ……아, 이쪽이에요, 마스터."

캐롤이 시키는 대로 그 거대한 시설, 그야말로 콜로세움 그 자체인 곳으로 가서 그 옆에 비어 있는 문을 지났다. 이 공간은 이 시설 '콜로세움'을 중심으로 만들어진 곳으로 콜로세움을 제외한 나머지는 덤이나 마찬가지라고 한다.

그대로 안쪽으로 이어진 통로를 나아가자 그곳에는.

"……오오……!"

거대한 경기장이 펼쳐졌다.

그 한가운데에 타원형 필드가 넓게 펼쳐져 있고, 그곳을 둘러싸고 관객석이 끝없이 이어졌다.

만 단위 규모는 될 그 자리에 앉은 사람들은 너 나 할 것

없이 환호성과 욕설을 외치며 중앙의 필드를 뚫어져라 쳐다 보고 있고, 그 시선 끝에는 몇 사람의 인간이 뒤섞여 한창 싸우는 중이었다.

"가라아아아앗, 전광의 사토시! 너에게 걸었다고, 지면 안 돼!"

"꺄, 안젤로 님! 여기 좀 봐요!"

"거기다, 필살 백 클로 스페셜을 날려어어어!"

아무래도 중앙 필드는 시합장인 모양이다. 또 한 개의 시 합만이 아니라 여러 개의 시합이 필드를 나눠 동시에 벌어 지고 있는 듯했다.

그리고 그 시합을 관객석에서 직접 보는 것이 아니라, 공 중 여기저기에 떠 있는 거대한 스크린에 상영되는 것을 보 는 것 같다.

그 중 하나를 보니 관객의 환호성을 받으며 싸우던 대머 리 남성이 지금 막 승부를 내려는 참이었다.

"지금이구나, [보르코] 화염 공격이다!"

"류!"

그 지시에 따라 옆에 있던 작은 동물이 짖었다.

소형견쯤 되는 크기로 파충류처럼 비늘이 빼곡하게 덮인 사족보행을 하는 생물이다.

그것으로 도저히 날 수 있을 것 같지 않은 크기의 날개 한 쌍이 등에 달렸고, 얼굴에는 미꾸라지와 같은 긴 수염이 달렸다. 고양이처럼 민첩하고, 그 눈은 크고 동그래서 묘하게 귀여웠다.

명령에 따라 그 생물이 달려가 단숨에 적과의 거리를 좁히는가 싶더니 갑자기 뛰어올라 힘을 꾹 모으는 동작을 취한 뒤 입에서 뜨거운 불길을 내뿜었다.

"류우우우우우우우우!"

크게 짖으며 내뿜은 불길을 그대로 맞은, 그것과 싸우는 것으로 보이는 사람의 형태를 한 흙덩어리 같은 것이 비명을 질렀다.

"오오오오!"

그리고 한순간 불길을 멈추자 불에 탄 흙덩어리가 한 걸음, 두 걸음 비틀비틀 뒷걸음질을 치더니 풀썩 쓰러지고는 그대로 움직이지 않게 되었다.

"아아앗! 나의 [머드 골렘]이이잇!"

대전 상대로 보이는 뚱뚱하게 살찐 남자가 비명을 질렀다.

이윽고 시끄러운 부저 소리가 울려 퍼지고 곧 방송이 흘러 나왔다.

《거기까지! '원 카드 원 킬' 오늘 제21시합, 승자 사토시!》

와아아 함성이 터졌다.

잠시 뒤 기쁜 얼굴로 돌아온 [보르코]라 불린 동물을 안아든 사토시라는 대머리 남성이 감사를 표시하듯 웃으면서 관객석을 향해 손을 흔들었다.

"······대단해······. 이게 뭐야······."

시합을 뚫어져라 지켜보던 아키토가 멍하니 중얼거렸다.

그 모습을 생글생글 웃는 얼굴로 관찰하며 캐롤이 설명했다.

"말했잖아요? 초심자용 훈련 시설이라고요. 이곳은 전 세계의, 장래에 CVC를 목표로 삼은 사람과 거기서 떨어진 사람이 매일 격렬한 시합을 벌이는 장소입니다. 사용할 수 있는 배틀 카드의 등급은 R 이하로 한정되고, 시합은 기본적으로 베팅 시합이고요. 저 사토시라는 선수는 지금 시합으로 10만 GP쯤 손에 넣은 모양이네요."

그렇게 말하며 누군가가 내던진 표를 주워들었다.

"이게 관객이 시합에 돈을 걸고 받는 구매표고요. 시합은 관전만이 아니라 어느 쪽이 이길지 돈을 거는 것도 가능하거든요. 말하자면 인간 레이스, 이 순간에도 몇 천만이라는 돈이 여기서 오가는 거라고요! 지금 막 파산한 사람도 있겠죠! 꺄아, 퇴폐적이야! 캐롤, 이런 거 정말 좋아요♡"

캐롤이 말하며 몸을 배배 꼬았다. 정말 외모는 귀여운데 내면은 완전히 돈벌레다.

"하나 물어도 돼? 저기 있는 카드들의 옆에 무언가가 보이는데······ 이건?"

캐롤의 말을 무시하고 아키토가 물었다. 아키토의 눈에는 경기장에 있는 카드들 옆에 분명 무언가가 띄워진 것이 보였다.

이름 같은 것과 AP, DP라는 표시였다.

[보르코]

AP: 4000 DP: 3200

"아아, 그것도 홀더의 효과예요. 홀더를 갖고 있으면 어떤 배틀 카드를 시야에 포착한 경우, 상대의 이름과 AP, DP의 정보가 동시에 표시돼요. 스킬의 효과나 어떤 수단으로 상대의 스테이터스가 변동되었을 때에도 바로 반영되고요."

"……대단하네, 홀더!!"

오늘 몇 번째인지 모를 감탄사를 내뱉었다. 즉, 대전 상대의 능력을 항상 파악하며 싸울 수 있다는 말인가.

"나머지는 아시겠지만, 일단 보충 설명을. AP는 어택 포인트, 그 카드의 공격 성능을 표시하고, DP는 디펜스 포인트, 방어 성능을 표시합니다. 다만 숫자는 어디까지나 숫자, 참고 정도밖에 되지 않으니 주의하세요."

"그래, 알고 있어. 그래도 진짜 대단해……."

아무리 생각해도 이런 존재를 가르쳐 줄 때까지 몰랐다는 사실이 너무 분하다. 그것만이 아니라 이 자리에는 전 세계의 인종이 모여 있는데 들리는 목소리는 무슨 까닭인지 모두 의미가 이해되었다. 아무래도 통역 기능까지 달려 있는 모양이다.

"완전히 다른 세상이잖아……! 다른 요소는? 저 [보르코]는 아마 '부기 비스트'라는 타입의 카드지? 스킬 같은 걸 확인할 수 있어?"

부기 비스트. 다양한 능력을 지닌 동물 타입의 카드이다. N등급부터 UR까지 폭넓게 존재하는 종류로, 강한 것은 지형까지 바꾸는 힘을 지녔다고 한다.

"아니 이런 건 또 알고 계시네요. 안타깝지만 눈으로 확인 가능한 건 이름과 스테이터스뿐입니다. 스킬 같은 것은 직접 손에 넣지 않으면 확인할 수 없어요."

"……그렇구나. 그래…… 직접…….'

분하다. 저 카드가 어떤 것인지 더 알고 싶어서 참을 수가 없다. 아니, 저것만이 아니라 이곳 콜로세움에 있는 모든 카드가 알고 싶어 견딜 수가 없다.

지금까지 상상만으로 만들어졌던 아키토의 카드관은 실제로 싸우는 실물을 보는 것으로 크게 변화하여 탐욕적으로 그 정보를 원하게 되었다.

"……그러고 보니 아까 방송에서 '원 카드 원 킬'이라고 말했지. 무슨 뜻이야?"

"'원 카드 원 킬'은 이 콜로세움에 있는 대전 규칙 중 하나예요. 서로 시합 전에 자신이 쓸 카드를 제시하고, 걸 금액을 정한 다음 동의를 얻으면 시합을 시작하는 거죠. 이긴 경우에는 그 돈을 모두 갖고, 또 그 시합에 관객들이 베팅한 경우에는 그 이익의 일부를 배당받습니다."

캐롤이 생글생글 웃으며 설명했다. 돈에 관한 것을 설명할 때의 그녀는 정말 기분이 좋아 보인다.

"한 장만 조작, 심지어 자신에 대해서는 신경 쓰지 않고 카드 조작에 집중할 수 있으니 정말 초심자를 위한 규칙이에요. 다만 카드 파괴는 존재하므로 이 규칙에서 부서진 카드는 실제로 잃게 되니 주의하세요!"

"……이 규칙이 그렇다는 건, 카드 파괴가 없는 규칙도 있다는 말이야?"

"네, 그야 뭐. 매 시합마다 몇 십만에서 몇 백만이나 하는 카드가 파괴되면 다들 파산하고 말 테니까요. 단순하게 대미지가 없이 서로 공격하며 제한 시간 내에 얻은 포인트로만 겨루는 '듀얼'이나 두 팀으로 나뉘어 각 팀의 플래그를 뺏는 '캐치 더 플래그' 같은 규칙도 있습니다. 하지만 관객은 카드가 부서지는 모습을 보는 것을 좋아하므로, 관객에 의한 베팅이 이루어지는 것들은 대체로 파괴가 가능한 규칙이에요."

아키토는 납득하여 고개를 끄덕였다. 알고 보니 시합장 여기저기서 몇 가지 규칙에 따라 대전이 이루어지는 듯했다.

"즉, 크게 벌려면 위험을 무릅쓰고 파괴가 가능한 규칙의 시합에 나갈 필요가 있다는 건가. 반대로 익숙하지 않은 동안에는 안전한 규칙으로 소액을 버는 것이 현명하겠네."

"맞습니다. 뭐, 마스터는 아직 배틀 카드조차 갖고 있지 않으니 먼저 그것을 손에 넣는 것부터 해야겠지만요. CVC로 올라가기 전에 이런 곳에서 기술을 익히면 컴퍼니를 설립한 뒤에도 안정적으로 활동하기 쉽겠죠. ……제가 바로 CVC로 올라가는 걸 막은 이유, 이해하셨습니까?"

"그래, 잘 알겠어……. 다들 여기서 일단 실력을 키우고, 돈을 모으고 나서 본격적으로 CVC에 도전하는 거구나. 그것도 모르고 갑자기 나서려고 한 자신이 부끄러워."

그렇게 말하며 아키토는 겸연쩍은 얼굴로 코를 긁었다.

"아니요, 그래도 이해해 주시니 기쁘네요. 일단은 시합을 관전하고 이런 카드가 좋겠다, 하는 것들을 찾아가면 좋을 것 같아요. 또 실제로 카드를 손에 넣으면 시합에서 짱짱하게 벌면 되고요!"

"응, 그래……! 잘 보고 나에게 맞는 타입을 찾아볼게!"

그러며 아키토는 눈을 빛내며 시합장을 이리저리 들여다보기 시작했다. 캐롤은 그 모습을 생글생글 웃는 얼굴로 보면서도 속으로는 꽤나 부정적인 생각을 했다.

'뭐…… 이 주인님에게 카드를 다루는 재능이 있을지는 상당히 의심쩍지만…….'

비서 카드에는 콜을 하기 전에 상당한 양의 지식이 주입

된다.

또한 자신의 지식을 바탕으로 생각하면 아키토와 같은 인간이 카드를 다루는 재능을 갖고 있을 가능성은 크게 낮다고밖에 말할 수 없다.

솔직히 말해 카드 조작도 재능이다. 잘하는 인간은 처음부터 상응하는 움직임을 보이고, 못하는 인간은 십 년을 해도 늘지 않는다.

그것은 종종 악기 연주에 비유된다. 짧은 시간에 아름다운 음색을 내는 사람이 있는가 하면, 언제까지고 잡음밖에 내지 못하는 사람이 있는 것도 사실이다. 잔혹한 현실이기는 하지만.

그리고 여기 어딘가 서툴러 보이는 남자가 그것을 능숙하게 해낼 가능성은 그리 높지 않게 보인다. 그것이 캐롤의 견해였다.

'뭐, 나쁜 사람은 아닌 모양이니 나도 가능한 한 괜찮은 꿈은 꾸도록 해주겠지만……. 얼마 없는 군자금에 후원해 줄 조직도, 인물도 없고, 나아가 카드 조작 경험도 없고, 원래 직업은 광부, 지식도 편향되어 있으니…….'

솔직히 말해 좋은 점이 전혀 없다. 이것이 면접이라면 당장이라도 돌아가고 싶을 정도다. 일단 계획은 세워 주었지만, 과연 이 콜로세움에서조차 살아남을 수 있을까.

'으음, 내가 있는 동안에 돈만은 어떻게든 만들어 주고 싶

지만…… 그 뒤에는 어떠려나……. 뭐, 해보지 않으면 모르 겠네.'

캐롤은 아이처럼 몸을 내밀고 있는 아키토를 바라보며 돈을 긁어낼 보람도 없는 마스터에게 뽑혔다며 조용히 한숨을 쉬었다.

그런 것은 알 리가 없는 아키토는 이윽고 시합장 끝에 있는 것을 발견하고 흥분한 모습으로 캐롤에게 말을 걸었다.

"저, 저기, 캐로, 저쪽에 [무장진철갑 마스라오]가……!"

"예?"

"마스라오라고, 몰라? 유명한 R카드야!"

그렇게 말하며 아키토가 가리킨 곳에는 인간의 몇 배나 되는 거대한 괴물과 싸움을 펼치고 있는 한 인물이 있었다.

군복 같은 녹색 옷에 삐죽삐죽 짧게 자른 검은 머리. 이목 구비가 뚜렷한 얼굴에 반은 가면으로 가리고 있다…… 아니, 자세히 보니 그것은 가면이 아니었다.

얼굴 자체가 철판으로 만들어져 있었다.

나아가 두 팔에는 누가 보아도 인간의 것이 아닌 투박한 철 덩어리를 억지로 팔 모양으로 끼워 맞춘 듯한 이상한 모양이 달려 있고, 그것이 삐걱삐걱 소리를 내며 놀랄 만큼 정밀한 동작으로 다가오는 맹렬한 공격을 피했다.

[무장진철갑 마스라오]. 그것은 몸의 대부분을 기계로 바꾼 개조인간 카드이다.

[무장진철갑 마스라오]

AP: 4600 DP: 5000

마스라오의 DP: 5000은 R카드 중에서도 높은 축에 속한다.

왜냐하면 R카드의 스테이터스 상한은 7999이고, 그 위는 모두 SR등급이 되기 때문이다.

AP나 DP 어느 쪽이라도 8000이상이 되면 SR등급이 되며, 나아가 어느 쪽이라도 2만 이상이 되면 UR이 된다. 지금 아키토에게는 천상계의 이야기지만, 아무튼 카드의 랭크는 그렇게 스테이터스로 구분되어 있다.

"굉장해…… 마스라오의 싸움을 직접 보게 되다니…….난 정말 운이 좋아!"

기본적으로 유명한 카드라고 하면 UR 이상이지만, R등급에도 유명한 카드는 물론 존재한다. 유명하다고 해도 그것은 아키토가 읽던 잡지에서 소개된 정도의 이야기지만, 저 마스라오는 세계대전 당시에 R카드면서 사람들을 지키고 싸웠다고 기록된 카드이다.

아무래도 저 마스라오가 지금 싸우고 있는 규칙은 '원 카드 원 킬'인 듯했다. 그와 상대하는 적, 거대한 거미 같은 몸에 동그란 소형 방패와 곡도를 쥔 여성 상반신이 달린 [타락신전의 어둠 거미]라는 카드가 초조한 얼굴로 공격을 거듭했지만, 어느 하나도 마스라오에게 제대로 맞지 않았다.

[타락신전의 어둠 거미]

AP: 6800 DP: 3600

'대단해, 상대도 굉장한 스테이터스야······! 저 중량감, 여러 개의 날카로운 발로 가하는 연속 공격, 나아가 위에서 내리치는 곡도의 예리한 일격······ 진짜 멋있어!'

아키토는 인간의 형태를 한 카드를 특히 좋아하지만, 이 형의 카드도 결코 싫어하지 않는다.

어둠 거미는 처음 보는 카드였지만, 아마 R카드 중에서도 상위일 것일 성능에 저절로 시선을 빼앗겼다.

아키토가 둘 다 힘내라며 마음속으로 응원을 보낼 무렵, 그 어둠 거미를 조종하는 머리를 위로 뾰족하게 세운 금발 마스터는 큰 초조함을 느꼈다.

'젠장, 이 녀석 뭐야, 전혀 공격이 맞지 않아······!'

여유로운 시합이었을 터였다. 비싼 돈을 지불하고 손에 넣은 어둠 거미, 이것만 있으면 당분간 돈을 많이 벌 거라며 의욕적으로 나선 차에 나름대로 괜찮은 성능을 지닌 카드를 다루는 여자 마스터가 30만GP를 판돈으로 제시했다.

콜로세움에서 한 시합의 판돈은 10만GP보다 밑인 경우가 많다.

따라서 30만GP는 평균가를 웃도는 대금이므로 큰 승부이기는 하지만 이길 자신은 있었다. 그가 어둠 거미를 구입한 자금은 시합에서 승리를 거듭하며 얻어온 것. 연습도 충분히 했다.

두려워할 일은 무엇 하나 없을 터였다.

"제기랄, 뭐 하는 거야, 거미! 비싼 돈을 내고 샀으니 저런 카드에게 밀리지 마! 넌 최고의 R카드잖아?! 정신 차려!"

뒤에서 날아드는 마스터의 호통에 어둠 거미가 멈칫했다.

그 말을 들은 마스라오를 다루는 마스터…… 그의 대전 상대인 여자가 입을 열었다.

"카드 탓으로 하지 마시죠. 그 카드는 확실히 AP가 높지만, DP는 별로 좋지 않습니다. 일방적으로 공격할 수 있다면 그 화력을 충분히 활용할 수 있겠지만 당신의 명령이 우왕좌왕인 탓에 이쪽에 주도권을 빼앗겨 그럴 수 없는 상태죠. 즉……."

그 여자…… 어깨까지 기른 밤색 머리에 푸른 눈, 그리고 투명한 하얀 피부에 강인한 성격으로 보이는 그녀가 얼어붙을 듯한 냉소를 지으며 말했다.

"조작하고 있는 당신이 너무 미숙합니다. 엄한 카드 탓은 하지 마시죠."

"……감히 누구에게 충고야!"

여자의 도발에 격앙한 뾰족 금발이 화를 냈다.

그러고는 충동적으로 자신의 홀더에서 카드 한 장을 꺼내 높이 들고 외쳤다.

"이 자식, 스킬로 단숨에 날려버리겠어……! 눈알을 뽑아 버려! 간다, [타락신전의 어둠 거미] 메인 스킬……! 〈어둠 속을 기어가는 거대한 팔〉!"

그 순간 그 카드…… '스킬 카드'라 불리는 것이 눈부신 빛을 내뿜었다. 이어서 그 카드가 뾰족 금발의 손에서 사라지더니 그 효과가 어둠 거미에게 나타났다.

"오오오오오!"

외침과 함께 그 등에 거대한, 어둠으로 형성된 한 쌍의 팔이 출현했다. 그 박력에 관객석에서도 환호가 터졌다.

"오오, 스킬을 써버렸어! 좋아, 공격해!!"

"저거 한 장에 십만은 하는 스킬이야! 저 자식 확실히 이길 작정인데!"

그 말을 들은 아키토가 말했다.

"저게 스킬인가……! 스킬 카드를 써서 그 카드 고유의 능력이 발휘되는 필살기……!"

"네, 저 마스터 승부에 나섰네요. 스킬 카드는 일회용이라 이기든 지든 비용이 들거든요! 그러니 지면 더욱 타격이 크죠……! 아아, 아까워!"

아키토의 말에 캐롤이 자세히 설명해 주었다.

[타락신전의 어둠 거미] 메인 스킬: 〈어둠 속을 기어가는 거대한 팔〉

사용 후, 일정 시간 동안 카드의 등에 거대한 팔 한 쌍이 나타나 자유롭게 조작할 수 있다. 이 팔은 독립된 체력을 지니며, 공격을 받아 팔의 체력이 다하면 팔만 소멸한다.

그것은 공격, 방어에 모두 효과를 발휘하는 유능한 스킬이지만, 보기만 할 뿐인 아키토는 상세한 내용은 알지 못했다. 모든 것을 다 아는 사람은 사용자뿐이다. 물론 과거에 이 카드를 손에 넣은 적이 있는 사람이나 정보를 들은 사람은 알고 있겠지만.

"없애버려! 반쪽이를 엉망으로 만들고, 저 건방진 여자의 코를 납작하게 해."

뾰족 금발의 외침과 함께 어둠 거미가 그 거대한 팔을 치켜들었다. 곧이어 마스라오를 노리고 거칠게 오른팔을 뻗었다.

그러나.

"……대책도 없이 무턱대고 스킬을 써버리다니 어리석기는……."

여자가 위축되지 않고 말하자, 마스라오가 물러나기는커녕 앞으로 나아갔다.

그대로 낮은 자세로 파고들어 다가오는 팔을 왼쪽의 기계

팔로 막으며 옆으로 밀어냈다. 불꽃을 튀기며 자신의 팔이 깎여 나가면서도 전혀 개의치 않고 자신에게 다가오는 또하나의 팔을 노려보았다.

전광석화 같은 속도로 다가온 팔은 역시나 마스라오의 오른쪽 기계팔에 막혔고, 심지어 닿은 순간 마스라오의 기계팔이 고속으로 회전하기 시작하여 상대의 팔을 더욱 가속시켰다.

그 결과 어둠 거미의 거대한 팔이 굉음을 내며 지면에 박혔고, 예상치 못한 가속으로 자세가 무너졌다.

당황한 어둠 거미의 본체, 여성적인 몸의 눈앞에 자리를 잡은 마스라오가 그대로 점프했다.

"큭……."

어둠 거미의 머리에 전율이 일었다. 뾰족 금발이 허둥지둥 명령을 내렸다.

"검으로 떨쳐내!"

그 지시에 열심히 따르려는 어둠 거미가 검을 쳐들었다. 그러나.

"불쌍한 카드. 주인을 잘못 만났네. ……끝내도록 해요. 마스라오, 메인 스킬……."

그러고는 마스라오의 마스터인 여자가 한 장의 카드를 능숙한 동작으로 홀더에서 뽑아 높이 들었다.

빛을 내뿜기 시작하는 카드에 힘입어 마스라오가 외쳤다.

"……〈증기식 · 강렬역습격(剛烈逆襲擊) 갑〉!"

순간 마스라오의 오른팔이 탄환처럼 맹렬한 기세로 튀어 나와 어둠 거미가 휘두른 검을 부숴버렸다. 그럼에도 주먹 은 멈추지 않고 거미를 향해 똑바로 나아가…… 압도적인 충격을 주며 그 몸을 꿰뚫었다.

"오오오오오오오오오오오오오오!!"

어둠 거미의 절규가 울려 퍼졌다. 마스라오의 일격은 그 몸에 부딪히고도 줄어들지 않아 반대편까지 충격을 주고 뚫 고 나가 대기를 흔들었다.

확실히 공격이 들어간 느낌을 받은 마스라오가 자신의 팔 을 뽑았다. 폭발적인 위력의 일격을 만들어 낸 마스라오의 체내 증기기관이 냉각을 위해, 몸 여기저기서 세차게 증기 가 뿜어냈다.

그럼에도 어둠 거미는 저항하려는 듯 이쪽저쪽으로 비틀 거리며 꿈틀거렸으나 이윽고 힘이 다하여 그 자리에 풀썩 쓰러졌다.

……그 순간 뾰족 금발의 손에 있던 어둠 거미 카드가 격 렬한 소리를 내며 산산이 부서졌다.

"아아아아아! 내 카드가아아아아아!!"

《거기까지! 승자, 멜리사 로우 선수!》

뾰족 금발의 절규와 함께 승자를 알리는 방송이 나왔다.

환호하는 사람과 휴지조각이 된 구매표를 흩날리는 사람

이 뒤섞였고, 멜리사라 불린 여자는 머리를 쓸어 넘기며 말했다.

"당신, 재능이 없네. 이제 큰 승부엔 도전하지 마. 파산할 테니까."

"……으, 으윽……."

뾰족 금발이 분한 얼굴로 신음했다.

무언가 반론하고 싶지만 더 급이 낮은 카드를 쓴 상대에게 이 정도로 철저하게 졌으니 대꾸할 말이 없었다.

그런 그에게 더는 눈길도 주지 않고, 멜리사는 자신의 카드를 데리고 유유히 걸음을 옮겼다.

스킬을 쓰기는 했지만, 관객은 뾰족 금발에게 더 많이 돈을 걸었다. 시합의 배당금은 인기가 없는 쪽이 이기면 그만큼 늘어나는 구조이다. 돈은 충분히 벌었을 것이다.

그럼에도 그녀는 조금 불만족스럽게 자신의 카드에게 말했다.

"마지막 카운터, 조금 타이밍이 어긋났어. ……돌아가면 조금 더 연습해야겠어요."

"……알겠습니다."

이겼음에도 엄하게 대하는 자신의 마스터에게 개조인간 마스라오는 공손하게 머리를 숙이며 대답했다. 확실히 마지막 일격은 더욱 위력을 발휘할 수도 있었을 것이다. 주인이 원한다면 그에 따라 자신을 더욱 단련해야만 한다.

투박한 무인 같은 마스라오는 그 외모대로 주군에게 충성을 다하여 싸우는 무사의 혼을 지닌 카드였다.

"하지만 그 전에 모처럼 이겼으니 상금으로 실컷 쇼핑이라도 할까요. 당신은 짐을 들어요, 마스라오. 알겠죠?"

"…………알겠습니다."

무인 마스라오. 주인의 긴 쇼핑을 함께 하는 것은 솔직히 힘들지만, 원한다면 그 말에도 충실히 따른다. 카드의 몸으로서 괴로운 부분이다.

"……대단하네, 저 사람……!"

마스라오를 데리고 시합장에서 유유히 떠나는 멜리사를 보며 아키토가 중얼거렸다. 당당한 시합 태도, 노린 듯한 마무리, 그리고 환호성에 웃음 하나 보이지 않으며 서비스 정신이라고는 하나도 없는 모습. 상당한 숙련자로 보인다.

"굉장한 일격이었어…… 저기, 저 [타락신전의 어둠 거미]는 부서진 거지?"

"네, 완벽하게 산산조각이 났어요. 마스터의 손에서 떠나 지금쯤 여신님의 곁으로 돌아갔겠지요. ……으히히, 저 마스터 지금 시합으로 몇 백 만은 손해를 입었을 거예요. 상상만 해도 즐겁네요, 마스터!"

"………."

타인의 큰 손실에 천진난만하게 웃는 캐롤을 차갑게 바라보았다.

정말 돈 이야기만 나오면 사람이 달라진다.

"뭐, 이런 식으로 콜로세움에서 열리는 시합에는 마스터도 나가려고 하면 얼마든지 나갈 수 있어요. 그러나 갑자기 출전하는 건 좋지 않을 테고, 일단은 한두 주 정도 관전을 해보면 어떨까요. 그런 다음 정식으로 자신의 카드를 준비하고, 지금은 이 캐롤과 즐겁게 도박을 말이죠⋯⋯."

"아니, 바로 시합에 나갈 준비를 하자. 지금 당장 배틀 카드를 손에 넣어야 해, 캐로."

"네, 그렇죠, 일단은 겸허하게 공부부터⋯⋯. ⋯⋯네?"

설명을 이어가는 캐롤을 가로막고 흥분한 어조로 아키토가 말했다. 순간 영문을 모르고 동의하고 만 뒤에 캐롤이 어안이 벙벙한 목소리로 말했다.

"⋯⋯저, 제가 잘못 들은 걸까요⋯⋯. 혹시 지금⋯⋯ 당장 시합에 나갈 준비를 한다고 하셨어요?"

"그래, 이런 걸 보고 가만히 있을 수야 없지. 바로 손에 넣고, 당장이라도 시합에 나가고 싶어! 자, 배틀 카드를 입수하러 가자, 캐로. 바로 움직여!"

"⋯⋯⋯⋯."

그 말만 남기고 콜로세움의 출구로 향하는 아키토. 캐롤은 허둥지둥 그 뒤를 따라가며 생각했다.

⋯⋯이거 괜찮으려나⋯⋯.

왠지 앞날이 불안하지 않아?

1

"……마스터…… 아직도 못 정했어요?"

고요함에 감싸인 어두컴컴한 아키토의 사무실에서 캐롤의 불만스러운 목소리가 울렸다.

소파에 앉아 카드 홀더를 확인하던 아키토는 처음엔 그 말에 반응하지 않았으나, 이윽고 힐끗 시선을 보내고.

"안심해. 후보를 서른 장까지 추렸어. 조금만 더 기다려."

그렇게만 말했다. 그 말을 들은 캐롤은 꾸웩 하고 개구리가 밟힌 듯한 소리를 냈다.

"벌써 사흘이나 그렇게 카드 트레이드 화면만 보고 있잖아요! 정할 수 없다면 콜로세움에서 시합을 관전하며 즐겁게 돈이라도 벌고 고르자고요, 네? 틀어박혀 있기만 해서는 마음에 곰팡이가 필 거라고요!"

지긋지긋해진 캐롤이 몸을 꼬며 말했지만, 아키토는 전혀 신경 쓰지 않았다.

"사람이 다루는 것을 보면 여러 가지 잡념이 들어가니까 싫어. 난 나에게 정말 필요한 카드를 집중해서 고르고 싶어. 또한 거래에서 어떤 것이 얼마 정도의 가격으로 팔리는지도 매우 공부가 돼. 이것도 훈련 중 하나야."

"······그러십니까······."

그렇게 말하니 캐롤도 물러날 수밖에 없다.

아키토는 콜로세움에서 떠난 뒤, 잘 시간도 아끼며 홀더의 카드 트레이드 화면을 들여다보는 생활을 계속하고 있었다.

팔리는 카드, 끝까지 남아 있는 카드, 묘하게 싼 카드. 다양한 카드가 표시되었고, 곧 누군가의 손으로 넘어갔다.

어떤 사람이 사는 것일까. 어떻게 쓰일까. 그리고 그 혹은 그녀들은 어떻게 자신의 마스터와 교류할까. 그런 것을 상상하니 그것만으로도 즐거워서 견딜 수가 없었다. 아키토에게 그것은 지극히 행복한 시간이었다.

"하지만 그렇게 이것저것 보고 있다가는 그 사이에 팔려버려서 못 정하는 거 아닌가요······?"

"응, 괜찮다고 생각한 카드는 팔리는 것도 빨라. 후보에 넣어두고 다른 걸 보러 간 사이에 대체로 팔렸더라."

아키토가 아무렇지도 않게 말하고는 다시 웃으며 화면을 뚫어져라 쳐다보았다.

그것을 싸늘한 눈으로 보며 캐롤은 생각했다.

'안 되겠어, 이거. 이 사람, 나의 기한이 끝날 때까지 계속 트레이드만 보는 건 아니겠지······. 이래서 마니아는······.'

이쯤 되니 의심할 여지가 없다. 아키토는 상당히 중증의 카드 마니아다. 그것도 카드에 관한 것이라면 몇 십 시간, 아니 몇 백 시간을 계속해도 질리지 않는 수준의······!

"후우, 이제 됐어요. 저는 저대로 돈을 벌 테니까요…….
아, 돈이야, 돈."

그러며 캐롤은 자신의 카드 홀더를 조작하기 시작했다.

마스터가 계약한 경우, 부속품으로 비서 카드에게도 그것이 주어진다. 다만 아키토와는 달리 LP로 보호하는 기능은 달려 있지 않다.

"……그러고 보니 너, 뭔가 슬금슬금 돈을 벌고 있는 것 같던데 어떻게 버는 거야?"

"여러 가지를 하고 있지만요. 기본적으로는 카드가 싸게 나오면 사서 비싸게 파는, 일명 전매를 하고 있어요."

캐롤이 태연하게 말했다. ……하필이면 전매라니.

"그거 너의 규제에는 문제없는 거고?"

조금 어처구니가 없다는 말투로 아키토가 물었다. 비서 카드에는 다양한 규제가 걸려 있다고 하지 않았던가.

"전매 정도로는 시스템도 이러쿵저러쿵 하지 않는다고 요. 애초에 자본이 적으니 돈을 번다고 해도 좀스러운 액수 밖에 안 되고요. 정말 도시의 카드숍을 돌며 싼 것을 사서 트레이드로 비싸게 팔고, 트레이드로 시세를 모르는 누군가가 싸게 내놓은 것을 사서 비싸게 팔기도 하고요. 그렇게 필사적으로 노력하는 저의 수고를 조금은 알아줬으면 좋겠네요, 우에엥……."

그러며 캐롤이 엉엉 우는 흉내를 냈다. 정말 표정이 다양한 녀석이다.

그래도 조금 불쌍한 마음에 아키토가 오늘 저녁 정도는 외식이라도 할까 생각하는 사이,

"와, 어느 바보가 자릿수를 하나 틀리고 판매글을 올렸네! 좋아, 이건 내 거야! 오오, 몇 초 만에 4천GP를 벌었어, 야호오오오오! 꺄아, 돈이다아아아!"

캐롤이 펄쩍 뛰며 소란을 피우기 시작했다. ……역시 이 녀석은 배려할 필요가 없다.

'그래도 슬슬 정할 때기는 해. 나도 배틀 카드를 손에 넣고 싶으니까.'

트레이드 화면을 응시하며 생각했다.

슬슬 경향도 보이기 시작했다. 아무래도 콜로세움에서는 크게 나누어 일명 '양산형' 타입의 배틀 카드를 제대로 쓰는 것을 선호하는 유형과 '유니크' 타입의 배틀 카드를 쓰는 것 이야말로 마스터라는 유형으로 나뉘는 듯했다.

양산형이란 그 이름대로 같은 카드가 대량으로 존재하는 배틀 카드를 말한다.

예를 들어 자주 쓰이는 카드로 [망국의 레지스탕스]라는 카드가 있다.

같은 이름의 카드가 몇 천 장이나 존재하며, AP: 3800, DP: 2600의 무난한 스테이터스를 갖고, 무장은 머신 건과 칼. 또한 수류탄 몇 개가 있다.

원근 양쪽으로 싸울 수 있는 카드이며, 다루기 까다롭지 않아서 선호하는 사람이 많은 카드지만 그런 것 치고는 가격이 50만GP 전후라 무난하다.

……무난하다고 해도 그것은 예전에 아키토가 받던 월급의 배 이상은 되므로 서민의 감각으로 말하면 결코 싸지 않다. 50만은 시골에서 절약하며 살면 일 년 가까이 생활할 수 있는 금액이다.

그래도 R등급의 배틀 카드 중에서는 충분히 싸고, 또한 같은 카드가 대량으로 있으므로 잃어도 다시 사는 것이 편하며, 사면 금세 익숙하게 사용할 수 있다.

같다고 해도 사실 한 장마다 조금씩 성격이나 외모 등이 다른 모양이지만, 조작에는 무리가 없고 또한 조작 감각이 무난하여 초보라도 적응하기 쉽다.

무엇보다 모습이 인간과 같기에 조작할 때의 감각이 잘 흐트러지지 않는다.

이것이 인간형이 아니라 사족보행을 하거나 팔이 다수 있는 카드라면 자신의 몸과의 차이를 메울 때까지 나름대로 훈련이 필요해진다. 그 때문에 인간과 똑같이 팔 두 개와 다리 두 개가 있는 형태의 카드가 특히 선호된다고 한다.

아무튼 이런 식으로 양산형 카드는 초보의 첫 번째 카드나 CVC에 올라갈 마음이 없이 콜로세움만 즐기거나 돈을 버는 마스터들에게 중요시되며, '양산형으로 안정적으로 이기는 것이야말로 최선'이라는 말을 하는 사람이 많다.

복수 존재하는 양산형과 달리, '유니크'라 불리는 타입의 카드는 세계에 한 장밖에 존재하지 않는다.

가챠에서 배출되어 쓰이는 동안 그 카드는 그곳에밖에 존재하지 않는 독점 상태가 되며, 파괴되거나 기한이 종료될 때까지 가챠에서 나오지 않는다.

지금 아키토의 옆에 있는 캐롤 같은 비서 카드도 그런 유니크 카드에 해당하며 세계에 그녀는 한 사람밖에 존재하지 않는다. 그러나 그녀들은 배틀 카드와 달리 스킬을 갖고 있지 않다.

그리고 그녀를 보면 알 수 있듯이 유니크 카드는 한 인물로서 독특한 개성을 지닌다.

예를 들어 콜로세움에서 본 [무장진철갑 마스라오]도 이에 해당하여 독특한 외모, 캐릭터, 그리고 능력을 지닌다.

무엇보다 유니크 타입의 배틀 카드를 양산형과 구분하는 점은 그들이 '고유 스킬'을 지녔다는 점이다.

그들은 기본적으로 메인 스킬과 어나더 스킬이라는 두 개의 스킬을 갖고 있고, 그것을 써서 크게 강화되거나, 특수한 효과를 자신이나 그 외의 대상에 부여할 수 있다.

유니크 카드를 다룰 때에는 저 마스라오나 그 대전 상대인 거미가 사용한 것처럼 자신이나 상대에게 변화를 주는 스킬을 쓰는 것이 중요하다.

그것만 들으면 스킬을 지닌 만큼 양산형보다 유니크 카드가 더 우수하게 들리겠지만, 사실은 그리 간단하지 않다. 스킬을 사용하려면 '스킬 카드'라 불리는 종류의 다른 카드가 필요하므로, 이것은 스킬마다 완전히 별개의 물건이라 할 수 있다.

예를 들어 메인 스킬에 〈플레임 숏〉을 지닌 카드가 그것을 사용하려면 같은 이름의 스킬 카드가 필요하고, 또한 이 스킬 카드는 일회용이기 때문에, 노골적인 표현을 쓰자면 '스킬은 한 번 쓸 때마다 돈이 든다'라고 할 수 있다.

다만 스킬 카드를 손에 넣는 것 자체는 간단하다. 배틀 카드가 나오는 가챠를 돌리면 확률에 따라 나온다.

배틀 카드가 나오는 가챠는 CVC에서 사용되는 가챠 외에 콜로세움에도 배치되어 있으며 비용은 한 번에 3만GP.

그것을 돌릴 때의 확률은 양산형이 30퍼센트, 스킬 카드가 20퍼센트, 매직이라 불리는 보조 카드가 10퍼센트, 그 외에 전투와는 상관없는 각종 경품이 20퍼센트, 그리고 유니크 카드가 20퍼센트쯤 된다.

물론 운이 얽혀 있으므로 액면 그대로 받아들일 수 없지만, 아무튼 스킬 카드는 나올 확률이 그나마 높은 편이다. 다만 그것은 그 스킬 카드를 다루는 배틀 카드를 소유하고 있지 않으면 무용지물이다.

따라서 스킬 카드가 필요한 마스터와 그렇지 않은 마스터 사이에서 활발한 거래가 이루어지며, 캐롤도 그것을 이용하여 돈을 번 것이다. 그것을 손에 넣는 것 자체는 그리 어렵지 않다.

또한 스킬 카드는 같은 이름의 카드가 여럿 존재하기 때문에 누군가가 독점하여 입수가 불가능해지는 일은 거의 없다고 해도 좋다.

'하지만…… 당연하지만 우수하다고 소문난 카드의 스킬은 가격이 비싸.'

스킬은 강력한 것부터 애매한 것까지 다양하지만, 콜로세움에서 특히 활약하고 있는 카드, 승리를 기대할 수 있는 카드는 당연히 파는 쪽도 비싸게 팔려고 한다.

마스라오와 거미의 스킬도 일회용임에도 10만 단위는 가므로, 그보다 이득이 적은 시합에서 사용하면 당연히 적자가 난다.

따라서 유니크 카드 중에서도 그 성능이 스킬에 의지해야 하는 경우가 많은 카드를 꺼리며 안정된 수입을 원한다면 양산형을 써야 한다고 생각하는 마스터가 나오는 것이다.

'그러나 유니크 카드는 기본 성능만으로도 양산형을 훌쩍 능가하는 경우가 많아. 스킬을 쓰지 않고 이기면 마찬가지…… 그 부분의 조정이 돈을 버는 비결이라는 뜻이야.'

그것이 며칠 동안 흐름을 지켜본 아키토가 내린 결론이었다. 강한 카드를 손에 넣더라도 저 거미의 마스터처럼 바로 부서지고 말면 큰 손해야. 또 너무 강해서는 대전 상대를 찾는 것이 힘들어진다.

대전 상대에게 '이거라면 이기겠어'라고 생각하게 만들면서도 실제 시합에서는 스킬 없이 승리하면서 관객이 돈을 걸고 싶어지는 싸움을 보여줘야 한다. 돈을 벌려면 이것이 이상적일 것이다.

'시합은 쇼라는 측면도 있으니까. 몇 백, 몇 천 만이라는 수입을 얻고 싶다면 그런 면도 감안해서 카드를 골라야 해.'

그렇다면 가능성은 무한하다. 양산형으로 일단 착실하게 연습을 거듭하며 승리를 목표로 삼거나, 혹은 유니크 카드를 초반부터 연습하기로 하고 조금 비싼 카드를 구입하거나.

또한 기본 성능의 문제도 있다. 아무래도 콜로세움에서는 카드의 DP보다 AP 쪽이 더 중요시되는 듯하다.

이유는 간단하다. 득점을 겨루는 시합 형식이나 파괴가 가능한 규칙인 경우 어떻게든 상대를 먼저 꼼짝 못하게 하는 쪽이 유리하기 때문이다.

그리고 콜로세움에서 시합을 하는 사람은 기본적으로 발전하는 중인 초보다. 당연히 기술이 서투니 힘으로 밀고 나가는 것이 통하기 쉬울 것이다.

게다가 뭐니 뭐니 해도 고화력 카드의 시합은 화려하여 볼 맛이 난다. 일격에 상대를 때려눕혀 부숴 버리면 관객이 크게 흥분할 것이다. 부서진 쪽의 손해액을 생각하면서.

'······역시 화력을 중시해야 하나? 하지만 좋은 건 가격이 너무 비싸. 카드를 잃지 않고 이걸로 본전을 뽑을 수 있을지도 매우 의심스러워······. 그렇지만 양산형은 가능하면 피하고 싶어. 나는 스킬을 지닌 유니크가 갖고 싶어. 하지만 유니크는 비싸······. 아니, 그래도······.'

그렇게 온갖 생각이 머릿속을 헤집어 아키토는 완전히 생각의 미로에 빠져들었다.

그러는 동안에도 괜찮다고 생각한 카드들은 계속 팔려 나갔다.

그것이 다시 판매되는 것은 파괴되거나 일 년의 기한이 끝나 가챠로 돌아간 뒤, 다시 누군가에게 뽑히고 그 사람이 판매를 할 때에야 가능하다. 도저히 기다릴 수가 없다.

자신이 타이밍 좋게 다시 판매되는 카드를 포착할 일은 거의 없을 것이다. 전 세계의 마스터가 거래를 하고 있는 상황이다. 카드와의 만남은 일기일회(一期一會)라고 해도 좋다.

'······진정해, 현혹되지 마. 성능만으로 카드를 보지 마. 그들에게 실례야.'

안 돼, 안 돼, 하며 고개를 흔들었다.

AP가 어떻다는 둥, 스킬이 어떻다는 둥 하는 것보다 중요한 것은 자신과 함께 호흡을 맞춰 싸워줄 파트너를 찾는 것이다. 그러려면 숫자만 봐서는 안 된다.

그것은 무엇보다 우선해야 한다. 아키토에게 카드란 도구가 아닌 함께 싸우는 동료였으면 하는 마음이 있었다.

그렇다. 여기 자신에게는 그리 온기가 없는 세계에서 함께 일어서서 싸워줄 동료. 그것이야말로 아키토가 원하는 카드이다.

'……그럼 기세만 믿는 화력 중시 같은 건 좋지 않겠어. 동료라고 생각한다면 일단 그들을 지킬 것을 생각해야지. 먼저 방어 중시 카드로 방어 기술을 배우자.'

이제야 방침이 정해졌다.

방어 중시 카드. AP보다 DP가 높은 것만이 아니라, 방어하기 위한 물건을 지니고 든든하게 버티는 카드가 좋다.

양산형이라면 [머누버 전사 폰]이라는 카드가 있다. AP: 3800, DP: 3800의 스테이터스를 지닌 기계류 카드이다.

갑옷 같은 겉모습에 창과 방패를 들고 키가 3미터쯤 되는 로봇으로, 발에는 롤러가 달려 고속으로 이동한다. 또한 등에는 접이식 날개가 있어 성능은 좋지 않지만 날 수도 있다.

'기동국가대전 아이오로스'라는 시리즈에 속하여 병사의 역할을 맡고 있다고 한다. 로봇계 카드는 모두 단단한 것이 많고, 이것도 유명한 카드로 인기를 자랑한다.

성능이 좋은 만큼 시세는 조금 비싼 90만쯤. 또한 초보가 다루기에도 좋다. 나쁘지 않다. 나쁘지는 않지만.

'……역시 가진다면 유니크. 그러나 나이트라는 방향성도 나쁘지 않아.'

나이트. 무언가를 지키는 자. 최전선에 서서 동료를 지키는 방패가 될 자다. 아키토가 선망하는 UR [검의 소녀]도 기사라고 한다.

언젠가 그것을 손에 넣었을 때, 자신이 나이트를 다루는 데 능숙하다면 자랑스러울 것이다. 그렇다면 가장 첫 카드가 같은 타입인 것은 나쁘지 않다.

그러나 나이트라고 해도 배틀 카드에는 다양한 나이트가 존재한다. 앞서 언급한 기계류 외에도 마법을 다루는 매직 나이트나 어둠 속성의 다크 나이트, 나아가 거인 나이트 등 여러 가지가 있다.

그러나 그 모두가 자신이 노리는 범위 내에 있는 것은 아니다. 가격이 문제다. 너무 비싼 것을 샀다 바로 잃으면 거기서 게임 오버가 되고 만다.

예를 들어 지금 아키토가 보고 있는 화면에는 며칠 전에 부서지고 만 [타락신전의 어둠 거미]가 표시되어 있다.

그 뒤로 누군가가 가챠에서 바로 뽑았을 터인 그것에는 480만 GP라는 가격이 붙어 있었다.

그것은 파는 사람의 희망 금액이니 그 가격에 팔린다는 보장은 없지만, 그럼에도 거래 가격이 사백만 밑으로 내려갈 리는 없다.

이것을 써서 본전을 뽑으려면 평균적인 판돈이 걸린 시합이라면 모든 시합이 성립되고 스킬을 전혀 쓰지 않더라도 아마 20에서 30시합은 이기지 않으면 안 된다.

큰 시합에서 이기면 그보다 적어지겠지만, 중간에 지거나 부서지기라도 하면 그 시점에 이미 큰 손해를 보게 된다.

아키토와 같은 초보가 지니기에는 여러 가지 의미로 리스크가 너무 크다. 또한 몸의 형태가 독특한 것도 감안하면 첫 카드로는 어울리지 않겠다는 생각이 들었다.

그러나 반대로 R등급 아래의 위태로운 카드를 사도 좀처럼 시합에 이기지 못할 것이다. 적어도 DP가 4000은 넘고 가격이 적당하며 자신에게 무언가가 느껴지는 카드…… 꽤나 까다로운 조건이지만 그런 카드가 바람직하다. 그렇다면.

"……………좋아, 이걸로 하자."

실컷 고민한 끝에 결정했다.

이거다. 이 카드가 좋다. 이것이야말로 나의 첫 파트너여야 한다……!

"앗, 드디어 결정한 거예요, 마스터! 어떤 건데요?!"

귀신같이 아키토의 혼잣말을 들은 캐롤이 후다닥 다가와 그의 손에 있는 홀더를 들여다보았다. 아키토는 잠시 기다리라는 제스처를 보인 뒤, 홀더에 표시된 버튼을 눌렀다.

"……좋아, 샀어. 판매가 옥션 형식이 아니라 다행이야. 가격도 생각한 대로 적당해서…… 난 운이 좋아. 캐로, 이걸 봐줘."

"네, 알겠습니다! 어디 보자……."

아키토가 조금 흥분한 모습으로 홀더의 화면을 캐롤이 보기 쉽도록 돌려주었다. 캐롤도 기쁜 얼굴로 화면을 보고.

"……………이게 뭐야."

그대로 굳어버렸다.

아키토의 홀더. 그 화면에는 날카로운 표정으로 검과 방패를 든 [어둠에 강림한 어둠을 물리치는 백은의 어둠을 베어내는 나이트]라는 이해도 안 되는 무언가가 표시되어 있었다.

2

"좋아, 그럼 나가자, 캐로!"

"……후우…….”

사무실에서 이동하여 데우스 내부에 있는 개인 트레이닝 구역에서 아키토의 목소리가 울렸다.

이곳은 홀더의 옵션으로 빌린 공간이다. 넓이는 대형 상업시설쯤 되며, 압도적인 힘을 지닌 카드가 얼마든지 날뛰어도 문제가 없을 듯하다.

또한 설정으로 구역을 변경할 수 있는데 지금은 기본적인 '연습실'로 설정되어 있어서 무기질적인 하얀 바닥과 벽이 끝없이 이어져 있다.

"드디어 배틀 카드를 처음으로 부르는구나……! 캐로, 정말 신나는데!"

"……그러세요……."

지나치게 흥분한 아키토와 달리 캐롤이 아무 감정이 담기지 않은 목소리로 대답했다.

"캐로, 혹시 기쁘지 않은 거야? 나의 첫 배틀 카드니 너에게도 첫 동료 카드가 되는 거잖아."

"……말씀은 좋은데요……. 뭐라고 해야 하나…… 뭡니까, 이 카드……?"

아키토가 소중하게 쥐고 있는 카드를 보며 말했다.

[어둠에 강림한 어둠을 물리치는 백은의 어둠을 베어내는 나이트]. 이렇게 이상한 카드 이름이 또 있을까. 아무리 그래도 어둠에 너무 집착한 것 아닌가?

강림하여 물리쳤는데 베어낸다. 어둠을 세 번이나 말하지 않아도 되지 않을까. 그렇게까지 엉망으로 만들다니 어둠이 오히려 불쌍할 정도다. 게다가 '백은의' 부분도 신경 쓰인다. 아마 '어둠을 베어내는 백은의 나이트'라는 의미겠지만, 그것을 넣은 위치가 애매하여 '백은의 어둠'을 베어내는 나이트라고도 읽힌다. 뭐라고 해야 할까, 모든 것이 다 멍청해 보인다.

"……아니, 카드 이름을 보니 허접한 느낌이 난다고나 할까. 지금 마스터들이 쓰는 포럼에서 대충 평가를 살펴봤는데 그 카드 굉장히 평가가 나빠요…… 예를 들면."

"기다려, 말하지 마, 캐로. 타인의 평가는 듣고 싶지 않아. 그건 내가 스스로 판단할게."

손을 척 내밀고 말을 가로막는다. 타인의 의견을 들으면 잡념이 들어간다. 어떤 카드인지는 스스로 써보고 스스로 생각해야 한다.

"확실히 유니크 카드치고는 놀랄 만큼 싸고, 꽤나 오래 안 팔리고 남아 있었어. 그러나 그건 우연히 써야 할 마스터와 만나지 못했을 뿐이라고 생각해. 그래, 이 카드는 나를 기다려 준 거야."

"······나 참······."

열변을 토하는 아키토를 차가운 눈으로 응시했다. 뭐, 어쨌든 싸니까 캐롤로서는 그리 불만이 있는 것은 아니다.

처음에 괜히 비싼 카드를 샀다 바로 잃는 것보다는 훨씬 낫다. 다만 이상한 카드를 써서 이상한 버릇이 들지 않을지가 걱정이다.

"뭐, 샀으니 어쩔 수 없고요······. 이 카드로 연습할 생각으로 열심히 하죠. 그럼 부르세요."

"그래, 간다······. 콜! [어둠에 강림한 어둠을 물리치는 백은의 어둠을 베어내는 나이트]!"

힘을 주어 해방의 주문을 외웠다.

순간 카드가 빛나더니 연기가 흘러 나왔다. 그리고 그것이 사라지고 나자······ 아키토의 앞에는 은색으로 빛나는 서

양식 전신 갑옷을 입은 기사가 서 있었다.

[어둠에 강림한 어둠을 물리치는 백은의 어둠을 베어내는 나이트]
AP: 3800 DP: 4000 유일무이한 나이트 남성
나이트는 많은 것을 말하지 않는다. 그저 지킨다, 그것으로 족하다. 나
는 최고의 나이트니까 ──어떤 나이트

"…………나이트, 등장."

"오오……."

아키토가 저절로 감탄사를 내뱉었다. 탄탄한 체구, 남자
다운 외모, 아름다운 금색 머리에 검은 눈. 허리에는 자신
의 팔 길이쯤 되는 긴 장검을 차고 있고, 왼손에는 대형 라
운드 실드를 들고 있다.

올곧은 자세, 고결함이 느껴지는 눈길, 중후한 저음. 너무
나 기사 같은 남자가 그곳에 서 있었다.

"……대단해……. 이게 나의 첫 카드…… 굉장해! 정말 강
해 보여……!"

아키토가 다시 감탄하자 그 카드가 씩 웃으며 대답했다.

"역시 나이트의 강함은 감추려고 해도 마주한 순간 전해
지고 마는군. 등장하기만 해도 믿음직스러워 인기를 얻는
나이트에게 역시 사각은 없었어."

"오오…… 대사도 멋있어……! 최고야!"

"그 정도는 아니다."

흥분한 어조로 칭찬하자 그 카드가 겸손함이라고는 전혀 없는 당당한 태도로 자화자찬하기 시작했다. ……아무래도 성격은 상당히 독특한 모양이다.

그런 두 사람을 완전히 질색한 눈으로 바라보던 캐롤이 그 나이트에게 말을 걸었다.

"저기……. 당신 자신만만하네. 뭐, 됐어, 나는 여기 마스터 타카츠키 아키토 님의 비서 카드, 캐롤 올드리치야. 당신, 딱히 의지는 안 될 것 같지만 왔으니 열심히 일해 줘야겠어. 그러니 각오해둬, 잘 부탁해."

"…………."

"……? 뭔데."

인사를 한 캐롤에게 시선을 보내며 그 카드는 그저 침묵했다. 그러더니 곧 마음에 안 든다는 얼굴로 고개를 가로젓는다.

"너 같은 꼬마가 비서를 칭하다니 부끄럽지도 않나?"

라고 한심해하는 말투로 대답했다.

"뭐…… 뭐라고?!"

캐롤이 새빨개진 얼굴로 양팔을 들며 외쳤다.

"누…… 누가 꼬마야! 누가 봐도 섹시하고 볼륨감 있는 몸매잖아!! 지금 한 말, 취소해!!"

"누가 봐도 밋밋한 몸매가 아닌가? 나이트는 의심스러웠다. 비서란 더욱 쭉쭉빵빵 해야 해. 이래서야 의욕이 안 생기므로 교체를 요구한다."

"뭐라고, 인마아아아아아!!"

"진정해……."

계속 말을 이으려는 그 카드에게 화가 난 캐롤이 물리적으로 물어뜯을 기세로 다가갔다. 아키토는 그 사이에 끼어들어 두 사람을 말렸다.

"이 녀석 대체 뭐예요……! 완전히 변태 카드잖아요! 이 녀석 분명 이상하다고요! 지금 당장 카드로 되돌려 팔아 버리자고요! 네? 마스터, 그렇게 해요!"

"무슨 소리야, 이제부터 알아 가야지. 그의 이름조차 아직 듣지 못했어. ……아무튼 이름을 물어봐도?"

화를 가라앉히지 못한 캐롤이 아키토에게 다가가 따졌다. 그 머리를 애써 밀어내며 아키토는 나이트에게 물었다.

"기사 중의 진정한 기사, 알파 로미오."

백은 갑옷을 입은 그가 당당한 태도로 자기소개를 했다. 알파 로미오. 그것이 이 남자에게 주어진 이름이었다.

"오오, 알파 로미오…… 이름도 멋진데! 아아, 뭐라고 부를까…… 로미오…… 그래, 갑작스러워서 실례될지도 모르지만 로미오라 불러도 될까?"

"상관없다. 나는 너의 수하, 그러나 확인하는 예의를 아는 녀석은 오래 사는 법. 반면 예의를 모르는 비서는 전장의 한 구석에서 멋대로 시궁창에 빠져 죽겠지."

"이 자식이 뚫린 입이라고!"

캐롤이 화를 냈지만, 다른 두 사람은 그 이야기를 듣지 않았다. 아키토는 로미오의 전신을 기뻐하며 살펴보았고, 로미오는 마스터가 예의를 갖춰 맞이해 준 것이 기쁜지 의기양양하게 그 시선을 받아내고 있었다.

아무래도 두 사람의 상성은 좋은 모양이다. 캐롤에게는 비참한 일이지만.

"……맞아. 모처럼 손에 넣었으니 먼저 백 스토리를 확인해야지!"

퍼뜩 떠오른 것이 있어 아키토는 손에 든 로미오 카드로 시선을 보냈다. 본래 로미오의 모습이 비추어야 할 곳이 지금은 공백이 되어 아무것도 없다.

즉, 그가 거기서 나왔다는 증거다. 이것이 손에 있는 한, 로미오와 아키토는 일심동체라고도 할 수 있다.

"……캐로, 어떻게 확인하는 거야?"

"……그대로 카드를 향해 '백 스토리 플레이'라고 하면 시작될 거예요."

화가 가라앉지 않은 얼굴로 캐롤이 대답했다.

"알겠어. ……'백 스토리 플레이'."

아키토가 기쁜 얼굴로 대답하고 바로 주문을 외웠다. 백 스토리란 그 카드가 지닌 설정 같은 배경을 말한다. 배틀 카드는 모두 어떤 환경에 있었는지, 어떤 존재인지 등의 스토리가 정해져 있다. 배틀 카드가 아닌 캐롤에게는 없는 것 같지만.

이윽고 아키토의 말에 따라 카드가 빛을 내더니 홀로그램과 같은 영상이 공중에 떠올랐다.

"오오…………."

다시 아키토가 감탄했다. 로미오는 어떤 스토리를 지니고, 어떤 활약을 했다는 설정일까. 아이처럼 순진하게 화면을 응시했다.

그러자 그곳에는 황야에 자리 잡은 썩은 위에 걸터앉은 로미오가 나타났다.

"………………."

"………………."

아키토와 캐롤은 영상을 지그시 쳐다보았다. 10초. 20초. 30초가 지나도 나이트는 앉은 자리에서 움직이지 않고 가만히 이쪽을 응시했다.

"나이트."

그 말만 하고는 영상이 끝났다.

"…………왜 저러는데!"

캐롤이 프라이빗 구역에 설치된 벤치를 밥상을 뒤엎는 것처럼 확 엎어버리며 외쳤다.

"뭘 모르겠다는 건가? 나이트가 자기소개를 하기 위해 이 이상 필요한 것은 없을 텐데."

"있어! 엄청나게 필요해! 성능이며 어떤 캐릭터인지 무엇 하나 전달되는 게 없어! 당신, 백 스토리까지 허접하잖아!!"

으르렁거리며 캐롤이 외쳤다. 아무래도 아키토와 로미오와는 달리 캐롤과 로미오의 상성은 최악인 모양이다.

"……으음…… 이걸로 괜찮은 것 같기도 하고, 아닌 것 같기도 하고……."

아키토도 완전히 납득하지 못한 얼굴로 중얼거렸다. 그다운 느낌이기는 하지만, 그에 대해 더욱 많이 알고 싶기는 하다.

"……아니, 하지만 앞으로 더 많이 알아가면 돼. ……로미오, 지금 바로 같이 연습해도 될까?"

"상관없다. 나이트는 언제든지 임전태세."

"좋아, 그럼……."

간결한 로미오의 대답에 기분이 좋아진 아키토가 손에 든 카드를 쥐고 그의 뒤로 이동했다. 넓고 강인한 등이 자신의 앞에 있으니 굉장히 믿음직스럽다.

……이 카드는 분명 자신을 지켜준다. 그런 예감이 들었다.

"그럼 조작은…… 나와 여러 가지로 링크가 되어 있는 거랬지. 어디 보자……."

자신의 팔을 머릿속에서 움직이는 것처럼 로미오의 손을 움직이는 상상을 했다. 그러자 생각한 대로 그가 서서히 움직이기 시작했다.

"우와, 대단해⋯⋯."

이어서 다리, 머리를 움직였다. 마치 자신의 몸 같다. 움직이는 동안 로미오의 근육의 움직임과 체내를 도는 혈류까지 느껴질 것만 같을 정도였다.

"⋯⋯마스터, 움직이기만 하는 게 아니에요. 배틀 카드와 마스터는 시각과 청각도 공유한다고요. 로미오의 시선을 의식해보세요."

"그럼 해볼게⋯⋯. ⋯⋯오⋯⋯!"

시키는 대로 의식을 집중하자 이윽고 자신 외의 시선이 느껴지게 되었다. 로미오의 시선이다. 돌아보자 기쁜 얼굴을 한 자신이 보였다.

"⋯⋯대단해⋯⋯ 이게 배틀 카드인가⋯⋯!"

정말 대단하다. 마치 자신의 몸이 확장된 듯하다. 아니, 그것만이 아니다. 이렇게 서로의 움직임을 연결하니 로미오의 생각도 약간이지만 전해졌다.

서로가 서로를 보좌하는 감각. 그것은 아키토에게 기분 좋은 감촉이었다.

"마스터, 잘 들으세요. 배틀 카드는 단독으로도 자신의 의지대로 움직일 수는 있지만, 너무 맡기기만 해서는 그리 실력을 발휘할 수 없습니다. 그렇다고 상대의 생각을 무시하고 꼭두각시처럼 다루더라도 좋은 움직임을 보일 수 없습니다. 그걸 이끌어 내려면⋯⋯."

"서로가 협력하며 보완할 필요가 있다는 거지? 알겠어."

캐롤이 말을 끝내기 전에 아키토가 뒷말을 완성했다. 캐롤이 살짝 고개를 끄덕이고 말을 이었다.

"사용하는 카드의 몸 크기며 팔다리의 길이, 사용하는 도구, 특기, 단점, 능력과 즉각적인 판단. 카드 조작은 그것들을 파악하고 이해하여 얼마나 이끌어내느냐에 달려 있어요. 지금처럼 한 장만 조작한다면 그나마 간단하겠지만, CVC에서는 사람이 쓸 수 있는 한계라고 일컬어지는 '동시에 카드 세 장 조작'이 기본이에요. 한 장에 감각을 너무 쏟지 않으면서도 적절히 동조하여 최선의 움직임을 이어가는 것이 이상적이죠. ……뭐, 지금은 한 장을 철저하게 쓸 수 있도록 하는 것부터 연습해야겠지만."

세 장. 동시에 세 장인가. 그것은 분명 익숙해질 때까지 적응이 힘들 것 같다.

한 장이라도 이만큼 감각이 넓어지는 것을 느꼈다. 세 장 분으로 감각이 늘어나면 완벽히 준비한 상태라도 제어하기가 지극히 어려울 것이다. 대신 해내면 그만큼 성취감이 크겠지.

어서 거기까지 도달하고 싶다.

"게다가 아시겠지만 배틀 카드는 '캐치'할 수가 있습니다. 그 말을 외치면 지정한 한 장을 카드 안으로 되돌릴 수 있어요. 그것으로 사용 장수에 제한이 없는 상태라면 콜을 한 카드를 교체하며 계속 싸울 수 있고, 캐치한 카드는 홀더에 넣으면 시간이 지나면서 상처와 피로가 회복됩니다. 너무 연습하여 카드가 피로해졌을 때는 홀더에서 쉬게 해주세요."

"알겠어, 홀더는 정말 굉장하구나…… 어라, 그럼 혹시 캐롤, 너도 카드로 되돌릴 수 있어?"

"아니요, 유감스럽게도 비서 카드는 꺼냈다 도로 넣을 수는 없습니다. 일단 콜을 하면 계속 나와 있어요. 비서 카드는 특별한 카드이므로."

후훗, 하고 캐롤이 뽐내며 콧소리를 냈다.

그것만이 아니라 비서 카드는 배틀 카드처럼 그 움직임을 조작할 수 없다. 비서 카드는 독립된 존재이며, 꺼낸 상태라도 동시에 조작할 세 장의 카드 속에 포함되지 않는다.

비서 카드란 오로지 주인을 지원하는 말하자면 오퍼레이터 같은 존재라는 설명이 이어졌다.

"다만 마스터의 홀더가 파괴되었을 때만 예외로, 그때에는 저도 카드로 돌아가고 말아요. 그러니 홀더를 일부러 파괴하여 카드화하는 방법도 없는 것은 아닙니다만……. 솔직히 홀더의 재계약 비용을 생각하면 그리 현명한 방법은 아니에요. 최후의 수단으로서 저를 어떻게든 팔고 싶다면 시험해 보셔도 됩니다만."

"안 해, 안 해. 말도 안 되는 소리 하지 마. 이제 와서 너를 포기할까 보냐."

아키토가 고개를 가로저으며 부정했다. 만난 지 얼마 되지 않았지만, 아키토는 이미 이 묘한 비서 카드와 보내는 시간이 마음에 들었다.

이해가 안 될 때도 있지만, 그녀의 명랑한 성격은 무척 호감이 간다.

"……그나저나 이제야 배틀 카드를 손에 넣었는데……. 생각보다 훨씬 더 대단해! 마치 로미오의 몸이 내 몸인 것 같아!"

그렇게 말하고 아키토는 로미오에게 검을 뽑아 들게 했다. 늠름하게 자세를 취한 그 모습은 그야말로 나이트의 품격이 감돌아 흐뭇했다.

그대로 검을 이리저리 휘둘러 길이와 무게를 확인했다. 로미오의 장비로 주어진 그것은 확실히 손에 익어 있어서 당장이라도 무언가와 싸울 수 있을 듯한 감각을 주었다.

그대로 전진, 후퇴, 방패 들기, 좌우로 빠르게 이동, 가벼운 도약과 힘껏 도약, 검에 의한 연속 공격에 방패로 상대를 때리는 동작 등을 시험해 보았다. 로미오의 동작은 결코 빠르다고는 할 수 없는 부류였지만, 방어에 관해서는 상당하다고 느꼈다.

'……어라. 의외로 잘 다루는데…….'

그 모습을 떨어져서 지켜보던 캐롤이 속으로 생각했다. 보통 첫 배틀 카드를 손에 넣은 인간은 얼마간 증가한 감각에 좀처럼 익숙해지지 못해 악전고투한다.

그런데 이 마스터는 이미 동작을 파악하는 부분까지 나아갔다. 이해력이 빠르다고 할 만하다.

'때때로 있는 모양이더라. 카드 조작과 상성이 좋은 사람. 그런 타입인가?'

그것은 재능이니 환영해야 할 일이다. 걱정될 만큼 형편없는 실력은 아닌 듯하여 안심했다.

그러나 완전히 기뻐할 수 없는 사정도 있다.

'……하지만 그런 타입은 감각을 카드에 지나치게 맡기는 바람에 무슨 일이 생기면 무너지기 쉬워……. 일장일단일지도.'

'무슨 일'이란 즉, '카드가 파괴되었을 때' 등이 있다. 카드에 의식을 너무 할애한 마스터는 그 상실감에 감각이 어긋나 당황하기 쉽다.

그야 한 사람 분의 감각이 사라지는 것이고, 그것이 중요한 존재였다면 당연히 충격도 클 만하다.

또한 지극히 드물기는 하지만, 너무 몰입한 마스터는 카드의 파괴에 의해 마음에 충격을 받아 전투불능에 빠지는 경우도 있다고 한다.

그러면 위급한 순간에 쓰고 버리기 쉬운 점이 매력인 카드가 오히려 자신의 족쇄가 되고 만다. 본말전도라고 할 수 있다.

……이 마스터는 그런 타입일지도 모른다. 너무 카드에 몰입하지 않도록 주의를 게을리 하지 않는 편이 좋겠다.

"좋아, 로미오! 거기서 공중제비를 돌며 검을 내려쳐!"

"이봐, 갑자기 지시 난이도가 너무 높아진 것 아닌가?!"

그런 대화를 주고받으며 즐겁게 연습에 매진하는 두 사람을 보며 그렇게 결심했다. 뭐라고 해야 할까, 손이 많이 가는 마스터이기는 하지만 저렇게 진심으로 즐거워하며 연습하는 모습은 보고 있자니 기분이 좋다.

……꿈을 좇는 자. 그것을 보니 응원하고 싶어지는 비서다운 마음이 아무래도 자신에게도 있었던 모양이다. 캐롤은 조금 의외라 생각하면서도 두 사람의 연습 풍경을 계속 지켜보았다.

3

그렇게 아키토가 로미오를 손에 넣은 지 3주일.

콜로세움의 선수 통로에서 로미오와 캐롤을 데리고 걷는 아키토의 모습이 보였다.

"……마스터. 드디어 시합 데뷔네요……!"

"맞아, 캐로. 이제야 돈벌이를 시작할 수 있으니 기대하고 있어."

긴장한 얼굴로 말하는 캐롤과 자신만만한 아키토. 아키토는 이 3주간 잘 시간도 아끼며, 아니, 자는 것이 아깝다고 할 만큼 열중하여 로미오와 연습을 거듭했다.

'아니, 정말 잘도 그만큼 연습을 해냈어……. 이 사람, 연습하는 재능만은 분명히 있을 거야…….'

솔직히 캐롤은 조금 질겁했다. 익숙하지 않은 사람이라면 카드 조작을 겨우 삼십 분만 해도 피곤하여 쓰러지고 만다. 그러나 아키토는 그냥 놔두면 몇 시간, 아니 몇 십 시간이고 그것을 계속했다. 광산 노동 출신답게 체력이 상당한 듯하다.

결국 기절할 때까지 하곤 해서 캐롤은 종종 상황을 보지 않으면 안심할 수가 없었다.

그러나 연습한 보람이 있는지, 아키토는 로미오를 웬만한 수준으로 움직일 수 있게 되었다.

'으음, 저만큼 움직일 수 있으면 잔챙이 상대로는 이길지도……. 일단 판돈이 몇 만 정도의 안전한 시합으로 조금씩 경험을 쌓도록 해서 나중엔 파괴 가능한 규칙으로 큰돈을 노리게 해도 괜찮을지 몰라…….'

히죽히죽 웃으며 생각했다. 혹시 이 마스터는 나쁘지 않게 돈을 벌 수 있는 콜로세움의 투사가 될 수 있을지도 모른다.

투사란 콜로세움에서 시합에 도전하는 선수를 말한다. 각광을 받는 투사가 되면 그야말로 일 년에 몇 천만은 되는 GP를 벌 정도다. 그런 사람은 섣불리 CVC에 올라가는 것보다 오히려 돈을 벌고 있을지도 모른다.

혹시 이 마스터가 그렇게 된다면 많은 돈이 들어오고, 그 돈을 써서 다시 돈을 늘리고……. 이윽고 그 비좁고 답답한 사무실을 가득 채울 만큼의 돈이 쏟아져 들어올지도 모른다.

게다가 이 마스터는 그리 돈의 사용처에 깐깐하지 않으니 얼마쯤은 자신이 자유롭게 쓸 수 있을지도 모른다. 아아, 어떻게 할까, 이것도 사고, 저것도 사고, 하지만 샀다고 치고 현금으로 남겨두는 게 가장 즐거울지도 모른다. 아아, 꿈만 같은 돈. 돈, 돈, 돈!

그런 머니 드림에 빠진 캐롤을 이끌며 걷는 아키토도 어딘가 만족스러워 보였다. 힐끗 좌우를 보았다. 주위에는 많은 마스터. 모두 자신의 파트너를 데리고 걷고 있다.

투박한 로봇계 카드의 어깨를 타고 가는 사람, 귀여운 여성 카드와 팔짱을 끼고 가는 사람, 듬직해 보이는 남성 카드와 담소를 나누는 사람.

여러 마스터가 그곳에 있고, 자신도 지금은 그 일원이라는 사실이 아키토는 자랑스러웠다.

'……저 카드 강할 것 같네. 저 카드는 어떻게 싸울까. ……저 카드는 저렇게 노출이 심한데 시합 때 괜찮으려나?'

여러 가지 상상을 했다. 그들도 언젠가 스스로 손에 넣고 싶다. 그러나.

'……하지만 나의 로미오가 제일 멋지고 강해 보여!'

흥, 콧방귀를 뀌며 생각했다. 요 3주일간 아키토는 로미오를 파트너로서 진심으로 인정하게 되었다.

물론 객관적으로는 그렇지 않다. 로미오의 능력은 콜로세움에서도 평균보다 약간 낮은 편이다. 또한 스테이터스는 방어에 더 치우쳤다. 인기가 없는 타입, 팔리지 않는 카드.

따라서 그것은 완전히 아키토의 편파적인 생각이었으나, 그럼에도 그에게 로미오는 자랑스러운 존재였다.

……그러나.

"……이봐, 저기 봐……."

"저게 뭐야, 우후후……."

"하하, 불쌍하게도……."

아키토와 로미오를 발견한 마스터들 중 일부가 소곤거리며 웃음을 터뜨렸다.

'……응? 뭐지……?'

아키토는 아무래도 이쪽을 보며 웃는 것 같다고 느끼고 주위를 두리번거렸다. 관찰하니 주위의 시선이 자신의 카드인 로미오를 향한 듯했다.

"……뭐야? 왜 다들 로미오를 보고 웃어?"

"어…… 마스터, 신경 쓰지 말고 가요."

그 모습을 발견한 캐롤이 무척 곤란한 얼굴로 아키토의 등을 밀었다. 캐롤은 그 이유를 알고 있었다.

"자, 시합이에요, 시합! 쓸데없는 정보에는 귀 기울이지 말고 돈벌이를 말이죠…….”

“……잠깐 물어봐도 될까? 너…… 왜 그런 카드를 데리고 있어?”

괜히 일이 커지기 전에 캐롤이 재촉했지만 마스터 한 사람이 히죽거리며 아키토에게 다가와 말을 걸었다.

“……왜 그런 카드를 데리고 있다니요?”

말뜻이 이해가 되지 않은 아키토가 되물었다. 그 말을 들은 음흉한 눈매의 남자가 어쩔 수 없다는 듯 과장되게 어깨를 으쓱했다.

이번에는 주위에서 몰래 웃는 것이 아닌 명확한 비웃음이 나왔다.

“아니, 저 사람 아무래도 진짜 초보인가 봐! 하필이면 이런 엄청난 쓰레기 카드를 데리고 의기양양하게 있다니, 당신 완전 시골뜨기구만!”

“…………쓰레기 카드?”

아키토의 표정이 굳었다. 아키토에게 그것은 도저히 무시할 수 있는 말이 아니었다.

로미오도 눈썹을 찡그렸다.

“……지금 나의 로미오를 쓰레기 카드라고 했어?”

“그래, 말했다. 네가 모르는 것 같으니 특별히 공짜로 알려주지. 그 카드는 말이야, 수치도 쓰레기지만 무엇보다 성격이 괴팍하기로 유명해. 마스터의 지시를 무시하고 전혀 움직이지 않거나 말을 안 듣고, 심지어 능력은 도움도 안 되는 허접한 방어형이고. R등급 중에서도 특히 쓰면 안 되는 카드 중 하나로 유명하다니까! 그런 것도 모르고 잘도 그걸 데리고 돌아다니는구나! 나라면 부끄러워서 밖에도 못 나갔을 텐데! 보는 눈도 없기도 하지. 파산하기 전에 시골로 돌아가! 하하하하하!"

'……아차차…….'

캐롤이 망했다는 표정으로 하늘을 올려다보았다. 남자의 말은 사실이었다. 마스터들이 의견을 올려 정보를 교환하는 장소, '포럼'에는 다양한 카드의 정보가 오가곤 했다.

그 포럼에 '주의해야 할 카드 목록'이라는 곳이 존재하는데, 로미오는 그곳에 크게 기재되어 있었다. 마음에 들지 않는 마스터의 명령은 완강하게 따르지 않는다고 하니 그럴 만도 하다. 아키토와는 운 좋게 상성이 맞는 것 같지만, 이상하리만치 편향된 카드이기는 하다. 로미오는.

남자를 따라 주위 사람들이 더욱 크게 웃었다. 다만 웃고 있는 것은 마스터뿐이고 카드의 대부분은 보기만 하고 있었다. 같은 카드로서 생각하는 바가 있을지도 모른다.

"……너, 나의 로미오를 무시하고……."

"이봐, 나는 됐지만 나의 마스터를 모욕하지 마. 전혀 용서가 안 된다만?"

아키토가 화난 얼굴로 앞으로 나서려 하자, 로미오가 그것을 제지하고 앞에 섰다. 자신의 마스터를 지키려는 자세였다.

콜로세움에서 시합장 외에는 전투가 불가능하지만 나이트로서 로미오는 자연스럽게 주인인 아키토를 지키려고 움직였다.

그러나 상대 남자는 그것조차 비웃으며 로미오의 갑옷을 노크하는 식으로 똑똑 두드리더니 다시 독설을 퍼부었다.

"흥, 쓰레기는 물러나 있어. 네놈 탓에 바보 취급당하는 거 몰라? 너 같은 카드가 이길 수 있는 상대는 이 콜로세움에 거의 없을걸. ……뭐, 하지만 너희는 잘 어울리네. 딱 봐도 파머보다 못한 노동자 출신인 것 같은 얼굴에 더러운 꼴로 걸어 다니는 거 봐. 어차피 금방 돈도 떨어질 테니 하수끼리 잘 만났네, 정말!"

"……당신들 이제 그만해!"

결국 캐롤이 참지 못하고 목소리를 높였다. '파머'란 마스터들이 홀더를 갖지 못한 노동자들을 차별하여 쓰는 말이다.

"아까부터 집요하게 시비나 걸고 무슨 짓이야! 그만두지 않으면 콜로세움의 운영에 연락할 테니까! 그러면 출입 금지를 당할걸…… 자, 마스터, 신경 쓰지 말고 가요, 네, 네?"

그렇게 말하며 조용히 분노의 오라를 내뿜고 있는 아키토를 밀어 그 자리에서 떠나려고 했다. 캐롤은 이 남자의 노림수를 알고 있었다. 이대로 가면 위험하다.

그러나.

"……도망치는 거냐? 쓰레기 마스터에 쓰레기 카드."

남자가 뒤에서 다시 모욕적인 말을 내뱉었다.

어쩔 수 없이 걸음을 옮기던 아키토와 로미오는 천천히 돌아보았다. 그리고.

"……너, 아까부터 무슨 말을 하고 싶은 거야. 설마 우리와 시합을 하고 싶어서 그래? 그렇다면 받아주지."

아키토가 나지막하게 말했다. 캐롤이 아차 하는 얼굴로 다시 하늘을 올려다보았다.

"흐음, 할 수 있겠어, 파머? ……뭐, 좋아. 근데 너 어차피 그거 한 장밖에 없지? 그럼 규칙은 '원 카드 원 킬'이어야겠네. 판돈은 얼마로 할래? 너무 적게 부르진 마, 수준 떨어지니까."

"20만GP를 걸겠어."

"헉……!"

캐롤이 경악한 표정을 지었다. 남자는 휘파람으로 대답했다. 주위도 오오 환호했다.

물론 호의적인 의미는 아니다. 초심자가 20만GP를 건다는 의미를 그들은 잘 알고 있었다.

'흥, 멍청한 놈이 완전히 도발에 넘어갔어! 놀면서 20만이 생기겠네. 이래서 초보 사냥을 그만둘 수가 없다니까!'

그렇다. 도발을 계속하던 이 남자는 그저 아키토에게 모욕을 주는 것만이 목적이었던 것은 아니다. 이 남자는 초심자를 발견하면 시비를 걸어 그들의 얼마 없는 종잣돈을 갈취하는 일명 '초보 사냥'을 특기로 삼은 마스터였다.

"흐음, 뭐, 진지한 승부라면 그 정도는 걸어야지. 좋아, 특별히 받아주마! 나는 이 [유체마법사]를 쓰겠어."

남자가 자신의 뒤에서 대기하고 있던 카드를 엄지로 가리켰다.

그것은 검은 로브로 온몸을 감싸고, 묘하게 눈알이 큰 남성으로 보이는 카드였다. 그 몸의 옆에는 [유체마법사]라는 카드의 이름과 스테이터스가 표시되어 있다.

[유체마법사]

AP: 4600 DP: 2200

예상대로 화력형이다. 그리고 아마 유니크 타입의 카드. 로브가 하늘하늘 흔들리고 있어서 그 내부를 살펴볼 수는 없다. 마법사라고 하니 마법을 쓰겠지만, 그 모습으로부터는 실제로 어떻게 싸울지 전혀 상상이 되지 않았다.

그러나 상대의 AP는 로미오의 DP를 뛰어넘어서, 수치만 보면 첫 대전 상대로서는 버겁다고 할 수 있다.

"……좋아."

그러나 아키토는 제안을 받아들였다. 옆에서 캐롤이 경악한 얼굴로 쳐다보는 것은 애써 보지 않도록 하면서.

"좋아! 그럼 당장 등록하자. 나중에 취소하겠다고 하지 마, 파머 씨."

"취소 안 해. 그쪽이야말로 도망치지 마."

그러며 아키토는 시합 신청소를 향해 성큼성큼 걸어갔다. 캐롤이 허둥지둥 따라갔다.

"자, 잠깐만요, 마스터! 제정신입니까! 20만이라니…… 20만이라니! 심지어 '원 카드 원 킬'은 카드 파괴가 가능한 규칙이라고요?! 혹시 지기라도 해서 로미오를 잃으면 어떻게 할 생각이에요!"

"괜찮아. 지지 않으니까."

징징거리는 캐롤에게 아키토는 걸어가며 태연하게 대답했다. ……그 자신감은 어디에서 온 거냐고! 캐롤은 속으로 외쳤다.

"로미오, 너도 말려봐, 어서……."

"저 녀석은 아키토를 모욕했다. 나는 그 공격에 대한 방패가 되지 않으면 안 돼."

애원하듯이 말했지만 로미오도 머리끝까지 화가 났는지 묘하게 멀쩡한 소리를 했다. 둘 다 완전히 도발에 넘어가 버렸다……!

'아아앗, 정말 왜 이렇게 단순한 거야!!'

혹시 20만과 로미오를 잃으면 어떻게 될까. 파멸적인 손해는 아니다. 그러나 꽤나 타격이 클 것은 확실하다. 다음 카드까지는 준비할 수 있겠지, 그다음까지도 아마. 하지만 그다음엔?

'그보다 이런 유치한 도발에 넘어가서는 앞으로 제대로 해나갈 수가 없어⋯⋯!'

캐롤은 두 사람이 이길 거라고는 손톱만큼도 생각하지 않았다. 실전은 처음이기 때문이다. 트레이닝 구역의 설비를 이용한 모의 전투야 여러 번 했지만, 실전 경험이 있는 마스터, 특히 초보 사냥을 전문으로 하는 듯한 상대에게 맞설 수 있으리라고는 도저히 생각할 수 없었다.

잠시 나아가던 아키토가 주위를 살피더니 엿듣는 사람이 없는 것을 확인하고 캐롤을 돌아보았다.

"⋯⋯그저 흥분하기만 한 것은 아니야. 기회라고 생각했거든."

그렇게 침착한 목소리로 말했다.

"기회⋯⋯? 기회라니 무슨 말이에요⋯⋯?"

"말 그대로야. 상대는 이쪽을 얕보고 있어. 우리가 완전히 격이 떨어져서 확실히 이길 거라고 믿고 있거든. 그러니 고액 시합에도 바로 응했고⋯⋯ 실제로 나의 데이터 같은 건 갖고 있지도 않으면서."

아키토가 담담한 목소리로 말을 이었다.

"상대는 나를 얕보고, 로미오를 얕보고 있어. 긴장감이 없고, 준비도 안 해. 그럼 파고들 여지는 얼마든지 있거든. ……상대가 정보를 갖고 있지 않다는, 우리의 이점을 최대한 살릴 수 있는 상대야. 돈을 벌 기회라고 생각하지 않아?"

"……오오……!"

아키토가 그럴싸한 말을 하여 캐롤은 감탄사를 내뱉었지만 퍼뜩 깨달았다.

"……그거, 상대의 정보를 모른다는 건 이쪽도 마찬가지잖아요? 아니면 저 녀석의 시합을 본 적이 있어요?"

"없어."

"그럼 소용없잖아요!"

캐롤이 양팔을 번쩍 들고 항의했다. 역시 이 녀석 아무 생각이 없어!

"……다만 나도 이런 상황을 생각하지 않은 건 아니야. 초보를 먹잇감으로 삼으려는 녀석은 어디든지 있고, 카드 배틀에서 그런 짓을 하는 녀석이 어떻게 나설지 예측도 해봤거든. 그걸 위한 연습도 해왔고."

그 말은 사실이었다. 아키토는 콜로세움의 전사로서 제대로 싸울 수 있도록 초심자에게 상대가 할 법한 행동을 상정하여 중점적으로 연습해 왔다.

"게다가 저 녀석에게는 동료가 많은 모양이야. 저 녀석들도 그가 이길 거라고 생각한다면, 용돈을 벌 생각으로 돈을 걸 가능성이 높아. ……베팅이 성립되면 그만큼 우리도 돈을 벌 가능성이 있잖아?"

"……그렇군요."

억지스럽긴 하지만 일단 계산은 한 모양이다. 아마 언쟁을 벌이면서도 판돈과 자신에게 승산이 있을지를 생각했을 것이다.

그리고 이것이라면 돈을 걸 가치가 있다고 생각했기에 일부러 도발에 넘어간 흉내를 냈다. 상대를 방심시키기 위해서.

"……다만 갑자기 파괴 가능한 규칙으로 나선 건 로미오에게 미안하지만……."

"전혀 문제없다. 나와 너라면 할 수 있어. 오히려 바라는 바다만?"

미안한 듯 말하는 아키토에게 로미오가 씩 웃으며 대답했다. 이런 모습을 보니 포럼의 평가가 믿기지 않는다.

"……그렇게까지 말한다면 저도 가능한 한 서포트를 할게요. 하지만 힘들겠다고 생각되면 솔직히 항복하라고요? 로미오를 잃는 것도 그렇지만, 물러날 때를 오판하는 마스터는 최악이니까요."

"그래, 고마워, 캐로. 할 수 있는 만큼 해볼게. ……참, 그리고 베팅이 성립될 것 같으면 나에게 10만을 걸어줘. 대부분의 관객은 적에게 걸 테니까. 그럼 다녀올게."

4

《자, 시작되었습니다. '원 카드 원 킬' 오늘 제8시합, 엘서크 선수 대 아키토 선수! 실황 중계는 저, 우사린트가 진행합니다!》

이윽고 시합 시간이 되어 콜로세움 안에 방송이 흘러 나왔다. 아키토와 엘서크라는 초보 사냥꾼 남자의 시합은 베팅이 성립되었고, 베팅이 성립된 시합은 다 중계가 붙는다.

아키토의 예측대로 엘서크를 아는 사람들이 그쪽이 걸었기 때문이다.

배당은 엘서크 1.2배에 비해 아키토가 2.8배라 압도적이다. 대부분의 사람은 확실한 용돈을 얻는 정도의 감각으로 엘서크에게 돈을 걸었고, 아키토에게 건 사람은 캐롤과 대박을 노리는 취객 정도였다.

"……오오오, 이게 시합장에서 보는 광경인가……! 장관인데……."

처음으로 시합장에 선 아키토가 감탄하며 말했다. 그곳에서 올려다보는 콜로세움은 끝도 없이 관객의 물결이 이어져 있어서 압도적으로 넓어 보였다.

그리고 그 중 한 사람이 자신들을 보며 흥분한 얼굴로 무언가를 외치고 있었다.

"뭐, 대부분은 내가 아니라 다른 시합을 보고 있겠지만."

아키토의 옆 시합장에는 인기 투사가 시합을 진행하고 있었다. 시합장끼리는 투과성이 있는 얇은 벽으로 막혀 있어서 서로 간섭할 걱정은 없다.

첫 시합인 아키토 대 초보 사냥꾼의 시합 따위는 관심이 없는 사람이 더 많을 것이다.

"흥, 당신 타카츠키 아키토라는 이름이었네. 재수 없는 히나토 자식인가. 뭐, 지금부터 혼쭐을 내줄 테니 공부한 값이라 생각하고 감사히 내도록 해."

꽤 멀리 떨어진 위치에 진을 친 초보 사냥꾼 엘서크가 완전히 무시하는 얼굴로 통신을 보내왔다. 마스터끼리는 홀더를 통해 통신이 가능하여 떨어져 있어도 대화가 된다.

"……그거 고맙네요. 많이 배우겠습니다."

아키토가 딱히 감정이 담기지 않은 목소리로 대답했다. 아까는 뜨겁게 달아올랐지만, 시합을 하게 되어 침착함을 되찾았다. 물론 이길 생각이지만 지더라도 많은 것을 배우지 않으면 안 된다.

이것이 자신의 첫 시합이기 때문이다. 아마 상대는 실력을 시험하기에 좋은 시금석이 될 것이다.

그런 생각을 하며 상대가 이미 꺼낸 카드를 바라보았다.

유체마법사.

여전히 꺼림칙한 느낌의 카드가 그곳에 우뚝 있었다.

'……유체마법사…… 유체? 이름만 봐서는 어떻게 싸우는지 상상이 안 돼…….'

트레이드에서도 포럼에서도 전혀 본 적이 없다. 물론 갖고 있는 스킬도 파악하지 못했다.

너무 정보량이 적어 꺼림칙한 상대였다.

『……마스터. 마스터, 잘 들리세요?』

갑자기 머릿속에 캐롤의 목소리가 울렸다. 깜짝 놀라 주위를 둘러보자 관객석의 제일 앞줄에서 이쪽을 향해 손을 흔드는 캐롤이 보였다.

『캐로? 이건……?』

『비서의 기능 중 하나로, 마스터와 머릿속으로 직접 통화하는 거예요. 소곤소곤 대화 모드라고도 해요. 이걸로 관객석에서 지원할게요. 뭔가 필요한 게 있으면 말해주세요.』

홀더를 통한 통신과 달리 뇌로 직접 말이 들어왔다. 이거라면 다른 사람에게 대화가 들릴 우려가 없다. 배틀 카드인 로미오와도 가능했는데 비서 카드와도 되는구나. 정말 편리하다며 감탄했다.

『그렇구나, 고마워. 마침 잘됐네, 상대 카드에 대한 정보는 뭐 없어?』

『그게…… 저도 그 정보를 전해드리려고 계속 조사해 보고 있는데요, 전혀 안 나와요……. 아마 포럼에서 삭제됐나 봐요.』

포럼 삭제란 투고된 내용에 이의를 제기한 경우, 데우스가 그것을 삭제한 것을 말한다. 카드 정보는 각자의 승패를 가르므로 신청하면 지워지고 만다.

아마 눈앞의 남자가 자신의 카드 정보가 대전 상대에게 전해지지 않도록 모두 삭제되도록 했을 것이다.

과연, 방식이 철저하다.

"이봐, 뭘 멍하니 있어? 슬슬 시합이 시작돼. 준비하라고, 루키."

초보 사냥꾼이 히죽히죽 웃으며 말했다. 그러고 보니 어느새 시간이 되어 있었다.

《그럼 규칙 설명을! 원 카드 원 킬은 서로 배틀 카드 한 장만 꺼내고, 그 한 장으로 결투하는 규칙입니다! 승리 조건은 간단, 상대의 카드를 파괴하거나 어느 한쪽이 항복하면 시합 종료, 그리고 십 분의 제한 시간이 종료된 시점에 결판이 나지 않은 경우에는 포인트가 높은 쪽이 승리합니다. 또한 포인트는 데우스가 공평하고 적확하게 판단해줄 겁니다! 그럼 두 사람 모두 준비됐나요?!》

아나운서를 맡은 머리에 토끼 귀가 달린 우사린트란 카드가 사전 설명을 해주었다.

둘 다 이의는 없다는 뜻으로 자세를 취했다.

"……로미오. 노력은 하겠지만 방해가 된다면 미안해. 그리고……."

"말은 필요 없다. 나는 너의 나이트다, 배려하지 마라. 그리고."

로미오에게 자세를 취하게 하며 아키토가 말을 걸었다. 로미오는 무뚝뚝한 얼굴로 그렇게 대답했고, 말이 끝나기 전에 시합 시작을 알리는 부저가 울렸다.

《그럼…… 시합, 시작!》

"……저런 놈. 나와 너의 적이 못 돼."

아나운서의 방송과 동시에 그런 말을 남기고 로미오가 달려갔다. 상대는 거리를 벌린 채였다. 아마 예상대로 원거리 공격을 특기로 하는 타입의 카드인 모양이다.

로미오는 괜찮은 원거리 무기가 없으므로 거리를 좁힐 필요가 있다.

"흥, 역시 느려 빠진 쓰레기 카드! 가라, 유체마법사!"

초보 사냥꾼이 외치자 유체마법사의 주위에 물 공이 나타났다.

공중에 떠 있던 공이 갑자기 채찍처럼 되더니 로미오의 눈을 노리고 일제히 탄환처럼 날아들었다.

"……그런 거였나……! 로미오, 방어야!"

유체. 즉, 액체와 기체의 총칭이다. 액체를 자유롭게 다루니 유체마법사라는 건가. 그 중 하나를 떨쳐내기 위해 검을 휘둘렀다.

수탄과 검이 얽히며 수탄은 그저 물로 변하여 공중에서 흩어졌다.

이처럼 공격에 공격으로 맞받아치는 경우 서로의 AP가

영향을 미친다. 유체마법사의 AP는 4600, 로미오의 AP는 3800이므로 둘 사이에 차이가 800이나 난다. 그 때문에 로미오의 손에는 약간 저릿함이 남았지만, 그럼에도 떨쳐내는 것 자체는 가능했다.

수탄은 그 자체는 약하고, 맞추기만 하면 파괴도 가능한 모양이다. 또한 공격이 맞부딪쳐도 단순히 AP만으로 결정되는 것은 아니다.

공격 방식, 타이밍, 각도 같은 변수에 따라 얼마든지 달라진다. AP란 한마디로 근력과 같은 것으로, 물론 수치가 높은 쪽이 유리하기는 하지만 다소의 차는 기술로 보완할 수 있다.

또한 그것이야말로 카드 배틀의 진수라고도 할 수 있다.

"흐음, 의외로 잘 싸우는데, 루키! 방금 걸로 끝나 버리는 한심한 인간도 꽤 많거든!"

'그렇겠지…… 원거리 공격에 대한 대비를 충분히 하길 잘했어.'

여유로운 태도로 초보 사냥꾼이 외치자, 아키토는 속으로 혼잣말을 했다. 초심자를 상대로, 나아가 로미오와 같은 완벽한 방어계 카드를 상대한다면 상대가 원거리 공격을 쓸 것쯤은 조금만 생각해도 알 수 있다.

따라서 아키토는 원거리 공격을 피하며 전진하는 훈련을 중점적으로 해왔다.

"하지만…… 이러면 어떨까?!"

수탄을 막아낸 로미오가 다시 돌격하려고 했지만, 유체마법사가 재빨리 뒤로 도약하여 더욱 거리를 벌렸다.

"윽……."

그는 거리를 벌리고 주위로 다시 물 공을 만들어 냈다. 그러고는 다시 예리하게 움직여 로미오를 향해 사출.

"나왔다, 나왔어. 엘서크의 초보 죽이기 전법! 저거 익숙하지 않을 때 당하면 힘들거든."

"맞아, 쫓아가려고 애쓰는 동안 어느새 당해서 쓰러지니까. 뭐, 저런 굼벵이 카드는 평생 못 따라잡을걸."

캐롤의 옆에 있던 관객들이 히죽거리며 떠들었다. 캐롤은 그 모습을 보며 초조한 표정을 지었다.

'그런 거구나……! 초심자를 상대로 일부러 잔인한 짓을 벌이다니……!'

원거리 공격이 가능한 카드로 계속 피해 다니며 일방적으로 공격한다. 원거리 공격은 초보가 맞추는 것 자체가 어렵고, 서로 마주 공격하게 되면 숙련자 쪽이 훨씬 유리하다.

또한 로미오처럼 움직임이 다소 느리고 원거리 무기도 없는 카드라면 상황은 더더욱 최악으로, 시간이 끝날 때까지 줄기차게 방어만 하다 포인트 패배를 할 미래밖에 보이지 않는다.

『……마스터! 상대는 포인트 승리를 노리고 있어요. 어떻게든 거리를 좁히세요!』

캐롤이 서둘러 아키토에게 통신을 날렸다. 이런 식으로 해서는 십 분 따위 금세 지나가고 만다.

『알아, 지금 그러고 있어!』

아키토가 눈앞의 전투에서 전혀 시선을 떼지 않고 대답했다. 그 말대로 로미오는 점프를 하며 도망치고 있는 유체마법사를 상대로 조금씩 거리를 좁히고 있었다.

날아드는 수탄을 하나, 또 하나 쳐냈다. 처음에는 당황했지만, 익숙해지니 아무것도 아니었다. 그것은 움직임이 느려서 로미오의 예민한 시각을 통하니 마치 슬로 모션처럼 보였다.

또한 유체마법사는 아무래도 동시에 그것을 몇 개나 낼 수 있는 것은 아닌지, 한 번에 기껏해야 다섯 발 수준이고 쏘는 순간에는 잠깐 움직임이 멈췄다.

몇 발을 막으면 얼마간 거리를 좁힐 수 있다. 그것을 몇 번 반복하여 로미오는 유체마법사를 검으로 공격할 수 있는 거리까지 얼마 남지 않은 위치까지 쫓아갔다.

'앞으로 한 걸음……! 다음 공격만 넘기면 따라잡을 수 있어……!'

아키토의 입가에 슬쩍 미소가 번졌다. 싸우고 있다는 실감이 들었다. 첫 배틀 상대로서는 성가시지만 그래도 못 할 것은 없었다. 또한 자신의 지시에 따라 로미오는 잘 싸워 주고 있다. 그것이 무엇보다 기쁘다.

지금 자신의 카드가 자신의 조작을 믿고, 같은 목표를 향해 함께 걸어가고 있다. 이것이야말로 아키토가 바라던 곳. 바라던 미래다. 지금 나는 옛날부터 꾸던 꿈속을 걷고 있다……!

다시 유체마법사가 수탄을 쏘았다. 대부분 빗나가거나 로미오의 방패에 막혔다. 마지막 한 발을 검으로 쳐내면 드디어 근거리 전투에 돌입할 수 있다.

로미오의 검이 바람을 가르며 수탄을 향해 다가갔다. ……그러나.

"……멍청한 놈!"

"큭……!"

초보 사냥꾼이 히죽 웃으며 외치자마자 그 수탄이 로미오의 검을 스르륵 피해 로미오의 얼굴을 강하게 때렸다.

"……로미오!"

《오오, 여기서 갑자기 공격으로 전환한 엘서크 선수의 공격이 깔끔하게 들어갑니다! 포인트를 획득했습니다, 이거 포인트가 크군요!》

아키토가 외침과 동시에 실황 방송이 나왔다. 관객석에서 와아 하는 환호가 일었다.

"흥, 멍청이! 유체마법사의 공격이 그저 수탄을 쏘기만 하는 거라고 생각했나?! 이 녀석은 자유롭게 탄도를 조작할 수 있다고!"

초보 사냥꾼이 의기양양하게 외쳤다. 그러면서도 유체마
법사를 도약시켜 로미오로부터 거리를 벌렸다. 움직임을
멈추고 있는 로미오를 힐끗 보며 유체마법사가 유리한 상황
을 되찾고 다시 수탄을 준비했다.

아키토와 로미오가 간신히 좁혀놓은 거리는 다시 아득히
멀어지고 말았다.

"로미오, 괜찮아?!"

"……문제없다. 이 정도, 나이트에게는 통하지 않아."

아키토가 걱정되어 말을 걸었다. 감각이 링크되어 있는
아키토에게는 얼굴을 맞은 로미오의 고통이 정보로서만 전
해지기 때문이다.

카드의 대미지는 중요한 정보다. 주인에게는 그것이 바로
전달된다. 어디까지나 정보이기에 실제로 고통은 느껴지지
않지만, 아키토는 그것이 자신의 고통처럼 느껴졌다.

다만 로미오도 방어에 더 치중된 카드이다. DP 4000은
만만한 수치가 아니다.

정통으로 맞았다고 해도 유체마법사의 AP 4600에 의한
공격은 그리 큰 대미지가 아니었다.

'……하지만 지금 걸로 체력이 깎이고 큰 포인트를 빼앗
긴 건 확실해…….'

카드에는 AP와 DP 외에도 체력이라는 것이 존재한다.

일명 생명력으로, 공격을 받을 때마다 깎이며 모두 잃으면 그 카드는 파괴되고 만다.

그리고 그 체력은 어디에도 표시되어 있지 않고, 또한 카드마다 다르다. DP는 높지만 체력이 낮은 카드나 반대로 DP가 낮은데 끈질기게 버티는 카드도 존재한다. 그것은 카드 주인이 써보면서 감각적으로 알아내는 수밖에 없다.

로미오는 아마 체력도 높은 타입이지만, 체력이 줄수록 카드는 서서히 움직임도 둔해진다. 안 그래도 쫓아가느라 고생했는데 더욱 느려지면 따라잡을 수 있을 리가 없다.

"하하, 어떻게 된 거야, 루키. 한 방 먹은 것 정도로 항복이냐?! 말해두겠지만 모든 수탄은 자유자재로 움직일 수 있어! 막아낼 수 있으면 어디 해봐!"

초보 사냥꾼이 다시 외치고 수탄을 쏘았다. 이번에는 모두 직선으로 날아왔지만 언제 변화할지 모른다. 신중하게 하나씩 막을 수밖에 없다.

'……모두 자유자재라고? 정말일까……?'

아키토의 마음에 의구심이 생겼다. 실제로 초보 사냥꾼이 한 말은 함정이었다. 유체마법사의 수탄은 분명 사출할 때 탄도를 조작할 수 있지만, 그것은 초보 사냥꾼의 실력으로는 아주 조금으로 한 번에 한 발 정도의 제어가 최선이었다.

숙련자라면 말 그대로 모두 자유롭게 움직이는 것도 가능하겠지만, 연습을 싫어하고 편하게 이기는 것만 최고로 생각하는 이 남자에게는 초심자에게 이기는 정도의 실력만 있으면 충분했다.

'……아무튼 이대로 가면 판정패야. 거리를 좁히지 못하면 이기지 못해. 뭔가 수를 써야……!'

아키토의 지시로 로미오가 다시 전진했다. 그에 맞춰 유체마법사도 다시 수탄을 발사했다.

대부분은 막아냈지만, 그 중 하나가 갑자기 각도를 바꿔 로미오의 어깨를 스쳤다.

"큭…….."

《어이쿠, 다시 공격이 들어갔습니다! 엘서크 선수, 착실히 포인트를 쌓아 가고 있습니다! 아키토 선수, 이거 힘들겠군요!》

아나운서가 도발적으로 중계했다. 스친 정도라도 맞은 것은 맞은 거다. 작지만 포인트가 된다.

"하핫, 어떠냐, 루키. 너 따위는 내 상대가 못 돼……! 어때, 사과할 거면 그 쓰레기 카드를 깨부수는 것만으로 용서해주마! 어서 '서렌더'해 버려!"

초보 사냥꾼이 의기양양하게 외쳤다. '서렌더(Surrender)'란, 말 그대로 항복한다는 뜻이다. 서렌더를 선언하면 그 자리에서 패배가 확정된다.

물론 이것은 아키토를 당황시키기 위한 발언이다. 이렇게 말하면 상대는 대체로 울컥하여 무모한 돌격을 하게 된다.

그때를 노려 손쉽게 공격하면 끝이다.

초보 사냥꾼은 아키토가 격앙하거나 절망하기를 기대했다. 그러나.

"…………."

아키토는 아주 침착한 표정을 짓고 있었다. 분노도, 절망도 보이지 않았다.

아니…… 그러기는커녕 입가에 살짝 미소까지 머금고 있었다.

'……즐거워…… 이게 대인전인가……! 상대도 이기기 위해 전략적으로 이쪽을 공격하고 있어……! 짜릿한데…… 진짜 재미있어……! 이것이…… 이것이 카드 배틀!'

실제로 대미지를 받고 있는 로미오에게는 미안하기는 하다. 자신의 미숙함으로 부상을 입히고 말았다.

물론 카드의 부상은 전투가 종료된 후 홀더로 되돌리면 시간의 경과와 함께 사라진다. 또한 카드는 고통에 강하여, 지금 당장 공격을 맞은 로미오도 전혀 개의치 않고 오히려 투지를 불태우고 있는 것이 전해졌다.

로미오도 즐기고 있는 것이다. 함께 도우며 적에게 맞서고 있는 이 순간을……! 그렇다면 이기지 않으면 안 된다. 우리 두 사람의 힘을 더욱 보여줘야 한다!

"큭……. 뭐야, 이 녀석……."

초보 사냥꾼의 등줄기로 오싹하며 식은땀이 흘렀다.

보통 이렇게 되면 초심자는 동요하기 마련이다. 그런데 눈앞의 남자는 반대로 더욱 냉정해진 듯하다.

이 녀석은 뭔가 위험하다……. 경험이 그렇게 생각하도록 했다. 더욱 포인트를 쌓아두지 않으면 무슨 일이 벌어질지 모른다. 아니, 가능하면 부숴서 확실히 승부를 내고 싶다.

"……유체마법사! 공격해!"

명령과 함께 유체마법사가 한계까지 수탄을 동시에 쐈다. 그 대부분은 역시 로미오의 방어에 가로막혔다. 나아가 그 중 하나는 크게 빗나가 뒤로 날아간 듯했다. 그러나.

'……바보 같은 놈! 걸렸구나!'

그것이 갑자기 크게 각도를 바꾸어 로미오의 뒤통수를 노렸다. 초보 사냥꾼이 지금까지 숨기고 있던, 가장 주특기인 기습 전법이다.

"앗…… 위험해, 로미오! 뒤에!"

그것을 발견한 캐롤이 관객석에서 몸을 내밀고 외쳤다. 갑작스러운 일이라 통화가 아닌 소리를 내고 말았기에 다른 관객의 환호성에 묻혀 두 사람에게 닿지 못했다.

눈치채지 못한 상태로 뒤통수를 정통으로 맞으면 아무리 체력이 많은 로미오라도 어떻게 될지 모른다. 최악의 경우 부서지더라도 이상하지 않다.

초보 사냥꾼은 승리를 확신했다.

그러나.

"로미오! 공중제비야!"

아키토의 목소리와 함께 로미오의 몸이 재빨리 뛰어올라 공중에서 호를 그렸다. 그리고 그 기세를 몰아 자신의 사각지대에서 날아든 수탄을 검으로 힘차게 베어냈다.

"아니……!"

초보 사냥꾼은 깜짝 놀랐다. 유체마법사의 조작에 순간 공백이 생겼다.

그 틈을 놓치지 않고 깔끔하게 착지한 로미오가 총알처럼 뛰어가 단숨에 거리를 좁혔다.

"……대단해……!"

캐롤이 무심코 감탄했다. 어떻게 로미오는 사각지대에서 오는 공격을 보지도 않고 쳐냈을까. 그것은 아키토의 시각이 있었기 때문이다.

마스터는 카드와 시각을 공유한다. 동시에 카드도 마스터의 시각을 공유한다.

아키토는 로미오의 시각에만 의지하지 않고 멀리 위치한 자신의 시각도 확실히 파악하여 적의 공격을 읽어내 로미오에게 정확하게 지시를 내렸다. 말로 하니 간단하지만 이것은 초심자에게 꽤나 어렵다. 대체로 한쪽의 시각에만 의존하고 말기 때문이다.

그러나 아키토는 훈련을 하며 그 부분을 정확히 인식하였기에 마스터의 입체적인 시선의 중요성도 잘 알고 있었다.

그것은 마스터로서 아키토의 성과이기는 하다. 그러나.

'……우와아아, 과연 나의 로미오야, 멋있어……! 저 화려한 움직임 좀 봐. 게다가 수탄까지 깔끔하게 절단하다니! 나의 카드는 최고야……!'

아키토의 마음속에는 로미오에 대한 칭찬뿐이었다.

자신은 뒤로 미루고, 중요한 것은 카드를 얼마나 멋지게 움직일까 하는 것. 바로 그런 남자였다.

"우오오옷!"

드디어 거리를 좁히는 데 성공한 로미오가 기합을 넣으며 검으로 베어냈다. 그 일격은 유체마법사의 몸을 스치며 로브의 일부를 찢어버렸다.

유체마법사가 서둘러 거리를 벌리려고 했지만 로미오가 더욱 가까이 다가가 그것을 막았다. 이윽고 유체마법사의 등이 시합장을 가르는 투명한 벽에 부딪혔다.

"이런……."

초보 사냥꾼이 당황하기 시작했다. 그 기세를 몰아 로미오가 더욱 앞으로 나아갔다. 유체마법사의 DP는 2200, 로미오의 AP는 3800이다. 1600이나 차이가 나고, 또한 유체마법사는 누가 보아도 체력이 많은 편으로는 보이지 않았다. 정통으로 맞으면 승부는 거기서 끝날 듯했다.

우위에 선 아키토가 로미오에게 공격을 시키려고 한 그 순간.

"……바보 같은 놈, 걸렸구나! 유체마법사, 메인 스킬!"

초보 사냥꾼이 히죽거리며 표정을 바꾸더니 익숙한 동작으로 자신의 홀더에서 카드를 꺼내 들었다.

스킬 카드. 유니크 카드가 지닌 힘, 그것을 개방하기 위한 카드이다.

"……〈격류창〉!"

선언과 동시에 스킬 카드가 빛을 내뿜더니 자취를 감추었다. 이어서 카드는 힘이 되어 유체마법사에게 흘러 들어갔다. 그리고.

"오오오오오옷!!"

로브가 펄럭이며 몸이 노출되었다. 유체마법사의 몸은 놀랍게도 머리 외에는 모두 물로 만들어져 있었다.

'……저 녀석…… 몸이 물로 만들어진 건가! 그래서 유체마법사였던 건가……!'

놀란 아키토의 눈앞에서 유체마법사의 물로 만들어진 몸이 부풀어 오르더니, 곧 그곳에서 격렬한 물줄기가 뿜어져 나왔다. 이어서 창처럼 날카로워지더니 엄청난 기세로 로미오에게 달려들었다.

[유체마법사] 메인 스킬: 〈격류창〉

사용 후, 이 카드의 AP에 1000을 더한 위력의 대형 수창을 사출한다. 이 스킬의 사용 후, 일정 시간 이 카드는 수탄을 사용하지 못한다.

'이겼다!'

초보 사냥꾼이 승리를 확신했다. R등급의 AP가 1천 상승하는 것은 효과가 크다. 유체마법사의 원래 AP가 4600이므로 이 공격은 5600의 위력을 지닌다.

이 위력이라면 로미오의 방어도 어려움 없이 뚫을 수 있다. 기습도 성공했다. 스킬 카드를 쓴 것은 굴욕적이며 지출도 크지만 이긴다면 아무 문제도 없다.

다소 까다롭기는 했지만 결국 루키에 불과하다. 서둘러 이기려다 카운터를 맞아 지는, 그런 한심한 패배가 어울린다.

이것으로 끝이다! 초보 사냥꾼이 확신한 그 순간.

"……로미오! 메인 스킬!"

그것에 반응하여 아키토의 손이 홀더를 스쳤고, 그곳에서 한 장의 카드를 꺼냈다. 힘차게 내밀며 아키토가 외쳤다.

"〈아큐네이온의 대방패〉!"

그 순간 로미오가 든 라운드 실드가 강렬한 빛을 내뿜었다.

로미오의 몸을 노리던 격류창은 그 빛에 흡수되듯이 크게 각도를 바꾸어 방패에 정통으로 부딪히더니 산산이 부서져 물방울이 되어 주위로 흩어졌다.

"……아니이이잇?!"

초보 사냥꾼이 경악하여 외쳤다. 대조적으로 아키토는 주먹을 꽉 쥐고 회심의 미소를 지었다.

'······해냈어! 예상대로야!'

방어가 특기인 로미오의 메인 스킬. 그것은 주위의 공격을 방패로 끌어들여 막아내는 방어 능력이었다.

[어둠에 강림한 어둠을 물리치는 백은의 어둠을 베어내는 나이트] 메인 스킬: 〈아큐네이온의 대방패〉

찰나의 순간, 자신의 DP를 두 배로 하여 주변 적의 공격을 자신의 방패로 끌어들인다. 이 효과가 발동하는 동안 대미지를 입으면, 이 카드가 파괴되지는 않지만 쌓인 대미지가 이 카드의 체력을 웃도는 경우, 효과가 종료된 뒤 카드가 파괴된다. 또한 사용 후에 이 스킬을 다시 사용하려면 약간의 쿨 타임이 필요하다.

초보 사냥꾼은 로미오의 이 능력을 알고 있었다. DP 두 배는 경이적인 효과이다. R카드의 AP 최대치가 7999이므로 효과가 발동되는 중에는 R카드 한 장으로 부서지는 일은 거의 없을 정도다. 그 대단한 효과 때문에 콜로세움이 막 생겼을 당시에는 기대를 받으며 고가에 거래되었다고 한다.

그러나 이 스킬은 효과 시간이 지극히 짧아서 활용하기가 어렵고, 또한 쿨 타임이라 불리는 스킬을 사용하지 못하는 시간도 약간이라 쓰여 있는 것치고는 다소 길기에 쓸 타이밍을 잘못 판단하면 치명적이다. 나아가 로미오 자체가 성격이 까다로운 카드라 점차 쓸모가 없다는 말이 퍼졌고, 현재는 부당하게 낮은 평가를 받고 있다.

따라서 초보 사냥꾼은 설마 눈앞의 누가 봐도 초심자인 이 남자가 이 상황에 그것을 정확하게 쓰리라고는 생각도 못 했다.

"지금이야, 로미오! 가자!"

유체마법사는 자기 몸의 수분을 거의 사출하는 바람에 다음 수탄을 꺼내지 못하는 상태였다. 인간 같은 머리에 막대 인간처럼 빼빼 마른 물로 이루어진 몸이 달려 있을 뿐이다.

아키토의 말에 힘입어 스킬 사용을 마친 로미오가 맹렬한 기세로 달려가 유체마법사의 얼굴에 실드에 의한 타격, '실드 배시'를 날렸다.

커다란 소리를 내며 얼굴을 때리고, 겁에 질린 유체마법사를 향해 검을 쳐들고.

"우오오오옷! 나이트 하이퍼 슬래시!"

"······아아아아아아아아아아앗!!"

의미를 알 수 없는 힘찬 외침과 함께 검을 휘둘렀다. 유체마법사의 연약한 몸은 머리부터 깔끔하게 절단되어, 그의 입에서 절규가 일었고······ 초보 사냥꾼이 손에 든 그의 카드가 잠깐 빛나는가 싶더니 빵 하고 터지는 소리와 함께 산산이 부서졌다.

"······으아아악······ 나의 유체마법사가!"

《······거기까지! 승자, 아키토 선수! 대단한 역전승을 보

여줬습니다아아!!》

초보 사냥꾼이 비명을 질렀고, 아나운서는 흥분한 어조로 승자를 알렸다. 동시에 시합 종료를 알리는 부저가 울리며 관객석에서 환호가 일었다.

"우와, 저 루키, 초보 사냥꾼 엘서크를 이겼어! 꽤 하는데!"

"아아아아, 저 바보 자식, 왜 이긴 거야아아아아! 난 엘서크에게 3만이나 걸었다고! 내 돈 내놔아아아아아!"

희비가 얽힌 외침이 여기저기서 터졌다. 그 속에서 캐롤은 멍하니 시합장을 바라보고 있었다.

"……믿기지가 않아…… 이기다니."

걸으라고 해서 걸긴 했지만, 솔직히 아키토의 승리를 그리 믿지 않았다. 너무나 무모하고 어리석은 마스터라고 생각했다. 갑자기 돈을 날리고, 비싼 수업료를 지불하겠구나 생각했다.

그러나 아키토는 보란 듯이 이겼다. 그것도 훌륭한 시합을 선보였다. ……혹시, 혹시나 해서 말인데. ……우리 마스터, 재능이 있나?

"……허억…… 허억……."

반면 승리한 아키토는 거친 숨을 토해내고 있었다. 자신이 달린 것은 아니지만, 극도의 긴장과 흥분으로 숨을 쉬는 것도 잊고 있었기 때문이다.

실제로 이것저것 당당하게 말했지만, 아키토도 불안했

다. 그도 당연한 것이, 첫 시합이다. 게다가 지기라도 하면 간신히 손에 넣은 파트너를 잃고 만다.

돈은 아무래도 좋다. 그러나 만약 로미오를 잃었다면…….
시합 자체는 생각보다 더 즐겁긴 했지만, 동시에 아키토는 카드를 싸우게 한다는 행위가 얼마나 업을 쌓는 일인지도 실감했다.

초보 사냥꾼을 힐끗 보았다. 그는 카드를 잃은 자신의 손을 지그시 응시하고 있었다.

그러지 않으면 이기지 못했을 것이라고 해도, 유체마법사를 파괴하고 만 사실에 가슴이 아팠다.

시합은 카드들이 하고 싶어서 하는 것이 아니다. 모두 인간이 멋대로 정한 일이다.

구경거리가 되고, 서로 죽도록 싸우는 카드들은 괴롭지 않을까……? 아키토의 마음에 불안이 싹텄다.

그러나.

"……신경 쓰지 마라, 마스터. 우리는 싸우기 위해 태어난 존재. 허접한 마스터에게 조종당한 것에는 동정하지만, 저 녀석도 별 생각은 없을 거다. 다음엔 좋은 마스터와 만나기를 꿈꾸며 지금쯤 가챠에서 편안히 자고 있을 거다."

그 마음을 느낀 로미오가 몸을 돌려 아키토에게 말했다. 그 얼굴은 전혀 울적하지 않았다.

"우리에게 부서지는 것은 통과점에 지나지 않아. 기억을 잃고 고통도 없이 다음 차례를 기다릴 뿐이다. 그러나 혹시 소중하게 여겨 준다면…….”

거기서 일단 로미오가 말을 끊었다. 그러고는 살짝 미소를 지으며,

“함께 있는 동안 서로 인정하는 관계가 된다면 그것으로 족해. ……좋은 시합이었다. 솔직히 나이트도 만족했다고 말하지 않을 수 없군.”

그렇게 말했다.

아키토의 마음에 따스한 것이 퍼졌다. 그렇다. 그들은 싸우기 위해 있다. 그렇다면 그들이 가장 빛나는 것은 싸울 때다. 그리고 자신은 그런 그들을 누구보다도 빛나게 해주고 싶다. 그것이 자신의 꿈이었다고 새삼 확신했다.

자신은 바로 이곳에서, 모욕을 당하던 이 파트너가 결코 쓸모없는 카드가 아님을 보여주었다. 그것이 그 무엇보다 기뻤다.

『……마스터, 멋진 승리였습니다! 돈도 벌었고요! 자, 관객에게 답례를 해주세요. 콜로세움의 투사는 인기도 중요하니까요!』

캐롤이 통신을 보냈다. 고개를 들자 자신의 시합을 관전한 듯한 관객 일부가 이쪽을 바라보고 있었다.

조금 겸연쩍었지만 아키토가 손을 흔들자 관객은 박수로 응했다.

……이렇게 타카츠키 아키토는 콜로세움에서의 데뷔전을 승리로 장식했다.

그것은 아키토의 마스터 인생의 시작이 되었다.

1

──그런 연유로 아키토와 로미오는 위기에 빠져 있었다.

"야, 죽어라!"

"포위해, 포위해! 놓치지 마, 반드시 없애!"

"포인트는 내 카드가 먹겠어! 저리 비켜!"

시합장 곳곳에서 적 팀 마스터들의 고함이 들려왔다. 그
지시에 따라 많은 카드들이 총탄이며 화염, 전기 같은 공격
을 마구 날렸다.

그 공격의 폭풍 속에서 로미오와 아키토는 필사적으로 도
망쳐 다녔다.

"허억, 허억…… 로미오, 정신 차려! 시간을 끌어야 해!"

"허억, 허억…… 알고 있어, 하지만 이제 슬슬 피로 모드
다만?!"

서로 숨을 헐떡이며 말을 걸었다. 두 사람은 지금 콜로세
움에서 규칙 중 하나인 '레드 오어 블랙'이라는 경기에 참가
하고 있었다.

"아하하하하, 저게 뭐야! 저 녀석들 엄청 열심히 도망치
고 있잖아!"

"힘내, 힘내, 그러다 따라잡힌다! 도망쳐, 풋내기 콤비!"

두 사람의 필사적인 모습은 공중에 뜬 거대한 스크린 중 하나에 상영되고 있고, 그것을 본 관객들이 비웃으며 놀리고 있었다.

그 말을 관객석에서 들으며 캐롤은 머리를 싸맸다.

'아아아아악, 그러니까 이런 단체 경기는 안 맞는 거 아니냐고 말했는데!'

'레드 오어 블랙'은 단체 경기다. 복수의 마스터가 두 팀으로 나뉘어 서로 겨룬다. 그 숫자는 시합 규모에 따라 다른데 이번에는 한 팀에 서른 명씩 있다. 마스터는 모두 배틀 카드 한 장만 꺼내고, 시합 시간이 종료되거나 어느 한 팀의 카드가 전멸할 때까지 이어진다.

시합 중간에 기권하는 것은 인정되지 않아 마스터에게는 위험도가 높지만, 관객에게는 인기가 많은 규칙으로 움직이는 돈도 커서 혹시 자신의 카드가 파괴되어도 팀이 승리하기만 하면 많은 상금을 차지할 수 있다.

실력이 나쁜 마스터라도 돈을 벌 가능성이 있는 규칙이기에 참가 희망자가 많기에 팀의 실력이 가능한 균등하게 되도록 데우스가 팀을 나누어 준다.

……그럴 터였다만. 그날 아키토가 그냥 궁금하여 참가한 시합은 아키토가 소속된 레드팀의 대부분이 초반에 무리한 돌격을 하여 빠르게 카드를 잃고 그 자리에서 사라졌고, 반대로 블랙팀의 대부분은 건재한 상태였다.

그리고 속도가 느리기에 살아남은 아키토의 카드, 로미오가 지금 이렇게 집중포화를 맞고 있는 것이다.

"헉, 젠장…… 이 시합은 괜히 나왔어! 미안해, 로미오!"

"사과해도 지금 이 상황이 바뀌는 것은 아니다만!"

이 규칙은 다수에 의한 전투이기에 배당된 필드도 상당히 넓다.

그 속에서 로미오와 너무 떨어지지 않도록 함께 달리며 아키토가 사과했다.

카드는 아무리 떨어져 있더라도, 그야말로 별의 반대편에서도 원격조작이 가능하지만, 거리가 떨어지면 조작 감각이라는 것이 어긋나기 쉽다. 전력으로 싸울 것이라면 되도록 떨어지지 않는 것이 바람직하다.

……그 첫 전투로부터 한 달간 아키토는 다양한 규칙의 시합에 참가하여 이기기도 하고 지기도 했다. 진 이유는 대체로 상대가 도망치는 것을 잡지 못한 포인트 패배이고, 로미오의 약점을 찔린 형태가 많았다.

그러나 베팅에 따른 수입은 꽤 많아서 캐롤이 매우 좋아했다. 어느 정도 이름도 알려져 아키토의 시합이라면 돈을 걸어주는 관객도 생겼으니 루키로서는 괜찮은 출발이라고 해도 좋다.

그렇게 여유가 생긴 아키토와 로미오가 다음에 출장을 정한 시합이 이 '레드 오어 블랙'이었다.

집단 전투라는 것을 대비해두고 싶은 생각 때문이었다.

그러나 그것이 완전히 예상치 못한 결과를 낳았다. 적이 이때다 싶게 건방진 신입을 없애러 온 것이다. 아무리 튼튼한 로미오라도 저 숫자에게 집중포화를 맞으면 순식간에 쓰러지고 만다.

또한 주위의 모든 공격을 끌어 모으는 〈아큐네이온의 대방패〉를 엉뚱한 타이밍에 쓰면 허용량을 넘어선 공격이 모여들고 말기에 방패가 버티지 못한다. 시합이 끝날 때까지는 아직 시간이 남았다. 이대로 가면 로미오의 목숨은 풍전등화와 같다.

그럼에도 어떻게든 적 집단으로부터 거리를 벌리고 아키토는 주위를 둘러보았다.

'누군가…… 누군가 협력할 수 있는 사람이 없나!'

아군이 완전히 전멸한 것은 아니다. 그래도 아직 반절은 남아 있을 터였다.

그때 시합장 구석에서 떨고 있는 아군의 마스터가 눈에 들어와 서둘러 달려가 말을 걸었다.

"이봐, 거기 당신! 도와줘. 이대로 가면 내 카드가 위험해!"

지푸라기라도 잡는 심정이었으나, 반응은 좋지 않았다.

"아, 안 돼. 난 이게 첫 시합이야! 아니, 이쪽으로 오지 마! 나의 [물의 요정 리리루]가 휘말리면 어떡해!"

통통하고 나비넥타이에 안경을 착용한 남성이 덜덜 떨면

서 비명을 지르듯 대답했다. 그의 머리 위에는 인간의 삼 분의 일 크기에 파란 머리의 귀여운 소녀가 허공에 떠서 미안하다는 얼굴로 이쪽을 보고 있었다.

[물의 요정 리리루]

AP: 4100 DP: 2800

물의 요정 리리루. 물을 자유자재로 다루는 카드로 마스코트 같은 귀여운 외모 덕분에 일부 마스터들에게 큰 인기를 끄는 유명한 카드이다.

"휘말린다니…… 이건 시합이잖아?! 당신도 투사니까 싸우는 게 당연하면서……!"

"싫어싫어싫어싫어! 난 겨우 손에 넣은 리리루를 자랑하려고 왔을 뿐인걸! 팀전은 대충 시간만 지나면 끝나니까 나가 본 건데 갑자기 위험해졌잖아! 용돈을 모아서 산 리리루를 바로 잃는 건 싫어!"

"……맙소사……."

어이가 없다. 이런 인간이라도 투사로 등록되는 콜로세움은 마음이 넓다고 해야 할까, 일을 대충한다고 해야 할까.

자세히 보니 나비넥타이를 한 그가 입고 있는 옷은 꽤나 재단이 잘 된 듯했다. 아마 부잣집 도련님인 모양이다. 콜로세움에는 위로 올라가려는 사람의 연습장 외에도 부자의 놀이터인 측면도 있다.

어느 쪽이든 이래서는 싸우더라도 도움이 안 될 것이다. 걸림돌이 되어 로미오가 더욱 위험한 상황에 빠지고 만다. 아키토는 어쩔 수 없이 다시 달려가려고 했는데 바로 그때였다.

"뭐야, 이런 곳에도 먹음직스러운 잔챙이가 있잖아! 헤헤, 포인트는 내가 먹어야지!"

적, 블랙팀의 한 사람이 히죽히죽 웃으며 다가왔다. 그 옆에는 온몸에 불꽃을 휘감은 4미터 크기의 거인이 따라오고 있다. [라그나로크의 첨병]이라는 이름의 양산형 카드다.

[라그나로크의 첨병]

AP: 4200 DP: 3100

"히익! 나, 나는 기권할래! 더는 저항하지 않겠습니다! 그러니 나의 리리루를 파괴하지 마!"

"바보야, 이 경기엔 기권이 없어! 비싼 카드라 미안하지만 관객 여러분은 그런 게 부서지는 걸 보고 싶어 하거든! 내가 MVP가 되기 위한 발판이 되어줘야겠어!"

나비넥타이가 바닥에 엎드려 애원했지만, 상대 남자는 계속 히죽거리며 말했다.

이 경기에는 일반적인 승패 이외에 MVP라는 제도가 있다. 그 시합에서 가장 활약한 선수가 한 명 뽑혀 거액의 상금을 받게 된다.

이 시합 규모라면 아마 상금도 백만 단위는 될 것이다. 결코 무시할 수 없는 금액이다.

"해치워, 첨병! 부술 수 있는 녀석부터 공격해!"

"부오오오오오오오오오오!!"

블랙팀 남자의 명령과 함께 거인이 포효하더니 입에서 화염을 토했다. 화염은 맹렬한 기세로 허공을 날아가 리리루를 맞히려고 했다.

"꺅⋯⋯."

"으아아아아! 리리루우!!"

요정 리리루와 그 마스터가 비명을 질렀다. 무방비하게 화염에 불타 사라질 것이라 생각했다. 그러나.

"⋯⋯로미오! 방어를!"

"그래!"

아키토의 지시에 따라 그들 사이로 로미오가 뛰어들었다. 그리고 자랑하는 방패로 그 맹렬한 불꽃의 숨결을 모두 막아냈다.

"아니⋯⋯ 이 녀석!"

상대 남자가 깜짝 놀랐다. 로미오는 여전히 공격을 막아내면서도 오히려 조금씩 거리를 좁히고 있었다. 웬만한 양산형의 공격으로는 로미오의 방어를 꿰뚫을 수 없다.

"······이봐 당신, 그 카드가 소중하면 얼른 도망쳐. 여긴 나와 로미오가 어떻게든 할 테니까."

"뭐······."

놀란 표정을 한 나비넥타이에게 아키토가 말을 걸었다. 그것은 그리 현명한 선택이라고는 할 수 없었다. 이쪽에도 여유 따위는 없는 상황이기 때문이다. 그러나 이런 곳에서 의지할 수 없는 아군을 지키고 있을 때도 아니다.

그래도 아키토는 지킬 것을 선택했다. 그것이 그에 대한 동정심 때문인지, 아니면 카드를 생각해서인지는 모르겠다.

다만 로미오에게 자유의지가 있다면 이 상황에서 분명 그렇게 할 것임은 확신할 수 있었다.

"······미안해, 로미오. 상황이 안 좋아졌지만······."

"문제없다."

로미오가 씩 웃으며 대답했다. 이윽고 숨이 가빠진 거인이 화염을 멈추었고, 그 틈을 놓치지 않고 로미오가 점프했다. 그대로 상대의 얼굴에 자랑하는 검을 꽂아 넣었다.

"부오오오오!"

거인이 비명을 지르며 땅을 울리면서 쓰러졌다. 로미오의 AP로는 일격에 끝내지 못했지만 시간은 충분히 벌었다.

"자, 어서 가! 지금이라면 괜찮으니까!"

"미······ 미안해!"

나비넥타이가 사과를 하고 자신의 카드를 품에 안고는 번

개처럼 도망쳤다.

그 팔에 안긴 리리루가 미안한 얼굴로 이쪽을 쳐다보는 것이 아키토의 인상에 남았다.

그러는 동안에도 쓰러졌던 거인에게 로미오가 추가 공격을 하기 위해 다가갔다. 검을 휘두르려는 순간 옆에서 총알이 날아와 공격하지 못했다.

"윽······!"

순간적인 판단으로 방패를 들어 그것을 막았다. 이어서 예리하고 뾰족한 나무 파편이며 둥근 형태의 날붙이, 나아가 광선 같은 것이 쇄도하여 로미오는 추가 공격을 단념하고 물러날 수밖에 없었다.

둘러보자 주위에는 열에 가까운 카드가 모여 있었다. 총을 든 병사, 등에 나무가 자란 개와 같은 것, 로브를 입은 작은 마법사······ 모두 적이었다.

거인과 싸우는 동안 아까 그 집단이 쫓아와 포위한 것이다.

"헤헤, 방패 자식을 붙잡았어! 꽤나 끈질겼지만 이걸로 끝내주마!"

"요란하게 부숴버려, 손님들이 기다리신다!"

상대 마스터들도 비겁한 미소를 지으며 따라왔다. 이윽고 화염 거인도 일어나 분노에 불타는 눈으로 이쪽을 노려보았다. 절체절명의 순간이다.

"······한 사람을 상대로 이렇게까지 하면 안 되는 것 아닙니까? 이래서는 인상도 안 좋게 남을 테니 MVP도 못 받을 텐데요?"

땀을 살짝 흘리며 주위를 둘러보면서 도망칠 만한 틈을 찾으며 아키토가 말했다. 어떻게든 시간을 벌고 싶다. 이대로는 로미오를 잃고 만다…….

"흥, 팀전은 이런 거야. 여럿이 소수를 둘러싸는 상황을 계속 만드는 게 이기는 비결이라고. 불만은 시작부터 돌진하다 당해버린 바보 같은 아군에게 말해."

상대팀의 한 사람이 꿀리는 기색도 없이 대답했다. 하긴 옳은 말이다. 아키토는 속으로 감탄하고, 아니 감탄할 때가 아니라며 자신을 타박했다.

……틀렸다. 상대는 그냥 보내줄 것 같지도 않고 완전히 포위당했다. 이래서는 어쩔 도리가 없다……!

"자, 해치워! 얼른 끝내고 포인트를 더 벌지고!"

적팀의 한 사람이 외치자 카드들이 주인의 명령에 따라 원거리 무기를 일제히 쏘기 시작했다. 이젠 정말 끝이다. 그런 아키토와 로미오를 멀리서 지켜보는 사람이 있었다.

'……불쌍하게도 동료에게까지 버림받았는가. 내가 저쪽 팀에 있었다면 도와줬을 텐데…….'

머리가 빛나는 그 남자는 파트너로 작은 용 같은 카드를 데리고 있었다.

그 카드의 이름은 [보르코]. 유니크 카드 중 하나로, 카드의 주인은 바로 예전에 아키토가 관전한 시합의 승리자 '전광의 사토시'였다.

전광이란 이명은 번개처럼 빠르게 자신의 카드를 조종하는 그 조작 기술 때문에 붙여졌다고 일컬어지는데 실제는 그 빛나는 머리를 비웃기 위해 붙여진 것이다.

"……그러나 나는 현재 적. 아무것도 해줄 수가 없어…… 시합이란 무정하구나, 보르코."

"큐우."

사토시가 말을 걸자 보르코가 귀여운 울음소리로 대답했다. 사토시는 아키토의 적인 블랙팀에 속해 있었다. 그리고 아키토의 팀메이트를 여럿 격파한 사람도 이 사토시였다.

동물계 카드를 전문으로 다루는 베테랑 마스터 사토시. 그 실력은 쓰기 어렵다고 일컬어지는 동물계의 사용자로서 베테랑 마스터들에게도 인정받을 정도였다.

자신까지 저 자리에 끼면 일방적으로 괴롭히는 꼴이 된다. 사토시는 그렇게 판단하고 멀리서 아키토의 곤경을 지켜보기만 했다.

"크윽……!"

그러는 동안 로미오는 주위에서 날아든 무수한 공격에 농락당하여 점차 대미지를 받고 있었다. 상대 한 사람, 한 사람의 실력은 그리 대단하지 않은 듯했지만, 이렇게 수가 많으니 방도가 없다.

'위험해…… 로미오……!'

등에 식은땀이 주르륵 흘렀다. 짙은 패색, 절망의 냄새가 아키토의 가슴에 피어올랐다.

『마스터, 뭐 해요! 정신 똑바로 차리세요! 이대로 가면 큰 손실…… 아, 오른쪽! 오른쪽에서 온다고요!』

『알고 있어……!』

캐롤의 통신에 대답하며 로미오를 조종했다. 불꽃이 어깨를 스치며 로미오의 자랑스러운 금속 갑옷이 화상을 입을 만큼 열기를 띠었다.

『다음은 왼쪽…… 아, 뒤로 돌아서 가는 녀석이 있어요, 피해요!』

『큭…….』

왼쪽에서 날아든 나뭇조각이 로미오의 얼굴 바로 옆을 지나가며 볼에서 피가 튀었다. 신경 쓸 여유도 없이 뒤로 돌아간 적의 공격을 방패로 막고 발차기를 날렸다.

대처하기는 했지만 움직임이 순간 멎고 말았다. 그 틈을 놓치지 않고 적 중 하나, [라그나로크의 첨병]이 맹렬하게 다가왔다.

"좋아, 잡았어! 마무리는 내가 하게 해줘!"

블랙팀의 마스터 한 사람이 외쳤다. 남자가 조작하는 화염 거인이 손에 든 전투 도끼를 쳐들었다.

남자가 승리를 확신한 그 순간.

"……그렇습니까. 그럼 사양하지 않고."

남자의 귀에 낯선 목소리가 들렸다. 무슨 일인가 하여 목소리가 들린 쪽을 돌아보니 하얀 옷을 입은 아름다운 여자가 서 있었다.

"헉……."

"마스라오…… 공격해요."

순간 옆에서 그림자가 튀어나와서는 그대로 거인의 품으로 파고들더니 기합과 함께 날카로운 일격을 선보였다.

"흐읍!"

"부오오오오오!"

주먹이 거인의 배에 꽂히자, 거대한 몸이 푹 꺾이며 그 입에서 절규가 터져 나왔다. 어마어마한 위력의 일격에 거대한 몸이 허공을 날아 그대로 콜로세움의 벽면에 충돌했다. 그리고 잠깐 몸부림을 치더니 곧 움직임을 멈췄고, 블랙팀 남자의 손에 있던 카드가 산산이 부서졌다.

"이럴 수가?!"

놀란 소리를 낸 남자는 곧 그 자리에서 소리도 없이 사라졌다. 팀전에서 카드를 잃은 마스터는 바로 시합장 밖으로 쫓겨난다.

"헉……. 이건?!"

다른 블랙팀 마스터들이 그 모습을 발견하고 긴장했다.

그곳에는 레드팀의 멤버인 하얀 옷을 입은 여자와 그 카드인 [무장진철갑 마스라오]가 서 있었다.

"……어리석은 팀 멤버들이 자멸하고 어떻게 해야 할까 생각했습니다만…… 쓰러뜨리기 쉽게 모여 줘서 고맙군요. 그럼……."

여자가 웃지도 않고 말하더니 오른손을 슥 들었다. 그것에 호응하듯이 투박한 얼굴의 마스라오가 한 걸음 앞으로 나선다.

"MVP를 차지하기 위한 발판으로 삼도록 하죠. ……해치우세요, 마스라오."

"네."

명령을 받은 마스라오가 총알처럼 돌격하기 시작했다.

당황한 적팀 중 하나, 기관단총을 장비한 [망국의 레지스탕스]가 거리를 벌리며 총으로 쏘려 했으나, 마스라오는 낮은 자세로 좌우로 움직여 몸을 피했다.

그리고 순식간에 타격이 가능한 거리까지 다가가 망국의 레지스탕스의 총을 왼손으로 밀어내고, 오른손으로 옆구리를 정통으로 때렸다. 이어서 쓰러지려는 레지스탕스에게 돌려차기를 날린 뒤, 뒤에서 기습을 걸려고 한 적팀의 개와 닮은 카드와 부딪히게 하여 움직임을 막았다.

그대로 몸을 돌려 거대한 기계팔을 지닌 군인 같은 카드의 찌르기를 피하고, 그 허벅지에 채찍처럼 로우 킥을 날렸다.

휘청거리며 자세가 무너진 군인 같은 카드의 팔을 붙잡고 마스라오는 그 몸을 도약시켜 날카로운 공중 발차기를 그 머리에 선사했다. 정통으로 일격이 들어간 적은 버티지 못하고 그 자리에서 부서지고 말았고, 마스라오는 상대가 파괴된 것을 확인하자마자 낮은 자세로 착지한 다음 다시 벌떡 뛰어올라 새로운 사냥감을 노렸다.

"우오오옷⋯⋯! 뭐야, 이 녀석?!"

블랙팀의 마스터 한 사람이 경악하여 외쳤다.

아까까지 원거리 무기의 발사 타이밍을 맞추며 우위를 유지하던 블랙팀은 고작 카드 하나의 난입을 허락한 탓에 쉽사리 연계를 잃고 오히려 서로가 방해가 되는 상태에 몰리고 말았다.

'⋯⋯대단해⋯⋯! 저 사람, 역시 강해⋯⋯!'

멍하니 보고 있던 아키토가 속으로 감탄했다. 쉽사리 적팀을 사냥하는 그 마스터를 아키토는 알고 있었다. 아니, 마스터라기보다 그 카드를 기억하면서 세트로 알게 되었다고 하는 편이 나을 것이다.

멜리사 로우. 강호 카드 마스라오를 조종하는 실력 좋은 마스터로 알려진 여성이다.

같은 팀인 것은 알고 있었지만, 가까이서 보니 예상보다 훨씬 뛰어난 실력으로 보였다.

"쳇, 한 장 정도에 교란되지 마! 침착하게 포위해. 아무리 단단해도 집중공격을 제대로 맞으면 버티질 못해!"

DP 5000을 자랑하는 마스라오라도 일대일에서는 압도적일지라도 여럿에게 연속해서 공격을 받으면 틀림없이 체력이 깎인다. 혼란에서 벗어난 블랙팀 마스터들이 카드에게 진형을 짜게 하여 일제히 원거리 무기를 발사하려고 한 그 순간.

"……뭔가 있으면 바로 그쪽에만 신경 쓰는 거 별로 안 좋을 텐데."

다른 방향에서 목소리가 나더니 이번에는 옆에서 누군가가 돌격하여 그 진형을 무너뜨렸다.

"어이, 이봐! 뭘 멍하니 있어, 단체전인 거 몰라?! 잘 봐, 이 [안드로이드 워리어 부대02 에이브러햄], 에이브러햄 님이 지나가신다아아아아아아아앗!"

그것은 온몸이 메탈릭 실버 갑옷 같은 것으로 만들어진 기계 전사였다.

키는 2미터가 조금 넘었고, 무서울 만큼 우람한 체형에 디스플레이처럼 된 머리에는 간소한 눈과 코가 표시되어 있고, 그 주위를 마치 가부키 화장 같은 모양이 감싸고 있다.

에이브러햄은 그 거대한 몸으로 블랙팀 카드에게 힘껏 몸통 박치기를 하는가 싶더니, 이어서 외모에 어울리지 않는 민첩함을 발휘해 사로잡고는 등에 나무가 자란 개와 비슷한 카드를 들어 올려 힘으로 부숴 버렸다. 그리고 곧 죽기 직전이었던 망국의 레지스탕스의 머리를 움켜쥐고는 붕붕 휘둘러 적진을 향해 던졌다.

너무나 호쾌한 전투 방식이었는데, 그 카드의 성질과 잘 어울리는 움직임이라는 느낌이 들었다.

[안드로이드 워리어 부대02 에이브러햄]

AP: 4800 DP: 3800

"아니…… 아, 아직 강한 녀석이 남아 있었나……!"

블랙팀 마스터 한 사람이 동요하며 말했다. 그 시선 끝에 있는 상대, 에이브러햄이라 소개한 카드의 마스터가 무표정한 얼굴로 대답했다.

"팀 분배는 데우스가 공정한 승부가 되도록 나눠 주잖아. 어느 한 팀에만 일방적으로 약한 녀석들만 있을 리가 없지 않아?"

소년이었다. 아마 십 대 중반일 것이다. 마르고 가녀린 체형에 부드럽게 흐르는 아름다운 검은 머리. 고양이를 연상케 하는 검은 눈에 잘생긴 이목구비. 질이 좋은 검은빛 옷을 입고, 양손은 주머니에 찔러 넣은 채였다.

미소년이라 해도 좋을 그는 감정이 그리 담기지 않은 목소리로 자신의 카드에게 지시를 내렸다.

"잡을 수 있는 것부터 잡자. 에이브러햄, 마음껏 해봐."

"알겠습니당! 헤헤헤, 미안해, 적 카드 여러분! 내가 눈에

띄기 위해 다 부서져 줘야겠어어어어어어!"

"으앗, 이쪽으로 오지 마⋯⋯!"

기묘한 억양으로 외치며 에이브러햄이 돌격했다. 상대팀
은 완전히 동요하여 허둥지둥 자신의 카드만 살리려고 하기
시작했다. 이렇게 되니 연계고 뭐고 없다.

"⋯⋯대단해, 저기도 강하잖아⋯⋯!"

반면 두 사람 때문에 관객에게 어필할 타이밍을 빼앗긴
아키토는 그 싸움을 지켜보며 멍하니 중얼거렸다. 한 달간
꽤 많은 수의 상대와 싸웠지만, 그들은 그 상대보다 한 단
계, 아니 훨씬 더 특출한 것처럼 느껴졌다.

공격에 끊김이 없다. 공격 하나하나가 다음 동작을 위한
포석이 되어 공격을 마치는가 싶으면 어느새 다음 동작으로
들어가 있다. 상대의 생각을 읽어 사전에 동작을 짜놓지 않
으면 불가능한 싸움법이다.

섬세하면서 물 흐르는 듯한 동작의 마스라오와 호쾌하고
상대의 흐름을 끊어낼 듯한 기세를 지닌 에이브러햄. 양쪽
다 장점을 잘 이끌어내고 있어서, 어떻게 기술을 단련하면
이만한 움직임이 가능해지는지 감탄스러울 정도였다.

"⋯⋯굉장해, 공부가 되는데⋯⋯! 좋아, 이 시합에 나오
길 잘했어! 이런 싸움을 가까이서 볼 수 있다니⋯⋯!"

무심코 기쁨에 찬 목소리가 흘러 나왔다. 아키토는 로미
오를 조작하는 것도 잊고 두 사람의 싸움을 눈을 빛내며 지

켜보았다.

로미오 쪽도 흐트러졌던 호흡을 가다듬으며 그 모습을 보았다. 그 시선은 마스라오를 향해 있었다.

"……어느 쪽이든 괜찮지만…… 내가 참고할 만한 건 역시 마스라오 쪽인가! 단단함을 살린 싸움법, 공부가 돼……! 과연 마스라오, 멋있어……!"

아키토는 그 움직임을 눈으로 좇으며 의식하지 않고 말을 내뱉었다. 마스라오는 차례차례 적을 노리고 돌격하고 있지만, 실제로 그 움직임은 더 멀리 보고 있다고 해야 할까, 상대의 동작에 대응하는 것이 중심이었다.

거리를 좁히고 상대가 못 참고 공격해 오면 그것을 막고 카운터로 대응한다. 상대가 그저 도망친다면 그 움직임에 맞춰 추격하여 공격을 가한다. 상대가 무언가를 하기 전에 처치하는 에이브러햄과 움직이는 타이밍이 달랐다. 그것은 마찬가지로 방어형 카드인 로미오도 활용할 수 있는 싸움법일 것이다.

조금이라도 거기서 무언가를 흡수하려고 마스라오와 그 마스터를 눈으로 좇는 아키토. 너무 흥분하여 자신의 옆에서 로미오가 조금 못마땅한 얼굴을 한 것도 깨닫지 못했다.

반면 마스라오의 마스터인 멜리사도 아키토의 시선을 느꼈다.

'……뭡니까, 저 남자. 히죽거리고…… 게다가 이쪽을 빤

히 쳐다보고…… 징그럽게……!'

조금 빨개진 얼굴로 가슴을 가렸다. 콜로세움에는 여성투사가 나름대로 있지만, 그 중에서 강한 사람은 한정되어 있다. 그 중 한 사람인 멜리사는 호기심 어린 시선을 받는 경우가 많았는데 이 정도로 거침없는 시선은 처음일지도 모른다.

마치 훑는 듯이 이쪽의 동작을 쳐다보고 있다. 자신의 일거수일투족을 놓치지 않겠다는 듯이. 심지어 왠지 자신의 엉덩이를 중점적으로 쳐다보는 느낌이다.

……징그러워……!

'분명 나를 억지로 취하려는 상상을 하고 있겠지……! 변태! 어리숙한 얼굴을 했지만 엄청난 변태야!'

여성투사 멜리사 로우. 미인이지만 아직 이성과 사귄 적이 없는 그녀는 여러모로 생각이 극단적이었다.

그 탓에 그녀의 조작이 살짝 흐트러졌다.

"윽……!"

그때까지 호조였던 마스라오가 잘못 착지하여 약간 삐끗했다. 그 틈을 놓치지 않겠다는 듯 날카로운 목소리가 들렸다.

"……지금이야, 보르코! 메인 스킬…… 〈볼캐닉 체이서〉!"

그것은 '전광의 사토시'라 불리던 대머리 마스터의 목소리였다. 로미오가 포위당하고 있을 때에는 그를 배려하여 참가하지 않았지만, 원호를 받아 정당한 승부를 펼칠 수 있을 것 같자 앞으로 나선 것이다.

그리고 숙련된 마스터인 그는 멜리사의 사소한 실수를 놓치지 않았다.

"류우우우우우우우!!"

사토시가 든 스킬 카드로 힘을 받아 그의 카드인 보르코가 도약했다. 이윽고 전신에서 불을 내뿜기 시작했고, 그것이 최고조에 달한 순간 타오르는 불길이 마스라오를 노리고 일직선으로 날아갔다.

"크윽……!"

인간이라면 피할 수 없는 일격이었으나, 마스라오는 놀라운 동체시력으로 회피했다. 그러나 그 순간, 지나쳤을 터인 불길이 공중에서 급격하게 궤도를 바꾸어 다시 마스라오를 노리고 달려들었다.

[보르코] 메인 스킬: 〈볼캐닉 체이서〉

스킬 사용 후, 범위 내에 있는 상대를 추격하는 불길을 내뿜는다. 이 불길은 이 카드의 AP에 1000을 더한 위력을 지닌다.

"이런…….."

"마스라오!"

멜리사가 동요하여 외쳤다. 상대의 공격은 적을 추격하는 타입의 스킬이었다. 이대로는 대처가 늦어 마스라오가 공격을 받는다……!

바로 그때.

"로미오! 〈아큐네이온의 대방패〉!"

아키토의 명령과 함께 손에 든 스킬 카드가 로미오에게 힘을 부여하여 방패가 빛을 내뿜었다. 주위의 공격을 끌어들이는 대방패 스킬이 보르코의 추격하는 불길을 끌어당겼고, 곧 불길은 방패와 격렬하게 부딪힌 뒤 증기를 내며 흩어졌다.

"……이럴 수가! 잘 싸우는구면, 자네!"

스킬이 가로막힌 사토시가 동요한 기색도 없이 씩 웃었다. 젊은이가 열심히 하는 모습을 보는 것은 사토시의 기쁨 중 하나였다.

"……괜찮습니까? 공격은 제 로미오가 막겠습니다. 협력하도록 하죠."

아키토가 멜리사의 옆으로 달려가며 말했다. 아무래도 적도 공격의 핵심인 마스터가 움직이기 시작한 모양이다. 멍하니 있지 말고 이쪽도 연계를 하지 않으면 위험하다.

그러나 그런 아키토를 멜리사는 싸늘한 눈으로 응시했다.

"…………."

"……저기요?"

아키토는 당황했다. 멜리사는 헛기침을 한 번 하더니 차가운 목소리로 대답했다.

"……도와달라고 부탁한 적 없습니다. 지금 걸로 은혜를 베풀었다고 생각하지 마십시오.”

“……엥, 아, 네……. 뭐, 팀이니까…… 저도 도움을 받았
으니, 저기, 네.”

“딱히 당신을 도운 기억은 없습니다만. 당신 주위에 적이
몰려 있어서 이용했을 뿐입니다. 착각하지 마시죠.”

……그렇구나. 아키토는 생각했다. 그렇구나, 이런 사람
인가.

보다 못했는지 그녀의 카드인 마스라오가 적을 향해 자세
를 취하며 말했다.

“나 참, 또 그런 식으로 말한다니까. 주공은 왜 그렇게 솔
직하지 못하십니까? ……미안하군, 귀공. 그리고 나이트
공. 방금 방어, 고맙군. 다만 나는 단단하니 무리하게 감싸
지 않아도…….”

“개의치 마라. 빈약한 카드를 지키는 것이 나이트의 의무
니까.”

“……뭐라고……?!”

사죄하는 마스라오에게 로미오가 씩 웃으며 대답했다. 그
내용에 마스라오가 화를 냈다.

“……나를 빈약하다고 했는가, 네 이놈……. 보아하니
DP는 네놈보다 내가 더 높은데!”

“빈약한 카드는 꼭 수치로 말하더군. 카드라면 실전으로
말해야지.”

"……아무래도 싸우고 싶나보군……. 어디 한번 해볼까!"

마스라오가 화를 감추지 못하고 태연하게 서 있는 로미오에게 다가갔다. 당장이라도 아군끼리 육탄전이라도 벌일 듯한 분위기다. 아키토가 허둥지둥 사이에 끼어들었다.

"저기…… 저, 전투 중이니까요……. 왜 그러는 거야, 로미오, 너답지 않게. 상대를 그렇게 도발하는 듯한……."

"빈약한 카드가 길을 벗어나기 전에 가르쳐 주는 것도 나이트의 의무. 우쭐해진 카드가 돌격하다 부서져서야 너무 불쌍하지 않나."

"네 이놈, 아직도 입을 놀리는가……!"

"마스라오, 그만둬요! 당신답지 않게……!"

당황한 마스터 두 사람과 격앙한 카드 두 장이 별 것도 아닌 일로 말다툼을 벌였다. 도저히 시합 중이라고는 생각할 수 없는 광경이었다.

그런 그들에게 한심하다는 시선을 보내며 아까 그 소년 마스터가 말을 걸었다.

"……이봐. 미안하지만 이길 마음이 있으면 놀지 말고 도와주지 않을래? 아무리 그래도 혼자서는 힘든데……!"

그 말에 퍼뜩 정신을 차린 아키토와 멜리사가 돌아보니 소년이 조종하는 에이브러햄이 혼자서 다수의 적을 상대로 고전하고 있었다.

"히잉, 휴우, 역시 혼자서는 다 막을 수 없어……! 거기 형님들 할 마음이 있으면 얼른 도와주지 않겠습니까!"

로미오와 마스라오도 적의 공격에 필사적으로 대항하는 에이브러햄을 보고 서로 얼굴을 마주보았다. 그리고 바로 시선을 돌리고는 동시에 맹렬한 속도로 달려갔다.

"그래, 네놈과 나, 어느 쪽이 강한 카드인지 지금부터 보여주마! 분해서 울지나 마시지, 나약한 나이트!"

"이미 승부는 났으니까."

"어, 언제?!"

종알종알 떠들며 적진으로 뛰어든다. 마스라오의 타격과 로미오의 참격이 적을 베어내며 전선을 밀어 올렸다.

그 모습에서 시선을 떼지 않으며 검은 머리 소년이 아키토와 멜리사에게 다가왔다.

"……다른 멤버는 도움이 안 돼. 상대쪽엔 전광의 사토시도 있어. 셋이서 협력하는 게 무난할 텐데. ……어떡할래?"

"물론 함께할게."

연계를 신청하는 모양이다. 아키토로서는 거절할 이유가 없다. 오히려 그들의 싸움을 가까이서 보며 배우고 싶다. 바로 승낙했다.

반면 멜리사는 조금 생각에 잠긴 얼굴이었으나, 이윽고 고개를 돌리며 대답했다.

"……방어를 거기 누추한 당신이 해준다면 뭐, 괜찮겠지요. 이쪽은 멋대로 편리하게 이용하여 포인트를 쌓겠습니다. 또한 MVP는 제가 가져갈 테니까요."

누추한 사람은 아키토를 가리키는 듯하다. 아무래도 협력을 받아들이려는 모양이다.

"좋아, 그럼 즉석 팀이야. 잘 부탁해."

아키토가 씩 웃으며 대답했다.

멜리사는 여전히 고개를 돌린 채, 검은 머리 소년은 자신의 긴 앞머리를 매만지느라 대답은 하지 않았지만 그 대신 진형을 만들어 자신의 카드를 움직이기 시작했다.

"오옷!"

마스라오가 블랙팀의 로봇 카드를 팔꿈치로 찔렀다. 단단한 장갑이 찌부러지며 비틀비틀 물러나자 그곳에는 소년이 조종하는 에이브러햄이 기다리고 있었다.

"으랴아아아아압!!"

기합을 넣으며 팔을 쭉 뻗어 로봇의 몸을 뚫고 코어를 건드렸다. 힘으로 그것을 뽑아내자 로봇은 굉음을 내며 폭발했다.

"이봐요, 제 사냥감을 가로채지 말라고요!"

"그럼 확실히 마무리를 지으면 돼."

멜리사의 말에 소년이 대답했다. 그러는 동안에도 두 사람이 조종하는 두 카드는 묘하게 호흡이 잘 맞는 움직임을 선보이며 적을 쓰러뜨려갔다. 그러나.

"……지금이야! 보르코!"

"큐우!"

그런 에이브러햄을 갑자기 작은 그림자가 덮쳤다. 사토시의 카드, 보르코였다.

보르코는 작은 몸을 이용하여 에이브러햄의 발밑으로 파고들어가 그 날카로운 손톱으로 다리를 할퀴었다. 충격으로 에이브러햄의 자세가 흐트러지자 보르코가 재빨리 뛰어올라 꼬리로 그 얼굴을 후려쳤다.

"어이쿠야……!"

에이브러햄이 휘청거리며 후퇴했다. 그 틈을 놓치지 않고 보르코가 그 귀여운 입에서 불길을 내뿜어 에이브러햄의 눈을 노렸다.

"으앗!"

에이브러햄이 바로 양손을 몸 앞으로 내밀어 조금이라도 대미지를 줄이려고 하였는데, 불길이 그 몸을 태우기 전에 로미오가 사이에 끼어들어 방패로 막았다.

"와…… 고마워, 나이트 형! 덕분에 살았어!"

"감사는 필요 없다. 나이트가 지키는 것은 당연. 그러나 예의가 바른 것은 칭찬해 주마."

"휴우, 쿨하네! 마음에 들어!"

대화를 나누면서도 로미오는 방패를 든 채 전진하여 보르코를 압박하기 시작했다. 에이브러햄 쪽도 그 뒤에서 자세를 가다듬고 옆에서 로미오를 때리려고 한 적 카드를 걷어

찼다.

"고마워. 이쪽은 잠시 에이브러햄을 쉬게 하고 싶어, 잘 부탁해."

"좋아. 시간을 벌게."

검은 머리 소년과 아키토가 짧게 대화를 나누었다. 그 모습을 본 멜리스가 코웃음을 쳤다.

"어머, 약한 카드끼리 사이가 좋네요. 그 점에서 저의 마스라오는 단독으로도 충분한 능력을……."

"……누나, 오른쪽에서 적이 와."

"앗……!"

순간 허를 찔린 마스라오가 적의 공격을 받았다. 마스라오에게 있어 대단한 위력은 아니지만 무심코 그 자리에 멈추고 말았다.

"지금이야! 저 성가신 카드부터 제거해, 화력을 집중시켜!"

사토시가 아군에게 지시를 내렸다. 주위의 블랙팀은 자연스럽게 강자인 사토시의 지시에 따르게 되어 원거리 공격이 가능한 카드들이 일제히 마스라오를 노리고 공격했다.

"우오오오……!"

그것을 발견한 마스라오가 전속력으로 달려 공격의 폭풍으로부터 도망치려고 했다. 그러나 모두 회피하지는 못하고 몇 발이 직격으로 날아들었다. 대미지를 각오하고 자신의 머리와 가슴을 지키기 위해 팔을 방패처럼 들어 충격에 대비했다.

그러나.

"훗……!"

역시 이것도 옆에서 끼어든 로미오가 방패로 막았다. 그대로 마스라오에게 쇄도하는 공격을 차단하는 방패가 되었다.

"큭, 네 이놈……."

"……역시 방어에 관해서는 나이트가 최강인 것이 증명되었다."

"닥쳐, 지켜주지 않아도 그 정도, 나에게 대미지를 입힐까보냐……!"

지킨 자와 지켜진 자, 그러나 금세 말다툼을 시작했다. 그에 이끌리듯이 그의 주인까지도 입을 삐죽였다.

"감싸달라고 부탁한 적 없으니까요! 은혜를 베풀었다고 생각하지 마시죠!"

"생각 안 해, 생각 안 해."

"그래요. 그럼 됐어요, 고마워요."

아키토가 말하자 바로 겸손한 대답이 돌아왔다. ……아무래도 복잡한 성격인 모양이다.

그 옆에서 검은 머리 소년이 자연스러운 동작으로 자신의 홀더에서 빛나는 카드를 꺼냈다.

"좋아…… 에이브러햄, 슬슬 본격적으로 가자. ……[안드로이드 워리어 부대02 에이브러햄] 어나더 스킬."

'……어나더 스킬……?!'

소년의 말에 아키토가 움찔하고 반응했다.

'어나더 스킬'이란 카드가 지닌 두 번째 스킬을 말한다. 그 카드의 중심이 되는 능력인 메인 스킬과 달리 어나더 스킬은 비장의 수단 같은 의미를 지니며 강력한 효과를 내는 경우가 많다.

반면 어나더 스킬에는 한 가지 큰 문제점이 있다.

그 문제점이란 한마디로 어나더 스킬은 '카드에 스킬 이름도, 효과도 표시되지 않는다'라는 점이다.

그럼 그것을 어떻게 쓰는가 하면, 스킬 카드를 손에 넣어 배틀 카드를 직접 써보고, 사용자 자신이 찾아내지 않으면 안 된다. 스킬 카드가 배틀 카드의 것이 맞고, 또한 사용이 가능한 상황이라면 바로 효과를 발휘하게 된다.

일단 한번 발견하기만 하면 주인만은 그 효과가 상세하게 표시되 볼 수 있게 된다.

즉, 그것을 발견하기 위해 다양한 종류의 스킬 카드를 손에 넣어 시험해 볼 필요가 있으므로, 카드를 찾는 데만도 큰 돈이 필요해지는 것이다.

따라서 발견하기가 쉽지 않고, 또한 콜로세움처럼 여럿이 관전하는 상황에서 그것을 써버리면 당연하게도 그 어나더 스킬이 타인에게 노출되고 만다. 그것을 지금 여기서 쓰겠다는 것은.

'……뒷공개인가……!'

뒷공개란 앞서 말한 것처럼 남들 앞에서 그 카드의 어나더 스킬을 쓴 사람이 있기에 그 카드의 어나더 스킬이 이미 널리 알려진 상태를 말한다.

이미 밝혀졌다면 일부러 스스로 찾지 않더라도 그 스킬 카드를 손에 넣어 사용하면 된다. 그러면 어나더 스킬도 메인 스킬과 별 차이가 없어진다.

그런 것이라 바로 결론을 내린 아키토의 생각을 뒷받침하듯이 소년이 빛나는 그 카드의 이름을 외치며 힘을 개방했다.

"……〈헌드레드 암〉."

스킬 카드가 부서지며 그 힘이 에이브러햄에게 주입되었다.

순간 그 등의 장갑이 격렬한 금속음을 내며 벌어지더니, 그곳에서 다양하게 무장한 가는 기계팔이 몇 개나 튀어나왔다.

"오오……."

"좋았어, 이제 나야말로 천냥역자(千兩役者)*! 아아, 너네 다 각오해라아앗!"

아키토가 감탄하는 사이, 에이브러햄은 힘차게 외치며 블랙팀을 향해 돌격했다.

그 목표물이 된 카드는 갑작스러운 상황에 동요하고 겁에 질려 반응이 순간 늦어졌다. 그때를 노려 해머를 손에 든 에이브러햄의 추가 팔이 공격하자 그 카드는 굉음을 내며 산산이 부서졌다.

---

*천냥역자란 한 시간에 천 냥을 받는 배우라는 뜻으로, 사람들을 매료하는 뛰어난 배우를 일컫는 일본식 표현이다.

이어서 드릴처럼 만들어진 팔이 다른 적의 장갑을 부수고, 긴 공구 같은 것을 쥔 팔이 추가 공격을 날렸다.

그대로 적진을 누비는 에이브러햄을 보며 당황한 멜리사가 외쳤다.

"이런…… 마스라오, 언제까지 말다툼을 벌일 겁니까! 전부 빼앗기고 말겠어요, 당신도 어서 가요!"

"윽…… 알겠습니다!"

마스라오가 허둥지둥 뛰어갔다. 이미 멜리사 쪽은 블랙팀의 카드를 열 장 가까이 쓰러뜨렸다. 쓰러진 숫자는 양쪽이 호각을 이루었고, 남은 시간도 얼마 남지 않았다. 이제 활약에 따라 MVP가 정해질 가능성이 높다.

그러나 초조한 멜리사와 달리 아키토는 꽤나 느긋했다.

"대단하네. 어나더 스킬은 처음 봤어……! 괜찮겠어, 이런 곳에서 써버려도?"

흥분한 얼굴로 검은 머리 소년에게 질문했다. 상대는 딱히 부담스러운 기색도 없이 대답했다.

"괜찮아. 저건 내가 발견한 게 아니라 원래 알려진 거였으니까. ……게다가 여기서만 하는 얘긴데."

아키토에게 예상대로의 대답을 하더니 소년이 실컷 날뛰고 있는 자신의 카드를 힐끗 보며 작은 목소리로 말을 이었다.

"……저 스킬, 언뜻 보면 대단한 것 같지만 실은 그냥 손이 늘어날 뿐이지 다른 효과는 없어. 공격범위도 그리 넓어지지 않고, 공격 수단도 극적으로 늘릴 수 없고. ……솔직히 허세에 가까운 스킬이야."

"……어어……."

[안드로이드 워리어 부대02 에이브러햄] 어나더 스킬: 〈헌드레드 암〉
사용 후, 등에서 복수의 팔이 나와 공격 수단을 늘릴 수 있다. 이 효과
는 전투가 끝날 때까지 지속된다.

들고 보니 에이브러햄이 신나게 공격하고 있기는 하지만 한 번에 가하는 공격횟수도 적고, 심지어 추가된 팔은 가동범위가 좁아 가까운 거리에 있는 적이 아니면 때리지도 못했다. ……원거리 무기를 들고 있으면 좋을 텐데.

게다가 등에서 팔이 튀어나오며 그 사이로 내부가 드러나는 바람에 안에 든 빨갛게 빛나는 코어 같은 것까지 보였다.

저걸 당하면 위험한 것 아닌가?

이렇게 보니 여러모로 단점도 있는 듯 보인다. 아무래도 어나더 스킬이라고 해서 편리하기만 한 것은 아닌 모양이다.

"뭐, 저 에이브러햄은 메인도 어나더도 다 드러났고, 어느 쪽도 강력하지 않지만 대신 그만큼 값이 싼 카드거든. 기본 능력이 그럭저럭 괜찮으니 쓰기에 달렸어. 그보다……."

소년이 거기까지 말하는데 적진에서 작은 그림자가 튀어나왔다. 아키토가 자세를 취하자, 그것은 불꽃같은 기세로 땅을 달려 로미오를 향해 돌진했다.

"해치워라, 보르코! 꼬리 공격이다!"

사토시가 명령한 대로 보르코가 뛰어 올라 가시가 달린 날카로운 꼬리를 로미오에게 휘갈겼다. 큰소리를 내며 로미오의 방패로 막자 보르코는 그대로 착지하여 재빨리 로미오의 주위를 돌기 시작했다.

"으윽……."

그 모습을 좇으며 로미오가 신음했다. 로미오의 무릎까지밖에 오지 않는 보르코가 고속으로 이동하니 검과 방패로는 대처하기가 어려웠다.

어떻게 할까 생각하는 사이 상대팀의 대머리, 사토시가 아키토에게 말을 걸었다.

"후후, 자네, 꽤 하는구먼! 완전히 흐름이 깨지며 이제 우리 팀의 승리가 위태로워졌어! 먼저 자네의 카드를 쓰러뜨렸어야 했는데……!"

"말씀 고맙군요……! 당신도 쓰기 어렵다고 일컬어지는 동물 카드로 정말 잘 싸우고 있네요……!"

보르코 같은 동물의 몸을 한 카드는 다루기가 어렵다는 평가를 받으며 경원시되는 경향이 있다. 일단 몸의 형태에 당황하고, 이어서 사족보행에 당황하고, 나아가 작은 키나 인간과는 다른 시야에 당황하기 때문이다.

실제로 제대로 다루려면 그에 상응하는 단련이 필요하고,

그보다는 수많은 인간형 카드를 연습하는 편이 활용도가 높다. 그런 이유로 동물계 카드는 원치 않게 싸게 거래되는 경우가 많다. 물론 그 싼값을 노리고 사용하는 사람도 있지만.

"핫하하, 쓰기 어렵다는 것은 나약한 자의 변명일세! 나야말로 동물 카드 전문가로 조금은 이름이 알려진 마스터, 사람들이 말하기를 '전광의 사토시'! 잘 알아두게!"

마스터가 사토시라 소개하자 그의 카드인 보르코가 점프하여 로미오에게 몸통 박치기를 걸었다. 간신히 방패로 막아냈지만, 그 반동을 이용하여 착지한 보르코가 재빨리 달려 로미오의 시야에서 벗어나려고 했다.

"흠, 조막만한 상대는 거북하다만?! 심지어 귀엽다니 너무 비겁하다!"

로미오가 불평했다. 확실히 보르코는 마스코트 같은 귀여움을 지녔다. 그러나 그 공격력은 대단하다. 자칫하면 자랑스러운 갑옷이 깨질지도 모른다.

"남은 시간도 별로 없어……! 하여 후학을 위해 자네, 그리고 자네의 카드와 승부를 내보고 싶어! 일방적이라 미안하지만 공격하도록 하겠네!"

사토시가 그렇게 말하는 사이에도 보르코는 차례차례 몸을 날려 손톱과 이빨, 그리고 꼬리로 로미오를 공격했다.

"이쪽이 이름을 밝혔으니, 물어보겠네! 자네 이름은?!"

"……타카츠키, 아키토!"

물음에 대답하며 로미오와 동조하여 공격을 가했다. 몇 번이나 연습한, 능숙한 찌르기와 참격의 연계다. 그러나 이쪽의 공격은 스치지도 않고 허공을 베었고, 오히려 그 틈을 찔려 다시 방어하느라 급급해졌다.

'큭…… 이 사람, 정말 강해……!'

아키토는 초조해지기 시작했다. 그러는 동안에도 로미오에게 대미지가 쌓였다. 압도적으로 시합에 능숙한 사토시가 이쪽에 확실하게 대미지를 입히고 있었다. 이대로는 정말 부서지고 만다……!

그런 아키토의 모습을 가까이서 힐끔힐끔 쳐다보는 사람이 있었다.

멜리사가 무언가를 말하고 싶은 표정으로 잠시 서 있었으나, 전투에 집중한 아키토가 그 모습을 알 리가 없으므로 결국 헛기침을 하고 말을 걸었다.

"……저기, 당신."

"뭔데?! 앗, 미안하지만 지금 바빠. 급한 게 아니라면 나중에 말해 줘……!"

아키토가 흥분한 얼굴로 시선도 움직이지 않고 대답했다. 멜리사는 순간 곤란한 표정을 지었으나 말을 이었다.

"……저 대머리는 강호로 알려진 투사. 솔직히 말해 당신은 이길 수 없어요. ……제가 대신할까요?"

"엥?"

순간 이해가 되지 않아 얼빠진 대답을 하고 말았다. 대신한다. 무슨 말일까. 이것은 단체전이니 끼고 싶다면 자유롭게 하면 된다. 왜 그런 말을?

거기까지 생각하고 이해했다. 즉, 그녀는 아키토와 사토시의 승부가 고조되고 있으니 그것에 찬물을 끼얹는 것을 망설이고 있다고.

콜로세움은 진검승부의 장이지만 동시에 단련장이기도 하다. 이처럼 일대일 싸움이 시작되어 버리면 다른 사람은 끼어들기 힘들게 되는 면이 있다.

그러나 사토시는 강하다. 아키토보다 확연히 급이 높다. 따라서 멜리사는 아키토가 지고 카드를 잃는 것을 걱정하여 말해준 것이다. MVP를 목표로 한다면 그냥 놔두고 다른 곳에서 활약하면 될 것을.

……그렇구나. 첫인상과 달리 그녀는 무척 좋은 사람인 모양이다. 다만 남을 대하는 것이 조금 서툴 뿐이다.

"……고마워. 하지만 나도 일단 투사야. 한번 해볼게…… 하지만 혹시 우리가 지면 그때는 부탁해."

그렇게 말하고 가능한 한 활짝 웃었다. 과연 자신의 딱딱한 표정으로 그것이 얼마나 전해질지는 모르지만.

"……그렇습니까. 그럼 마음대로 하시죠."

짧게 얼굴을 바라본 뒤, 멜리사가 시선을 돌렸다. 아키토는 고개를 끄덕이고 다시 시합에 집중했다. 그 모습을 보며 검은 머리 소년이 멜리사에게 말을 걸었다.

"원하는 대로 하라고 해. 아까처럼 다대일이 아니잖아. 우리는 남은 적이 다가오지 못하도록 하면 돼. 그리고……."

아키토의 옆모습을 보며 말을 이었다.

"저런 타입은 이런 게 즐거워서 여기에 있을 테니까."

"………………."

그 말에 다시 한번 아키토를 바라보았다.

그의 얼굴은 천진난만한 아이처럼 정말 즐거워 보였다.

"류우우우!"

보르코가 다시 꼬리 공격을 가했다. 그러나 로미오가 그 공격을 방패로 완벽하게 막아냈다. 이어서 착지할 때까지 생기는 짧은 빈틈을 노려 검을 휘둘렀다.

이번에야말로 맞는다……!

"보르코! 몸을 비틀어!"

"큐우!"

그러나 그 참격은 사토시의 명령대로 공중에서 몸을 비튼 보르코의 비늘을 살짝 스쳤을 뿐이었다.

"앗, 아깝게…… 그래도 괜찮아, 로미오! 그렇게 가자!"

아키토가 격려했다. 공격이 빗나가기는 했지만, 서서히 로미오와 아키토는 상대의 움직임을 따라잡고 있었다.

'오호라, 벌써 대처해 내다니……! 놀라운 대응 속도야!'

사토시가 감탄했다. 작은 몸에 폭발력을 감춘 보르코의

공격은 적이 대처하기 힘들다. 그것을 이 짧은 시간에 아키토는 파악하기 시작한 것이다.

대단하기는 하다. 그러나.

'……허나! 익숙해졌다고 생각했을 때가 제일 위험할걸! 시작하자, 보르코!'

사토시의 마음속 목소리가 전해지자 다시 보르코가 달려가 로미오의 주위를 맴돌았다.

'또 빙글빙글 돌며 틈을 노릴 셈인가! 하지만 이젠 다 알아챘다고……!'

방심하지 않고 그 움직임을 지켜보며 아키노가 속으로 중얼거린 순간.

"……지금이야! [보르코] 어나더 스킬! 〈보르카닉 스텝〉!"

사토시가 홀더에서 카드를 꺼내 바로 발동시켰다. 그 힘의 해방과 함께 갑자기 보르코의 몸이 화염에 휘감기더니, 지금까지와는 비교도 안 될 속도로 로미오를 향해 돌진했다.

'온다……!'

또 어나더 스킬인가 하고 생각할 여유도 없다. 상대의 스킬이 돌진하여 공격하는 것이라 판단하여 로미오에게 그쪽을 향해 방패를 들게 했다. 그러나 예상과 달리 보르코는 바닥을 꿈틀거리는 불꽃처럼 달려 그대로 로미오의 발밑에 도달하더니 갑자기 그 몸을 멈추고 위로 벌떡 뛰어올랐다.

"앗……."

로미오가 그 모습을 간신히 포착하면서 경악했다. 로미오가 든 방패의 안쪽으로 보르코가 피어오르는 불꽃처럼 올라왔다.

보르코의 어나더 스킬, 〈보르카닉 스텝〉. 그것은 아주 짧은 시간 동안 보르코의 속도를 비약적으로 높이고, 또한 급정지와 재가속을 가능하게 하는 스킬이었다.

'……걸렸어! 단단한 방패와 갑옷을 노려도 그리 대미지를 입힐 수 없다는 건 알고 있어! 그러나 그것의 보호를 받지 못하는 부분이라면…….'

뛰어오른 보르코가 손톱을 드러내며 로미오의 얼굴을 노렸다. 그렇다. 사토시와 보르코는 처음부터 로미오의 장갑이 없는 부분, 즉 무방비하게 드러난 얼굴을 노리고 있었던 것이다.

보르코가 번뜩이는 손톱으로 힘차게 할퀴었다. 예리한 손톱이 로미오의 얼굴을 쉽게 베어낼 것이라 생각했지만, 그 순간.

"……로미오! 얼굴을 젖혀!"

"큭!"

아키토가 외치며 로미오를 조종했다. 로미오의 얼굴이 뒤로 젖혀지며 그와 동시에 보르코의 손톱이 방금 전까지 얼굴이 있던 공간을 할퀴었다.

완전히 피하지 못하여 손톱이 살짝 스쳐 피가 튀었지만,

그래도 아키토와 로미오는 치명적인 일격을 회피했다.

'크윽! 피하다니……! 허나…….'

사토시도 어리석지 않다. 이 공격이 빗나갈 경우 취할 행동도 이미 생각해 두었다. 보르코는 자세가 무너진 로미오의 어깨를 뒷발로 걷어차며 그 몸을 공중으로 더욱 높게 띄웠다.

이어서 완벽하게 타이밍을 맞춰 사토시가 다음 스킬을 해방했다.

"보르코, 메인 스킬! 〈볼캐닉 체이서〉!"

"류우우우우우!!"

카드의 빛에 호응하듯이 보르코의 몸이 함께 빛났다. 몸에 감도는 불꽃이 더욱 커지며 당장이라도 흘러내릴 듯했다.

머리 위, 심지어 완전히 근거리에서 보르카닉 체이서를 쓰려는 것이다. 정통으로 맞으면 튼튼한 로미오라도 어떻게 될지 모른다.

"크…….."

아키토와 로미오가 전율했다. 지금 일격, 보르카닉 스텝을 회피한 것만으로도 아키토로서는 최대한의 반응을 한 것이었다. 그러나 상대는 그보다 뛰어나서, 그 뒤의 동작까지 모두 생각해 두었다. 연륜이 다르다.

안 된다, 맞으면. 반응해야 한다. 이쪽도 아큐네이온의 대방패로 막아야 한다. 그러나 동작이 사고 속도를 따라잡지 못했다. 세계가 속도를 죽이고, 소리가 모습을 감췄다. 슬로 모션처럼 보이는 보르코의 불꽃이 당장이라도 이쪽을 향해 날아올 듯이 커져 있었다. 어서 움직여……!

"……로미오, 메인 스킬……!"

손가락이 홀더에서 스킬 카드를 스쳤고, 불꽃이 최대한으로 부풀어 오르는 순간이 눈에 들어왔다.

빨리 하지 않으면 진다. 과연……? 그런 의문조차 내버려 두고, 시간이 급격히 움직인다. 막는다, 막아 내겠다!

아키토의 손에서 스킬 카드가 빛을 내뿜기 시작한 그 순간.

"……지금이야, 리리루, 메인 스킬! 〈워터 코핀〉!"

……옆에서 나비넥타이 마스터의 용맹한 외침이 들리더니 그에 응하여 [물의 요정 리리루]가 물폭탄을 발사했다.

갑작스러운 일이라 무방비 상태로 그것을 맞고 만 보르코는 공중에서 거대한 물 덩어리 속에 잡혀 갇히고 말았다.

"류우우우?!"

놀란 보르코가 비명을 질렀다. 뿜으려던 불길이 사그라지며, 자신을 붙잡은 물속에서 버둥거렸다.

그 모습을 보며 어안이 벙벙해진 아키토와 사토시는 서로 시선을 마주친 뒤, 서로 얼빠진 소리를 냈다.

"…………엥."

"…………엥?"

그런 최고조에 달한 순간에 방해를 받아 아연실색한 두

사람과는 달리, 샤샤샥 하고 묘하게 경쾌한 움직임으로 나비넥타이가 아키토의 옆으로 다가왔다.

"너, 위험했잖아! 아깐 미안했어. 리리루에게 혼나고 정신 차렸어! 나도 시합에 나온 이상 투사야! 그 역할을 다하기 위해 도우러 왔어! 정말 도움이 되어 다행이야!"

흥분한 어조로 단숨에 떠든다. 그 얼굴에는 아까까지 보이던 나약한 표정이 전혀 없이 반짝반짝 빛나고 있었다. ……분위기를 전혀 파악하지 못했지만.

"……뭐, 단체전이니……까요……."

옆에서 두 사람의 싸움을 안절부절못하며 바라보던 멜리사가 감싸듯이 말했다. 그건 그렇다. 두 사람은 마치 일대일로 싸우는 듯했지만, 본래는 이런 것이다. 이 경기는.

"자, 리리루의 워터 코핀의 지속 시간은 그리 길지 않아. 어서 상대를 끝장내! 너에게 양보할게!"

나비넥타이가 황급히 재촉했다. 그때 문득 깨달았다. 그래, 적을 줄이지 않으면. 보르코는 여전히 리리루의 메인 스킬에 잡힌 채였다.

물폭탄이 명중한 상대를 일정 시간 구속하는 그것은 일대일로는 맞추기 힘들지만, 집단 전투에서는 그 성능을 충분히 발휘한다. 지금이라면 간단히 끝낼 수 있을 터……!

"……로미오!"

아키토의 목소리에 반응한 로미오가 검을 쳐들었다. 사토시가 보르코를 어떻게든 탈출시키려고 하던 중 그 모습을 보고 당황하여 외쳤다.

"보르코! 정신 차려라! 아직 끝나지 않았어, 끝까지 포기하지 마라!"

그러나 보르코에게는 자신을 붙잡고 있는 물을 일방적으로 떼어낼 만큼의 힘이 없었다. 물과는 상성이 맞지 않기 때문이다.

이미 늦었다. 그 몸의 약한 부분에 로미오의 예리한 검이 닿으려고 했다.

"……보르코!!"

"큭……."

……그러나. 검이 닿기 직전 로미오는 팔을 우뚝 멈췄다.

"……앗……?!"

놀란 사토시가 외쳤다.

그 순간. 시합장에 시합 종료를 알리는 부저가 울려 퍼지고, 이어서 방송이 나왔다.

《거기까지! 시합 종료! 이거 참 뜨거운 싸움이었네요! 자, 지금 시합의 결과는…… 짜자잔! 데우스의 공평한 판단에 따라 레드팀의 승리!》

관객석에서 와아 함성이 터지더니 칭찬하는 외침과 욕설, 그리고 휴지조각이 된 구매표가 날아다녔다. 아키토가 소속된 레드팀이 초반의 불리함을 떨쳐내고 멋지게 승리했다.

"……이긴, 건가…….."

아키토가 멍하니 중얼거렸다. 시간의 감각도 잃고 있었다. 벌써 삼십 분인가. 짧다고 생각했다. 정말 자극과 흥분으로 가득 찬 일전으로, 솔직히 더 싸우고 싶었다.

"……와, 와아아아아아! 이겼다, 이겼어! 리리루, 이겼어! 우리가 이겼다고오오오!"

나비넥타이가 펄쩍 뛰고는 자기 카드의 양손을 잡았다. 리리루도 기쁜 미소를 지었고, 둘이서 빙글빙글 주위를 돌기 시작했다.

……여담이지만 나비넥타이는 이것으로 싸움에 눈을 떠 이윽고 강호로 알려지게 되지만, 그것은 유감스럽게도 아키토의 이야기와는 관계가 없는 일이다.

"……흥. 마지막으로 어떤 바보가 결투 같은 걸 시작하지 않았으면 더 여유롭게 이겼을 텐데요. ……뭐, 굳이 당신이 없었더라도 저는 이겼겠지만요, 그럼요!"

"……아마 듣지 않고 있을걸. 저 사람."

멜리사가 무언가를 말하자 검은 머리 소년이 지적했지만 아키토의 귀에는 들어오지 않았다. 아키토는 이 격렬한 싸움에서 헤쳐 나온 자신의 파트너와 함께 물에서 해방된 보르코를 안은 사토시를 바라보고 있었다.

"……보르코, 물을 마시고 말았구나…… 옳지, 옳지, 열심히 했어, 넌 잘 싸웠다! 돌아가면 같이 밥이나 먹자, 응!"

"큐우⋯⋯."

미안한 표정을 지은 보르코에게 사토시가 웃으며 말을 걸었다. 시합이 종료된 순간에야말로 마스터와 카드의 관계성이 보인다. ⋯⋯식사인가. 그러고 보니 로미오와는 같이 식사를 한 적이 없었다.

돌아가면 그에게 권해 보자. 과연 로미오는 무엇을 좋아할까.

"⋯⋯어이⋯⋯. 자네, 기다리게!"

그대로 로미오를 데리고 시합장을 떠나려고 하는 아키토의 뒤에서 사토시가 불렀다.

"⋯⋯마지막에 왜 공격을 멈췄나? 그대로 공격했다면 보르코는 부서지고 자네들의 승리를 더욱 확실히 할 수 있을 터인데⋯⋯. 설마 나에게 동정을 베푼 건 아니겠지⋯⋯?!"

"아닙니다."

얼핏 화가 난 것 같은 사토시가 물어왔다. 베테랑인 사토시의 입장에서는 신입이 동정을 베푼 사실을 납득할 수 없을 것이다.

"⋯⋯당신은 시합 중반에 제가 포위당했을 때 공격에 참가하지 않았잖아요. 당신이 거기서 참가했다면 저는 아마 손 쓸 도리고 없이 로미오를 잃었을 겁니다⋯⋯. 빚을 진 채로는 찜찜하니 얼른 갚았을 뿐이에요."

"⋯⋯눈치챘던 건가⋯⋯!"

사토시가 신음했다. 누가 보아도 초보인 아키토가 거기까지 주위를 파악하고 있을 줄은 몰랐다.

"이거 미안하군! 먼저 무례를 범한 건 이쪽이었나. 사과하게 해주게! 그리고……."

사토시가 깊숙이 머리를 숙인 뒤 씩 웃었다. 팔에 안긴 보르코도 미소 짓고 있다.

"……이 승부는 언젠가 다시 내도록 하지. 다음엔 서로 시작부터 최선을 다하세. ……기대하고 있겠네, 아키토 군. 그리고 거기 나이트도!"

그 말을 듣고 로미오와 서로 시선을 마주쳤다. 이윽고 로미오가 미소를 지으며 아키토의 어깨에 손을 얹었고, 아키토도 웃으며 대답했다.

"네, 언젠가 또…… 사토시 씨."

그렇게 여전히 함성이 끊이지 않는 관객석을 돌아보았다. 환호하는 사람들 틈에 섞여 자신의 비서 카드가 웃으며 (돈을 쥔 채) 손을 흔들고 있는 것이 보였다.

그 모습에 손을 흔들어 대답하다 화들짝 놀랐다. 함께 싸운 두 사람, 멜리사와 검은 머리 소년이 곧바로 시합장에서 떠나려고 하고 있었기 때문이다.

"안 돼……. 어이, 기다려 줘!"

아키토는 서둘러 그 뒤를 쫓았다. 그들에게 어떤 제안을 하기 위해서.

2

"자, 그럼 그런 연유로…… 여러분의 승리를 축하하
며…… 건배!!"

시합이 끝나고 얼마 뒤. 콜로세움에 병설된 식당 안에 캐
롤의 목소리가 울렸다.

"건배."

그에 맞춰 아키토가 술잔을 들고 말했다.

그러나 맞은편에 앉은 멜리사와 검은 머리 소년은 자신의
잔을 건드리려고도 하지 않고 멍한 얼굴이나 앞머리를 매만
지는 등 흥미가 없다는 태도로 일관했다.

"…………."

"…………."

침묵이 그 자리를 지배했다. 억지로 웃으며 술을 들고 있
던 캐롤이 잔을 자리에 내려놓고 아키토에게 황급히 귓속말
을 했다.

'……저기요, 마스터, 이 사람들 뭐예요?! 건배라고 했는
데 손가락 하나 움직이질 않잖아요! 보통 싫어도 이런 때에
는 좀 분위기를 맞추지 않아요?! 대체 뭐냐고요!'

'일단 참아…….'

아키토가 거세게 따지는 캐롤을 달랬다. 이 두 사람은 시

273

합을 하던 중에도 내내 무뚝뚝했다.

'참을 때가 아니에요! 그보다 왜 이 사람들을 부른 거예요! 돈이 들어 왔으니 지금은 저와 둘이서 실컷 썼어야 하잖아요! 왜 승리를 축하하는 모임 따위를 연다고 말한 거냐고요……!!'

그렇다. 지금 이곳은 승리를 축하한다는 명목으로 아키토가 반쯤 억지로 두 사람을 데려온 가게였다. 자신이 살 거라며 내켜하지 않은 두 사람을 억지로 데려와 캐롤과 합류했다.

그 장소로 콜로세움에 병설된 식당을 선택한 까닭은 당연히 그 두 사람이 어떤 나라의 사람인지조차 판별하지 못했기 때문이다. 콜로세움에는 전 세계의 사람들이 각각의 장소에서 접속하고 있다. 그 상대와 현실 공간에서 만나기는 힘들다.

또한 여기서 취급하는 식품은 가상으로 만들어진 것이 아니라 현실의 것을 들여왔으므로 먹어도 나중에 사라질 걱정이 없다.

"……미리 말해두겠습니다만. 전 당신이 불러서 온 것이 아니거든요. 거기 검은 머리 남자에게 한마디 하고 싶어서 왔을 뿐입니다."

다리와 팔을 꼬고 실망한 얼굴로 멜리사가 그제야 입을 열었다.

"뭔데?"

검은 머리 소년이 창밖을 본 채 별 흥미가 없다는 듯 대답했다. 그 모습을 힐끗 보며 멜리사가 말을 이었다.

"확실히 MVP는 당신에게 빼앗겼습니다. 그러나 그건 우연히 당신이 운이 좋았을 뿐이라고요. 실력이라면······."

"어쨌든 졌잖아? 그런 말은 됐어. 아무래도 좋아."

"······뭐라고요······! 제 상금을 가로채 놓고 무슨······!"

검은 머리 소년의 말에 멜리사가 일어나 노려보았다.

그렇다. MVP는 검은 머리 소년으로 선택되었다. 그야 혼자서 일곱 장이나 되는 적 카드를 격파했으니까. 멜리사도 아까웠지만 이의를 제기할 여지가 없는 MVP다.

"자자, 진정하시고······. 그 부분은 이제 넘어가도 되지 않습니까. 대신 오늘은 제가 식사를 대접하겠습니다. 두 분 덕분에 저의 소중한 동료를 잃지 않을 수 있었습니다. 정말 고마워요. 게다가 이런 미인에게 식사를 대접하는 것도 기쁘네요. 멜리사 씨의 조작 기술, 옆에서 보며 굉장히 참고가 되었기에 이건 그 답례이기도 합니다. 많이 드시죠."

"앗, 잠깐만요! 사준다는 말은 못 들었는데요! 그보다 MVP가 있으니 그 사람에게 얻어먹으면 되잖아요! 아니 최소한 더치페이로 하자고요오오오오!"

사이에 끼어든 아키토가 달래며 호화로운 식사를 멜리사 앞에 놓았다. 캐롤의 비명과도 같은 소리는 무시하기로 했다.

"······뭐, 당신이 그렇게까지 말한다면 저도 특별히 얻어먹지 못할 것도 없습니다만. 사실은 남의 초대에 응하지 않는 편인데 오늘은 특별히 어울리지 못할 것도 없겠네요."

그렇게 말하며 멜리사가 눈앞에 놓인 술을 입에 댔다. 한모금만 마시는가 싶더니 그대로 잔을 기울여 모두가 지켜보는 가운데 순식간에 그것을 다 마셔버렸다.

"······크으, 약한 술이네요····· 이 정도로는 취하지 않습니다. ······웨이터, 가장 도수가 강하고 비싼 술을 병으로 가져다주세요."

"히이익······."

캐롤이 질겁했다. 다소 가격대가 있는 가게이므로 계산할 것이 벌써 두려워진다.

"······상금을 받았으니 나는 사주지 않아도 되는데?"

"아니, 정말 오늘은 공부가 되었어. 이건 그 답례야. 꼭 사주고 싶어, 저기······."

"······나츠메. 나츠메라고 불러."

배려하듯이 말하는 소년에게 아키토가 대답하자 그가 자기소개를 했다.

나츠메. 히나토식 같은 이름이다. 같은 히나토 사람일까? 그리고 나츠메는 성일까, 아니면 이름일까. 어느 쪽이든 가능하다.

"그래, 잘 부탁해, 나츠메. 나는······."

"……타카츠키 아키토, 맞지. 초심자를 잡아먹는다는 첫 경기에서 이겼잖아. 알고 있어."

소개하기 전에 나츠메가 대답했다. 아무래도 일방적으로 알려져 있는 모양이다.

"그 초심자밖에 못 잡는 바보를 날려버린 건방진 루키. 당신 그럭저럭 유명하거든요……. 어머, 이 파스타 좀 맛있네."

옆에서 멜리사가 끼어들었다. 포크로 능숙하게 파스타를 입에 넣고 만족스럽게 평했다.

"그거 고마워요…… 멜리사 로우 씨. 활약하는 거 자주 봤습니다."

"……어머. 그쪽도 알고 있었구나."

그렇게 말하자 멜리사가 조금 의심하는 시선을 보냈다. 그대로 옷깃을 바로하며 생각했다. ……이 녀석, 역시 저를 알고 노리는 건가요? 미리 말해두지만 저는 술에 취하게 한다고 데리고 갈 수 있는 여자가 아니거든요……!

실제로 홀더의 보호기능은 알코올에도 작용하여 완전히 취하면 바로 그것을 제거해 주므로 걱정이 없다. 홀더 소유자를 곤드레만드레 취하게 하기는 불가능하다.

"그래서? 사실은 축하하기 위해 부른 거 아니지? 우리에게 뭔가 하고 싶은 말이 있는 거 아냐? 타카츠키 아키토."

"……실은 그래."

나츠메가 흥미 없다는 듯 자신의 앞에 놓인 고기를 포크로 찌르며 말했다. 아키토는 갑자기 상대가 핵심을 건드리는 말을 한 것에 놀라며 대답했다.

"그쪽에서 말해주니 이야기가 빠르겠어. ……방금 일전, 나는 매우 괜찮은 승부였다고 생각해. 뭐라고 해야 할까…… 굉장히 합이 잘 맞는다고나 할까, 두 사람과 같이 싸운 게 무척 즐거웠어. 그러니까……."

몸짓까지 동원하여 어떻게든 자신의 마음을 전하려고 했다. 아키토는 말재주가 없기 때문이다. 제대로 생각이 전달되었는지 불안하지만 용기를 내어 말했다.

"……어때? 우리끼리 팀을 짜지 않을래?"

팀. 말 그대로의 의미다. 콜로세움에서는 개인끼리의 전투며 아까 랜덤으로 편성된 팀전 외에도 고정된 팀에 의한 경기가 빈번하게 벌어지고 있다.

특히 인기 있는 것이 마스터가 세 사람씩 팀을 짜 대결하는 '3ON3'라는 이름의 시합형식으로, 판돈도 좋아서 시합이 성립되면 금액도 커진다. 그것에 출전하면 개인끼리 하는 것보다 큰 수확을 기대할 수 있다. 물론 이길 경우지만.

가까이서 본 두 사람의 실력에 반해 함께 싸우면 다양한 의미로 이득이 될 것이라 생각한 아키토는 두 사람을 팀원으로 맞이하기 위해 이곳으로 데려왔다.

『……마스터, 또 그렇게 제멋대로 행동하고…….』

표정을 바꾸지 않고 캐롤이 통신을 보냈다. 간단하게 미안하다고 대답하자 캐롤이 추가로 말했다.

『뭐, 그것이 마스터의 의사라면 존중하겠지만요…… 누가 봐도 고독한 늑대인 이 두 사람이 승낙할까요?』

그건 그렇다. 둘 다 몰려다니는 것을 선호하는 타입으로는 보이지 않는다. 거절당할 것은 각오했다. 그럼에도 집요하게 물고 늘어지며 몇 번이나 권유하면 혹시…….

"……좋아."

"……그럴게요."

그러나 두 사람의 입에서 나온 말은 생각지도 못한 긍정적인 말이었다.

""헉.""

캐롤과 둘이 놀란 소리를 지르고, 무심코 두 사람의 얼굴을 뚫어져라 보고 말았다. 멜리사는 술을 입에 대며,

"뭡니까, 그 반응. 권유한 건 그쪽이잖아요."

하고 시치미를 떼는 얼굴로 대답했다.

"아니, 처음엔 거절당할 거라 생각했으니까……. 설마 갑자기 승낙할 줄은 몰랐어. 내가 말하는 것도 뭐하지만…… 괜찮겠어?"

"괜찮아. 어차피 혼자 버는 데 한계를 느꼈거든. 3ON3라면 한 시합의 수입도 클 테고, 상대도 부족하지 않아. 너와 그 비서 카드가 나서준다면 함께 해도 좋아."

아키토가 그렇게 말하자, 나츠메는 접시에 담긴 요리를

맛없다는 듯 씹은 뒤 따분하다는 어조로 대답했다.

"……저도 뭐, 비슷하다고나 할까요……. 콜로세움에서 벌 수 있는 만큼 벌어 편안하게 은거할 생각이었습니다만, 좀처럼 나머지 인생을 살 만큼 수입을 벌기가 힘들어서요. 솔직히 단체행동은 좋아하지 않습니다만……. 뭐, 시험해 보는 것 정도는 괜찮겠지요."

멜리사도 그렇게 말하고는 시선을 마주치지 않은 채 다시 술을 들이켰다. 얼굴이 조금 빨간 것은 술 때문일까.

"……그래……. 그렇구나……."

아키토가 그것을 천천히 넘기고 중얼거렸다. 이러니저러니 말하고 있지만, 이 두 사람이 마음에 안 드는 상대와 팀을 짤 거라고는 생각할 수 없다.

자신이 그렇듯이 그들도 '이 세 사람이라면 나쁘지 않을지도'라고 생각한 것을 알고 아키토는 왠지 기뻐졌다.

"……잘됐네요, 마스터."

옆에서 생글생글 웃으며 캐롤이 말했다. 아마 그 머릿속에는 앞으로 벌 터인 금액이 바쁘게 오가고 있겠지만, 지금은 금전에 관한 파트너의 축복이 무엇보다 기쁘다.

"그래……! 좋아, 그럼 우린 오늘부터 팀이야! 먼저……."

"잠깐만 기다려요."

의자에서 일어나 흥분한 어조로 무언가를 말하려던 아키토를 멜리사가 제지했다. 모두의 시선이 모이기를 기다린

뒤, 그녀가 천천히 말을 꺼냈다.

"다만 조건이 있습니다. 저는 친목 모임을 만들 생각이 없습니다. 어디까지나 돈을 벌기 위한 드라이한 관계를 원합니다. 돈도 못 벌고 서로 위로하며 가라앉는 것은 사양하고 싶으니까요. 그러니 몇 가지 조건을 걸겠습니다."

거기서 헛기침을 한 번.

"먼저 '시합에서 사용하는 모든 스킬카드의 비용은 전원이 부담한다'. 우리가 가진 카드는 각각 스킬카드의 가격이 다르니까요. 한 사람만 지출이 많아져서 그 탓에 스킬 쓰기를 주저하다 결과적으로 팀의 패배를 야기하게 되면 의미가 없잖아요. 불화를 일으킬 뿐이므로 이건 절대적으로 지켜야 합니다."

"하긴, 그러네, 그게 좋겠어."

"동의해. 이의는 없어."

멜리사가 말한 내용에, 아키토와 나츠메도 동의했다.

그도 당연하다. 예를 들어 인기가 없는 카드인 로미오의 전용 스킬카드인 〈아큐네이온의 대방패〉는 기껏해야 2만 GP 정도지만, 멜리사가 가진 마스라오의 스킬카드는 그 몇 배는 한다. 다만 쓰는 회수는 로미오가 가장 많을 것이므로 딱 잘라서 단언할 수는 없지만, 그럼에도 비용은 전원 부담이 바람직할 것이다.

"좋아. 이어서 시합은 모두의 승낙을 얻은 뒤 등록할 것.

바쁘더라도 주에 몇 번은 반드시 모여 연습할 것. 누군가의 카드가 파괴되어 승산이 없는 것을 알면 손해를 줄이기 위해 빠른 기권을 허용할 것, 그것을 나중에 원망하지 말 것. 그리고…….”

멜리사가 차례차례 조건을 제시했다. 모두 그것에 이의를 제기하지 않고 받아들이는 것을 확인하며 멜리사는 일단 말을 끊고,

“……한 번이라도 지면 거기서 팀은 끝. 해산하고 두 번 다시 팀을 짜지 않아요. 그런 조건이라면 받아들이겠어요.”

가장 중요한 조건을 말했다.

“……마지막 것만 너무 엄한데.”

아키토가 곤란한 얼굴로 대답했다. 한 번이라도 지면 끝. 너무 심하다.

심지어 오늘 처음 알게 된 타인이므로 연계도 처음부터 완벽할 리가 없다.

그러나 멜리사는 술을 한 모금 마시고는 태연한 얼굴로 대꾸했다.

“무슨 나약한 소리를. 비서 카드를 데리고 있다는 건 당신은 CVC를 목표로 한다는 거잖아요. 그건 한 번이라도 지면 다시 일어서기 힘든 비정한 승부처예요. 그 정도로 겁을 먹는다면 거기 도전하는 건 그만둬요.”

“큭………….”

말문이 막혔다. 확실히 그렇다. CVC로 올라가려는 인간이 그런 일로 두려워하면 어떻게 한단 말인가. 한 번이라도 지면 죽을지도 모른다. 그런 세계에서 살아가려는 인간에게는 만용이라고도 말할 수 있는 돌파력이 필요하다.

"…………알겠어. 그럼 그 조건으로."

아키토가 대답했다. 두 사람이, 아니, 캐롤을 포함한 세 사람이 자신을 응시하는 것을 느끼며 가능한 한 위엄 있는 목소리로 전했다.

"오늘부터 우리는 팀이야. 그리고 이 팀은 오래 이어질 거다. 내가 보장할게…… 다들 잘 부탁해."

 어둠에 강림한 어둠을 물리치는 백은의 어둠을 베어내는 나이트

나이트는 많은 것을 말하지 않는다. 그저 지킨다. 그것이면 족하다.
나는 최고의 나이트니까.──어떤 나이트.

메인 스킬: (아큐네이온의 대방패)
찰나의 순간, 자신의 DP를 두 배로 하여 주변 적의 공격을 자신의 방패로
끌어들인다. 이 효과가 발동하는 동안 대미지를 입으면, 이 카드가 파괴되지는
않지만 쌓인 대미지가 이 카드의 체력을 웃도는 경우, 효과가 종료된 뒤 카드가
파괴된다. 또한 사용 후에 이 스킬을 다시 사용하려면 약간의 쿨 타임이
필요하다.

어나더 스킬: ???

AP3800

유일무이한 나이트 / 남성

DP4000

후기

여러분, 처음 뵙겠습니다. 카와타 료우고라고 합니다.

이번에 매우 기묘한 인연으로 책을 내게 되었습니다.

설마 제가 이런 일을 겪을 줄은 꿈에도 생각하지 못했습니다만, 이왕 이렇게 되었으니 독자 여러분이 조금이라도 즐거운 시간을 보낼 수 있도록 노력하겠습니다. 모쪼록 잘 부탁드리겠습니다.

……아직 여섯 줄밖에 안 되었습니까. 그렇군요. 이미 이 세상에 후기라는 개념이 생기고 나서 수많은 선배들이 고민했을 테지만, 대체 후기에는 무엇을 쓰면 좋을까요.

이미 인사는 했고, 무슨 내용을 썼는지는 읽으면 아시겠지요.

그 밖에 무엇을 쓰면 좋을지 전혀 떠오르는 바도 없는데 저는 제 개인적인 이야기를 하는 것이 익숙하지 않습니다. 그렇다고 여기서 '후기 따위는 이 세상에 필요 없다' 하고 거만하게 쓸 수도 없습니다.

왜냐하면 제가 지금까지 많은 책을 즐기는 과정에서 후기라는 것 또한 책의 일부이며, 크게 기대하는 부분 중 하나이기 때문입니다.

근사한 분위기로 풀어나가는 분도 있는가 하면, 바로 시기가 지나 통하지 않게 된 시사문제를 언급하는 분도 있습니다. 그러한 것들을 보며 작가에 대해 좀 더 알게 된 듯하여 즐거웠습니다.

그것을 필요 없다고 하는 것은 즉, 그 과거를 부정하는 것이며 또한 매우 실례되는 일이기도 하므로 용납되어서는 안 됩니다.

그러니 어쩔 수 없이 제가 이렇게 된 경위를 말씀드리겠습니다. 저는 본래 인터넷에서 창작을 하는 외톨이였습니다. 많은 분들이 도와주셔서 마음대로 이야기를 쓰고, 많은 독자분의 성원에 힘을 얻어 그럭저럭 살아왔습니다.

그런데 이번에 MF문고J의 편집자 N씨의 눈에 띄어 햇빛이 드는 곳으로 이끌려 나와 지금 이렇게 여러분의 시간을 빌리고 있습니다.

제가 인터넷이라는 뒷골목에서 단련한 싸움법이 라이트노벨이라는 종합격투기의 매트에서 통할지 매우 의구심이 남기는 합니다만, 이 자리에 섰으니 한 명의 선수로서 벨트를 목표로 나아가려고 합니다.

마지막으로 근사한 캐릭터 디자인과 일러스트로 들개 같던 저의 이야기를 혈통서가 있는 강아지처럼 만들어주신 위대한 요우타 선생님께 깊은 감사인사를 드립니다. 앞으로도 잘 부탁드리겠습니다.

그리고 무엇보다 지금 이 책을 손에 들고 계신 독자님께 진심으로 감사드립니다. 아키토와 캐롤의 모험은 이제 시작된 참이지만, 이 기묘한 이야기를 계속해서 함께 해주시면 기쁘겠습니다.

그럼 다음 권도 봐주신다면 영광입니다. 카와타 료우고였습니다.

AKITO WA CARD O HIKUYO DESU Vol.1
©Ryougo Kawata 2019
First published in Japan in 2019 by KADOKAWA CORPORATION, Tokyo.
Korean translation rights arranged with KADOKAWA CORPORATION, Tokyo.

아키토가 카드를 뽑으려고 합니다 1

2023년 6월 1일 1판 1쇄 발행

저　　　자 카와타 료우고
일 러 스 트 요우타
옮 긴 이 이서연
발 행 인 유재옥
본 부 장 조병권
담당편집자 정지원
편집 1팀 김준균 김혜연
편집 2팀 정영길 조찬희 박치우 정지원
편집 3팀 오준영 이해빈
편집 4팀 전태영 박소연
라 이 츠 김정미 맹미영 이윤서
디 지 털 박상섭 김지연
미　　　술 김보라 박민솔
발 행 처 ㈜소미미디어
인쇄제작처 코리아피앤피
등　　　록 제2015-000008호
주　　　소 서울시 마포구 토정로222, 403호(신수동, 한국출판콘텐츠센터)
판　　　매 ㈜소미미디어
영　　　업 박종욱
마 케 팅 한민지 최원석 박수진 최정연
물　　　류 허석용
전　　　화 편집부 (070)4164-3962, 3963 기획실 (02)567-3388
　　　　　 판매 및 마케팅 (070)4165-6688, Fax (02)322-7665

ISBN 979-11-384-7814-4 04830
ISBN 979-11-384-7813-7 (세트)